Arena-Taschenbuch

Band 51200

Weitere Bücher von Katja Brandis im Arena Verlag:

Woodwalkers. Carags Verwandlung (1)
Woodwalkers. Gefährliche Freundschaft (2)
Woodwalkers. Hollys Geheimnis (3)
Woodwalkers. Fremde Wildnis (4)
Woodwalkers. Feindliche Spuren (5)
Woodwalkers. Tag der Rache (6)

Seawalkers. Gefährliche Gestalten (1)
Seawalkers. Rettung für Shari (2)
Seawalkers. Wilde Wellen (3)
Seawalkers. Ein Riese des Meeres (4)

Khyona. Im Bann des Silberfalken
Khyona. Die Macht der Eisdrachen

KATJA BRANDIS,

Jahrgang 1970, hat Amerikanistik, Anglistik und Germanistik studiert und als Journalistin gearbeitet. Schon in der Schule liehen sich viele Mitschüler ihre Manuskripte aus, wenn sie neuen Lesestoff brauchten. Inzwischen hat sie zahlreiche Romane für Jugendliche veröffentlicht, unter anderem *Ruf der Tiefe, Gepardensommer* und *Khyona*. Mit ihren Bestsellerreihen *Woodwalkers* und *Seawalkers* begeisterte sie Jungen und Mädchen gleichermaßen. Sie lebt mit Mann, Sohn und drei Katzen in der Nähe von München.

https://www.arena-verlag.de/katja-brandis

KATJA BRANDIS

KOALA TRÄUME

Arena

Arena

Ein Verlag in der *westermann* GRUPPE

www.blauer-engel.de/uz195
BLAUER ENGEL
DAS UMWELTZEICHEN
MI6
• ressourcenschonend und umweltfreundlich hergestellt
• emissionsarm gedruckt
• überwiegend aus Altpapier
Dieses Druckprodukt ist mit dem Blauen Engel ausgezeichnet

1. Auflage als Arena-Taschenbuch 2021

Rottendorfer Straße 16, 97074 Würzburg

Dieser Roman erschien erstmals in anderer Ausstattung
2011 im Verlag Carl Ueberreuter, Wien.
Dieses Werk wurde vermittelt durch die Autoren- und Projektagentur Gerd F. Rumler (München)
Umschlaggestaltung: Umschlaggestaltung: Zero unter Verwendung von Bildmaterial von FinePic®, mauritius images (© mauritius images, Minden Pictures, Suzi Eszterhas) und Shutterstock (© mindfulness, AustralianCamera, Angie Makes, Mastersky, Milleflore Images, bmphotographer, LCAT Productions, Elizaveta Galitckaia)
Gesamtherstellung: Westermann Druck Zwickau GmbH
ISSN 0518-4002
ISBN 978-3-401-51200-6

Besuche den Arena-Verlag im Netz:
www.arena-verlag.de

ROADKILL

Ich kann nicht behaupten, dass ich schon immer nach Australien wollte. Einfach deshalb, weil ich nie auf die Idee gekommen wäre, dass so etwas überhaupt klappen könnte. Schließlich war klar, dass ich so viel Kohle im Leben nicht zusammenbringen würde. Da konnte man ja gleich davon träumen, nach Hollywood zu ziehen und sich um den Privatzoo eines Stars zu kümmern.

Und doch saß ich jetzt in einem Flugzeug, eingepfercht zwischen ein paar Hundert anderen Leuten, und starrte auf den Bildschirm mit unserer Route. Schon über Indonesien. Bald da. Australien! Endlose goldene Strände, rote Wüsten, tropische Regenwälder! Seltsame Beuteltiere, Eier legende Säugetiere, Schwärme von wilden Wellensittichen, gigantische Krokodile!

Konnte das sein, war ich wirklich fast dort? Meine Kollegen aus dem Tierpark Hellabrunn in München stapften im Schneematsch herum und ich war auf dem Weg nach Queensland. Allein der Name war wunderbar. Queensland, Land der Königin.

Aber die letzten Stunden im Flugzeug würden hart werden. Ich wusste längst nicht mehr, wie ich sitzen sollte, hatte sämtliche Bücher in meinem Rucksack ausgelesen und keine Lust mehr, irgendwelche Filme im Bordkino zu schauen. Und noch viel schlimmer, auf der anderen Seite des Ganges saß Lars.

»Na? Denkst du darüber nach, ob du all das überhaupt verdient hast?« fragte er, als er sah, dass ich mal wieder einen Blick in den Reiseführer warf.

Fassungslos blickte ich ihn an. Hatte er überhaupt kein Schuldbewusstsein? Wenn ich daran dachte, was mein Azubi-Kollege getan hatte, um in diesem Flugzeug zu sitzen, stieg in mir wieder einmal die Wut hoch. Vier Wochen lang musste ich mit ihm auskommen, denn dieser Wildpark in Queensland war vermutlich zu klein, um sich aus dem Weg zu gehen! Meine Freude versickerte.

»Weißt du, was, Lars?«, sagte ich zu ihm. »Du kannst mich mal.«

Er zuckte die Schultern.

Um mich abzulenken, zog ich mein Handy heraus, schaltete es heimlich einen Moment lang ein und las die Nachrichten, die ich zum Abschied bekommen hatte – eine von Lia und eine von Sarah. Keine von Gideon. Natürlich nicht.

Einen Moment lang überkam mich wieder die Sehnsucht, eine fiese, schmerzende Sehnsucht, über die ich doch eigentlich längst hinweg sein sollte. Was Gideon wohl gerade machte? Dachte er manchmal an mich? Nein, unter Garantie nicht, das mit uns war ein halbes Jahr her.

Eigentlich willst du den arroganten Mistkerl doch gar nicht zurück, versuchte ich, mir einzureden. Denk doch mal an seine letzte E-Mail!

Ja, diese Mail. Gideon hatte ganz genau begründet, warum er sich nicht mehr mit mir treffen wollte, mich in geschliffenem Deutsch seziert wie einen Frosch im Biounterricht. An ein paar Sätze erinnerte ich mich noch wortwörtlich. *»Du versuchst, mit frechen Sprüchen zu kompensieren, dass du zutiefst unsicher bist, und das finde ich auf Dauer unangenehm.«*

Nein, so was brauchte ich nicht mehr. Mein Herz – jedenfalls das, was davon übrig war – gehörte wieder mir! Bald war ich weit, weit weg von Gideon. Ein paar Tausend Kilometer weit, auf der anderen Seite der Erde.

Irgendwie schaffte ich es einzuschlafen und als ich schließlich die Augen öffnete, waren wir tatsächlich da.

Während des ganzen Landeanflugs klebte ich mit der Nase an der Scheibe des Flugzeugfensters. Über uns ein blauer Himmel, unter uns ein schimmerndes Meer. Grüngraue Büsche und Bäume, dazwischen überall flache Häuser ... eine weiße Brücke führte über einen Meeresarm ... in der Ferne konnte ich ein paar Hochhäuser erkennen ... O mein Gott, wir waren in Australien!

In Brisbane war es neun Uhr morgens. Lars und ich waren seit vierundzwanzig Stunden unterwegs und nur noch zwei Zombies, die ganz entfernt wie Menschen wirkten. Eine freundliche Einwanderungsbeamtin nebelte uns und alle anderen Passagiere mit einem Spray ein, das der Ankündigung nach alles tötete, was mehr als vier Beine hatte und zufällig aus Europa mitgereist war. Dann ging's ab durch den Zoll, wo ein vierbeiniger Einwanderungsbeamter vorwurfsvoll an Lars' Gepäck schnüffelte und Lars freundlich aufgefordert wurde, das, was dadrin war, sofort herauszurücken. Eingeschüchtert brachte Lars eine ungarische Salami zum Vorschein, die sofort in den Mülleimer wanderte. Ich beobachtete ihn schadenfroh, war allerdings als Nächste dran, weil aus meinem Rucksack ein Apfel zum Vorschein kam, den ich völlig vergessen hatte.

»Und wie erkennen wir diesen Kerl, der uns abholen soll?«, fragte Lars mit Panik in den Augen, als wir mit unseren Koffern Richtung Ausgang wankten. Am liebsten wäre er vier Stunden vor Abflug am Flughafen gewesen und seither hatte er es geschafft, sich wegen alles und jedem Sorgen zu machen.

»Schaun wir mal«, sagte ich und zuckte die Schultern.

Es war nicht zu übersehen, wer von den wartenden Leuten uns abholen sollte: Draußen stand ein etwa dreißigjähriger Mann mit einer kleinen Wampe, widerspenstigem blonden Haar und blauem Rucksack. Er trug ein T-Shirt mit dem Aufdruck »Wildlife Park The Ark – Cooroy« und zur Sicherheit hielt er ein Schild hoch, auf dem »Lars« und »Juliane« stand. Ich musste denen möglichst schnell beibringen, mich Juli zu nennen, sonst kamen sie auf Ju, und das wäre eine Katastrophe. Das war Gideons Name für mich gewesen.

»Welcome to Oz, Juliane and Lars«, sagte der Typ, als er uns erspäht hatte, und grinste breit. Ich mochte ihn sofort. Er hatte freundliche Augen und eine Lücke zwischen den Vorderzähnen, die ihn ein bisschen wie einen Erstklässler aussehen ließ.

Ich nutzte die erste Gelegenheit, die sich mir bot, und sagte: »Just call me Juli.«

Er betrachtete mich kurz und nickte. »Juli, alright. And my name is Rusty Alison. Crikey, you guys look like something the cat dragged in!«

Soweit ich das übersetzen konnte, sahen wir aus wie etwas, das die Katze reingeschleppt hatte. Zum Beispiel eine halb tote Maus. Ja, so fühlte ich mich tatsächlich.

In einem spiegelnden Schaufenster erhaschte ich einen Blick auf uns drei: Rusty, kräftig und munter, Lars, blond und schlaksig, und das Mädchen neben ihnen … kurze kastanienbraune Haare, abgewetzte Jeans, ein Gesicht, das eigentlich ganz hübsch war, gerade, aber eckig aussah wie das einer schlecht gezeichneten Mangafigur. Tiefe Schatten unter den blauen Augen. Augen, die trotz der Müdigkeit herausfordernd blickten.

Zum Glück war ich angehende Tierpflegerin und kein Model. Sonst hätte der Fotograf erst mal eine Tonne

Make-up gebraucht, um mich für die Session herzurichten.

»Was ist Oz? Ich dachte, das ist ein Zauberland?«, fragte ich Rusty, während wir uns auf dem Weg zum Parkplatz machten. Ich erinnerte mich dunkel an ein Kinderbuch, das *Der Zauberer von Oz* hieß.

Rusty Allison lachte. »So nennen wir Australia. Kannst aber auch Down Under sagen. Unten im Nirgendwo.« Er sprach sein Land Austraaaaia aus und ließ dabei das »l« ganz aus. Es war nicht ganz leicht, seinen breiten Akzent zu verstehen.

Ich eroberte den Beifahrersitz seines mintgrünen Ford Mustang, den ein Aufkleber mit der Aufschrift »DILLIGAF« zierte. Keine Ahnung, was das bedeuten sollte. Ganz für mich hatte ich den Beifahrersitz nicht, denn im Fußraum brachte Rusty vorsichtig seinen Rucksack unter. Dennoch reichte der Platz für meine Beine vollkommen aus.

Ich hatte erwartet, dass es im Auto nach Tieren riechen würde, doch stattdessen duftete es nach Apfelkuchen. Das lag, wie sich herausstellte, an dem frischen Apple Pie, den Rusty zu unseren Ehren gebacken hatte, er thronte auf der hinteren Ablage. Ich war gerührt. Bis ich die Schoko-Aufschrift sah: »WELCOME KRAUTS!«

»Was sind Krauts?«

»Ach, das ist ein liebevoller Spitzname für Deutsche«, sagte Rusty. »Manche Leute hier denken immer noch, dass ihr den ganzen Tag über Sauerkraut esst.«

»Ich hasse Sauerkraut!«, brummte Lars.

»Hab mir gleich gedacht, dass ihr Apfelkuchen lieber mögt. Schlau von mir, was?«

»Sehr schlau«, sagte ich und musste lächeln.

In der ersten Viertelstunde glotzten Lars und ich aufgeregt die Gegend an. Dann wurden meine Augenlider so schwer, dass ich einen Spezialkran gebraucht hätte, um sie wieder hochzuziehen.

Ich versuchte, meinen Kopf auf der Lehne abzulegen, fand einen halbwegs bequemen Platz dafür und wachte erst wieder auf, als ich nach vorne geschleudert wurde. Rusty hatte gebremst, und zwar ziemlich hart. »Uff, zum Glück habe ich den Apfelkuchen aufgefangen«, stöhnte Lars. Verwirrt blinzelte ich ins grelle Sonnenlicht und hörte die Fahrertür knallen.

»Was macht er? Sind wir da?« Es sah eigentlich nicht so aus, anscheinend hatten wir lediglich am Straßenrand gehalten.

»Keine Ahnung«, sagte Lars. »Vielleicht muss er pinkeln.«

Doch unser neuer Kollege beugte sich über etwas, das auf dem Boden lag. Dann schleifte er dieses Etwas ins Gebüsch. Gerade wollte ich meinen Sicherheitsgurt lösen und ebenfalls aussteigen, als Rusty sich wieder auf den Fahrersitz schob. »Leider keine Überlebenden diesmal.«

»Überlebenden?« Auf einen Schlag war ich hellwach.

»Auf den Landstraßen werden ziemlich viele Kängurus und andere Tiere platt gefahren«, erklärte er. »Besonders nachts, weil sich Kängurus durch Licht – also auch durch Autoscheinwerfer – angezogen fühlen. Und wenn's dunkel ist, kommen Koalas manchmal auf die Idee, sie müssten unbedingt auf einen Baum an der anderen Straßenseite klettern.«

»Äh, ja, aber warum Überlebende? Es ist doch ziemlich eindeutig, dass ein Tier tot ist, wenn es platt ist, oder?«, fragte Lars in seinem bayerischen Englisch.

»Ja, klar, aber nur weil die Mama tot ist, heißt es nicht, dass es das Kleine erwischt hat. Du weißt ja, 'ne Menge der Säugetiere hier sind Beuteltiere.«

Aha, allmählich dämmerte mir was!

»Tja, und im Beutel kann das Joey, wie man so ein Kleines nennt, eine ganze Weile überleben. Deshalb halte ich immer an und überprüfe den Beutel, wenn's 'n Weibchen ist.«

Und Rusty sagte das nicht nur, er meinte es auch. Fünfzehn Minuten später kamen wir erneut an einem Roadkill vorbei und wieder quietschten die Bremsen. Diesmal stiegen wir alle aus. Der allererste Koala, den ich in Australien sah, war leider mausetot. Noch nicht lange, wie es aussah. Fliegen umschwirrten ihn. Ich ging neben ihm in die Hocke, strich traurig über sein silbergraues Fell und sah dann zu, wie Rusty sich Gummihandschuhe anzog und ihn vorsichtig umdrehte. Es war ein Männchen. Rusty trug den Kadaver von der Fahrbahn weg und ins Unterholz. »Sonst werden

Fleischfresser zur Straße gelockt und ebenfalls überfahren.«

Wir zwängten uns wieder ins Auto, in dem es durch die Klimaanlage schön kühl war, und weiter ging's nach Norden. Durch kleine Orte, vorbei an Läden und von großen Rasenflächen eingerahmten, flachen Einfamilienhäusern, Farmen und kleinen Unternehmen, dann wieder meilenweit Buschland und Bäume mit heller Rinde, wahrscheinlich Eukalyptus.

Wir kamen durch ein herrlich schattiges Waldgebiet; überall mahnten Straßenschilder, auf Koalas Rücksicht zu nehmen. Zum Glück schien jedoch keiner von ihnen seinem Schicksal begegnet zu sein und erst eine halbe Stunde später war es wieder Zeit für einen Beutel-Check am Straßenrand, diesmal bei einem toten Känguru. Es war mittelgroß und hatte ein rötlich graues Fell, schwarze Pfotenspitzen und einen hübsch rötlich braun, schwarz und weiß gezeichneten Kopf.

»Macropus rufogriseus«, sagte Rusty.

»Ein Rotnackenwallaby«, ergänzte Lars und Rusty nickte anerkennend. Manchmal hatte ich das Gefühl, Lars trüge eine halbe Tier-Enzyklopädie im Kopf mit sich herum. Immerhin hatte auch ich gewusst, dass ein Wallaby so eine Art Zwergkänguru war, das in bewaldeten Gebieten lebte.

»Sie sind recht häufig in dieser Gegend, leiden aber darunter, dass die Menschen die Küstenwälder abholzen und immer mehr Häuser bauen …«, sagte Rusty.

In diesem Moment sah ich, dass sich im Beutel etwas bewegte. »Hey, schaut mal!«

»Bingo, ein lebendes Waisenkind«, sagte Rusty und zog das Joey ganz vorsichtig aus dem Beutel. Es hatte riesige Ohren, erschrockene schwarze Knopfaugen und eine ganz dünne, von einem samtfeinen braunen Fell überzogene Haut. Am Bauch schimmerte die Haut rosig durch. »Hm, der ist fast ein Kilo schwer und sieht nicht verletzt aus, vielleicht kriegen wir ihn durch. Juli, hol mir mal eine der gepolsterten Taschen aus dem Kofferraum.«

Ich hastete los. Der Kofferraum war voller Ausrüstung und ich wühlte mich durch Seile, Netze und zusammengeklappte Kunststoffkisten, bis ich eine Reihe von gesteppten Beuteln in unterschiedlichen Größen fand. Einen davon brachte ich Rusty und während ich den Beutel aufhielt, packte er das junge Wallaby vorsichtig hinein und schloss die Öffnung darüber.

»Solange er im dunklen Beutel ist, fühlt er sich geborgen«, meinte er. »So, jetzt nichts wie heim. Und bitte leise reden, wilde Kängurus und Wallabys sind sehr stressanfällig und hassen es, wenn Leute laut reden oder hektisch herumhampeln.«

Also unterließen wir beides und mit einem Handgriff brachte Rusty das Autoradio zum Schweigen. Wir unterhielten uns im Flüsterton, bis unser neuer Kollege schließlich verkündete: »So, wir sind in Cooroy.«

Dieses unglaubliche australische Licht, klar und golden. Wahrscheinlich sah dadurch alles doppelt so schön aus. Rechts und links der Straße überall Rasenflächen, hier und da ein Haus darauf, das sich in den Schatten von Eukalyptusbäumen schmiegte. Es gab keine Hecken, keine Mauern, keine Zäune, niemand verschanzte sich so wie in Deutschland.

Wir fuhren durch die Ortsmitte, ein paar kleine Läden, ein Handwerkergeschäft, ein Obstladen, ein Eiscafé, eine Bank, alles sah so gemütlich aus. Nirgendwo Ampeln, nur ein Kreisel nach dem anderen. Und das alles unter einem azurblauen Himmel. Der warme Wind, der durch das halb offene Fenster hineindrang, verwuschelte meine Haare. Auf der Karte hatte ich gesehen, dass die Küste kaum eine halbe Stunde entfernt war. Konnten wir vielleicht nach Feierabend an den Strand fahren? Das hier war ganz eindeutig das Paradies!

Irgendetwas bewegte sich an meinem Bein. Ich schrak hoch und stellte fest, dass in Rustys Rucksack etwas gezappelt hatte. »Das ist Arnold«, bemerkte Rusty. »Ein Östliches Graues Riesenkänguru. Ich bin seit ein paar Monaten seine Mama. Für ihn ist ganz klar, dass ich ihn überallhin mitnehme – so wie eine echte Kängurumutter.« Er seufzte. »Neulich, als wir ins Kino wollten, haben sie leider meinen Rucksack kontrolliert.«

»Und?«, fragte ich gespannt. »Haben sie dich trotzdem reingelassen?«

Rusty verzog das Gesicht. »Nee. Wär wohl besser gewesen, ich hätte für Arnold 'ne Eintrittskarte mitgekauft und basta.«

Ein Stück außerhalb des Orts bog Rusty in eine Einfahrt ab, die Räder knirschten auf hellem sandigem Boden. »Wildlife Park The Ark« verkündete ein Schild. Jemand reimte hier gerne. Aber ich konnte mir mehrere Gründe vorstellen, wieso man den Wildpark so genannt hatte. Zoos waren mir immer wie die Arche Noah vorgekommen, sie bewahrten die Tierwelt, die belagert von Milliarden von Menschen kein leichtes Überleben hatte.

Zwei braun gestrichene Häuser mit blauen Fensterrahmen; das eine hatte nach hinten, zum Garten hin, eine Veranda. Neugierig schauten Lars und ich in Richtung der Gehege, die wir schon vom Parkplatz aus erkennen konnten. He, da drüben waren Emus! Australische Laufvögel mit dickem braungrauem Gefieder, fast so groß wie Strauße.

Aber noch war nicht die rechte Zeit dafür, sie kennenzulernen. Rusty hob den Beutel mit unserem Schützling vorsichtig aus dem Auto, schulterte den Rucksack mit Arnold und ging voran in eins der Häuser. Im Inneren war es dämmrig, aber genauso warm wie draußen – inzwischen bestimmt dreißig Grad im Schatten. Lars trug den Apfelkuchen.

Rusty nahm sich ein Funkgerät aus einer Halterung. »Chaz? Wir brauchen dich, hab 'n Joey für dich.«

Keine Minute später war Chaz zur Stelle. Er hatte ein gutmütiges Gesicht, strahlend blaue Augen und unglaublich breite Schultern – genau der Mann, den man an seiner Seite haben möchte, wenn es darum geht, ein Lama einzufangen oder eine betäubte Raubkatze auf den Operationstisch zu heben. Außer »Hallo« sagte er nicht viel, das Reden schien er lieber seinem Kumpel zu überlassen.

»Wir könnten das Wallaby Jula nennen, nach den Anfangsbuchstaben von Juli und Lars«, schlug Rusty munter vor. Chaz nickte stumm und Lars und ich taten beide so, als fänden wir diesen Vorschlag nicht grauenhaft, sondern toll. Immerhin, es gab schlimmere Namen für ein Wallaby.

Nachdem Chaz das Kleine in der Aufzuchtstation untergebracht hatte, machten wir es uns auf der Veranda gemütlich und zückten die Kuchengabeln. Zum Schluss war von dem »Welcome Krauts« bloß noch ein »Kra« übrig. Rusty tätschelte sich zufrieden seufzend den Magen und stand auf. »Ich hab 'n bisschen Büroarbeit zu erledigen. Wie wär's, wenn ihr euch selber etwas im Wildpark umschaut? Noah und Caroline – die Chefs – sind im Augenblick nicht da, bestimmt führen sie euch später herum.«

Er verschwand mitsamt Rucksack im Büro. Lars räumte die Teller zusammen und ging die Küche suchen. Es gab nichts weiter zu helfen, deshalb machte ich mich auf den Weg zu den Gehegen. Ich war gespannt auf die Tiere, die ich in den nächsten Wochen betreuen würde. Doch zuerst kam ich am Parkplatz vorbei und mein Blick fiel wieder auf Rustys mintgrüne Karre. »Wofür steht eigentlich DILLIGAF?«, rief ich zu Chaz hinüber.

»Do I look like I give a fuck!«, dröhnte Chaz zurück, winkte und verschwand.

Ähm, ja.

Ein paar Minuten später fand ich das Gehege der Koalas, einen kleinen Eukalyptuswald, in dem in ein paar Astgabeln graue Fellbälle schliefen. Sie zu beobachten, war nicht wirklich packend und so schlenderte ich nach ein paar Minuten weiter, um mich mit dem Rest von The Ark bekannt zu machen. Lars war nirgendwo in Sicht.

Zur Sicherheit hatte ich mich mit Dreißiger-Sonnencreme eingeschmiert, und das war nötig, die Sonne knallte gnadenlos auf meinen Kopf. Ich hätte mich so gerne auf den schattigen Rasen neben diesem Drahtzaun gelegt, keine Ahnung, was in diesem Gehege für ein Tier drin war, ich sah jedenfalls keines ...

Plötzlich lehnte jemand neben mir, ein junger Mann; er stützte die Unterarme auf die Umrandung und schaute ebenfalls ins Gehege. Ich schrak zusammen; ich hatte ihn nicht kommen hören. Unauffällig betrachtete ich ihn von der Seite. Er war ein Stück größer als ich, hatte die sehnige Statur eines Langstreckenläufers und kurze nachtschwarze Haare. Die Farbe seiner Haut war dunkler als meine. Ich schätzte, dass er etwa fünf Jahre älter war als ich, also Anfang zwanzig. War er ein Tourist, der sich den Wildlife Park anschaute, oder ein Tierpfleger? Er trug kein T-Shirt mit Wildparklogo, sondern ein kakifarbenes Hemd mit hochgerollten Ärmeln und Jeans. Aber seine Schuhe waren die in Zoos üblichen Stiefel mit Stahlkappen, die verhindern sollten, dass uns ein Huftier die Zehen brach, wenn es uns auf den Fuß trat.

Er wandte den Kopf und sah mich an. Seine Augen waren von einem warmen Braun.

»Hi«, sagte er. »Wenn du willst, kannst du mir mit George helfen.« Er deutete mit dem Kinn auf einen kleinen Teich mitten im Gehege. »Ich gehe sein Futter holen, bin gleich wieder da. Kannst hier warten oder schon mal zu ihm reingehen. Er ist ziemlich schüchtern.«

Aha, einer der Pfleger – und anscheinend wusste er bereits, dass ich eine neue Kollegin war. Etwas überrumpelt nickte ich und der junge Mann stieß sich von der Umrandung ab und ging davon. Ich spähte in das Gehege hinein und ahnte, wer George war und dass er seinen Körper im schlammigen Wasser des Teichs verbarg. Wollte ich das wirklich, zu einem Krokodil hinein, nicht einmal mit einem Stock bewaffnet, um es im Notfall abwehren zu können? In Deutschland durften wir Azubis nicht mit den gefährlichen Tieren wie Krokodilen oder Raubkatzen arbeiten. Wer sich dafür interessierte, musste bis nach der Lehre warten. Aber in Australien war anscheinend vieles anders ...

Ach, komm schon, sagte ich mir. Er hat gesagt, George sei schüchtern.

Ich wusste, dass es zwei verschiedene Krokodilarten in Australien gibt – einmal die großen »Salties«, die Salzwasserkrokodile, die hin und wieder in die Schlagzeilen kamen, weil ein Mensch auf ihren Speisezettel geraten war. Und andererseits die »Freshies« genannten Süßwasserkrokodile, die sich mit Fischen begnügten. Vermutlich war George ein Freshie und es war keine große Sache, ihm Gesellschaft zu leisten.

Um ehrlich zu sein, ich wollte nicht, dass dieser gut aussehende Typ mich für ein Weichei hielt. Wenn ich mir gleich am ersten Tag den Ruf einhandelte, ein zartbesaitetes Mädchen zu sein, würde ich das vermutlich den Rest der Zeit nicht mehr loswerden. Also begann ich etwas nervös, um das Gehege herumzugehen. Doch das Problem war, dass ich nicht mal den Eingang fand. Schließlich hatte ich das Ding einmal umrundet und ihn trotzdem nicht entdeckt. Wahrscheinlich sah das reichlich dämlich aus. Er würde denken, dass es eine superblöde Ausrede war, um zu begründen, warum ich noch nicht begonnen hatte, mich mit George anzufreunden! Inzwischen hatten sich ein paar Besucher eingefunden, um sich die Kroko-Fütterung anzuschauen; zahlreiche Augenpaare folgten jeder meiner Bewegungen, und das machte mich noch nervöser.

»So, hier bin ich wieder«, sagte der junge Mann und ich zuckte erneut zusammen. Diesmal hatte er einen Eimer dabei, aus dem Fischflossen hervorschauten.

»Äh, eigentlich wollte ich rein, aber ich habe den Eingang nicht gefunden«, erklärte ich verlegen.

»Gibt keinen«, sagte der Fremde, beförderte den Eimer auf die Innenseite und sprang über den hüfthohen, oben mit einer runden Holzleiste versehenen Zaun. »Noah und Caroline sind der Meinung, ein Kroko-Gehege ist am sichersten, wenn man das Tor nicht versehentlich offen lassen kann.«

»Das hättest du mir auch vorher sagen können«, murmelte ich, nahm all meinen Mut zusammen und kletterte hinterher.

Sofort sah ich zwei Augen und die Oberseite eines knorrigen Kopfes aus dem Wasser ragen, sie durchstießen kaum die Wasseroberfläche.

»Weshalb ist George bei euch?«, fragte ich und weil der Mann mir den Eimer hinhielt, nahm ich einen der Fische heraus.

George wirkte eindeutig interessiert, er schwamm an den Rand des Teichs und ließ uns keinen Moment aus den Augen. Mir war mulmig zumute. George schien ausgewachsen und fast drei Meter lang zu sein.

»Er hasst Boote und versucht, sie umzukippen«, meinte der Mann. »Nicht ungewöhnlich bei Männchen, allerdings eher bei Salties – der Klang eines Außenborders erinnert sie an das Knurren eines Rivalen. Na ja, auf jeden Fall sind Chaz und ich letztes Jahr in den Norden gefahren und haben ihn eingefangen, sonst wäre er bestimmt abgeschossen worden.«

Alles klar. Geistige Notiz: nie mit einem kleinen Boot in ein Krokodilgebiet fahren. Es gab Erlebnisse, auf die ich nicht so furchtbar viel Lust hatte.

Der junge Mann ging in die Hocke und hielt einen Fisch in der ausgestreckten Hand. Ein Maul, lang und schmal wie ein Baguette, aber gespickt mit daumenlangen gelben Zähnen, kam zum Vorschein. Dann kroch die große Echse halb aus dem Wasser und lag abwartend da, ein Wesen wie aus der Urzeit. Fasziniert sah ich zu, wie der Mann den Fisch warf und George ihn sich schnappte. Dann verschwand der gepanzerte Körper des Krokos wieder im Wasserloch.

»Wahrscheinlich können wir ihn nicht mehr freilassen, er würde immer wieder Ärger machen«, erklärte der Mann. »Außerdem wollen wir versuchen, mit ihm zu züchten. Momentan sterben jede Menge Freshies, weil sie diese verdammten aus Südamerika stammenden Aga-Kröten fressen – die sind leider giftig.«

George wartete ungeduldig auf seine nächste Portion und der junge Mann gab mir ein Zeichen, es selbst mit dem Füttern zu probieren. Den Fisch hielt ich ja immer noch in der Hand. Mein Puls raste, doch ich nickte und trat einen Schritt näher an George heran, der dicht unter der Wasseroberfläche lauerte.

Gerade als ich den Arm ausstreckte, glitt mir der

Fisch aus den Fingern und landete auf dem Boden. Reflexartig bückte ich mich, um ihn aufzuheben – doch der junge Mann kam mir zuvor, blitzschnell kickte er den Fisch mit dem Fuß weg, sodass er im Teich landete. Das Wasser strudelte und spritzte, als George sich darüber hermachte und ihn mit einem Happs verschlang.

Im ersten Moment war ich wütend. »Ich hätte es schon hingekriegt!«, entfuhr es mir.

Erst ein paar Sekunden später begriff ich, was eben eigentlich geschehen war, und mir wurden die Knie weich. Ich konnte von Glück sagen, dass der Mann so schnell reagiert hatte. Dass der Fisch auf dem Boden landete, war für George vermutlich ein Zeichen gewesen, aus dem Wasser hervorzuschießen und ihn zu fressen. Und dann hatte ich meinen neuen Kollegen dafür angemeckert, dass er mich geschützt hatte! Ein saftiger Anpfiff war fällig und ich hatte ihn absolut verdient.

Der Fremde ergriff mich am Arm und zog mich ein paar Schritte zurück, weg von dem schlammigen Teich. Aber es folgte keine Strafpredigt. Der junge Mann blickte mich an, sah mir ruhig und forschend in die Augen. »Es tut mir leid«, sagte er. »Ich habe nicht daran gedacht, dass du nach dem langen Flug wahrscheinlich völlig übermüdet bist. Besser, du machst erst mal Pause.«

Hätte er mich angeschnauzt, wäre ich damit klargekommen. So was war ich von zu Hause, aus der Schule und von manchem Revierleiter im Zoo gewohnt, das ließ ich von mir abprallen. Doch diese richtig netten Worte – die gingen tief, viel zu tief. Entsetzt spürte ich, dass mir Tränen in die Augen traten. Schnell schaute ich zur Seite und versuchte, mich wieder in den Griff zu bekommen.

Bevor ich antworten konnte, hörte ich Rustys Stimme.

»He, Colin, du solltest unsere neue Kollegin nicht gleich verfüttern, wir brauchen sie noch! Alles klar, Juli?«

»Alles okay«, meinte ich und suchte verzweifelt nach etwas Witzigem, das ich sagen konnte. Doch mein Kopf war wie leer gefegt.

»Kommst du?«, rief Rusty. »Du kannst dein Zeug jetzt in dein Zimmer bringen.«

Gehorsam kletterte ich über den Zaun und folgte Rusty. Als mir einfiel, dass ich mich weder von Colin verabschiedet noch mich für meinen Ausraster entschuldigt hatte, hatte der junge Pfleger sich abgewandt und fütterte George mit den restlichen Fischen aus dem Eimer.

SCHATTEN DER VERGANGENHEIT

Niedergeschlagen folgte ich Rusty zum Hauptgebäude zurück, wo ich mein Gepäck aus dem Auto holte. Anscheinend war Arnold neugierig, denn ich sah eine Schnauzenspitze und zwei große dunkle Augen aus Rustys Rucksack lugen. »Na, du?«, sagte ich leise zu ihm, aber die Schnauze verschwand sofort wieder. Anscheinend war nicht nur George schüchtern!

Mein Zimmer lag im Erdgeschoss des Hauptgebäudes und war minimalistisch eingerichtet: Bett (bequem), Stuhl (wackelig), Tisch (mit Buntstiftspuren drauf) und Kleiderschrank (ging in einem jungen Land wie Australien wahrscheinlich als antik durch). Dazu ein Bad mit Dusche. Auf dem Boden lag ein einfacher Flickenteppich und an den Wänden hing das Foto einer Känguruherde vor glühendem Sonnenuntergang. Richtig schön kitschig.

»Ruh dich aus – wir spannen euch *Germans* erst morgen richtig ein«, meinte Rusty und dann war ich endlich allein. Ich rief meine Mutter und Sarah an, um ihnen zu sagen, dass ich gut angekommen war, dann legte ich mich voll angezogen aufs Bett und war sofort weg, sobald ich die Augen geschlossen hatte.

Lässig legt Gideon den Arm um meine Schultern, um mich von der Schule nach Hause zu begleiten. Jemand ruft ihm »He, Kai!« hinterher, aber er reagiert nicht, seinen alten Namen hat er längst abgestreift wie eine Schlange ihre Haut. Stattdessen wendet er sich mir zu und lässt seine Hand unter mein Top gleiten, es stört ihn überhaupt nicht, dass andere Leute in der Nähe sind und zusehen. Ich lasse es geschehen, ich bin hypnotisiert.

Doch Gideon zieht seine Hand zurück. »Du bist nicht locker genug«, sagt er – und dann stößt er mich weg. Voller Verachtung.

Schweißgebadet wachte ich auf. Es dauerte einen Moment, bis ich den Traum und dieses Gefühl, hilflos zu sein, abschütteln konnte.

Ich bin in Australien, sagte ich mir immer wieder. Gideon ist weit weg.

Ich hatte lediglich eine halbe Stunde geschlafen, würde es aber bestimmt nicht mehr schaffen, noch einmal wegzudämmern. Stattdessen lag ich da und wartete darauf, dass mein Herzschlag sich wieder beruhigte.

Das war ein Fehler, denn plötzlich überfielen mich die Erinnerungen daran, was in München passiert war. Diese ganze Sache mit Lars.

Ich hatte mich so gefreut über die Einladung, an dem

Austauschprogramm teilzunehmen. Maryann Rikdal, eine australische Tierärztin, war in unserem Tierpark Hellabrunn zu Gast gewesen, ich hatte ihr ein paarmal geholfen. Anscheinend fand sie mich nett, denn irgendwann hatte sie mich gefragt, ob ich mal in einem Wildpark in Australien mitarbeiten wolle, und mir von dem Azubi-Austauschprogramm erzählt.

Eine Stunde lang schwebte ich fast über dem Boden. Dann begegnete mir Lars. »Stimmt das, was ich gehört habe?«, fragte er.

Er hatte mich kurz vor dem Gehege der Mähnenwölfe abgefangen.

Verkrampft stand er da, linkische ein Meter fünfundachtzig mit blondem Kinnbart und schneematschfarbenen Augen. »Dass du eine Einladung nach Australien bekommen hast?«

»Tja, scheint fast so«, sagte ich und bemühte mich, nicht allzu breit zu grinsen.

»Beschaffst du mir bitte auch so eine Einladung?«, fragte er.

Ich starrte ihn an. An einem Sonnenstich konnte es nicht liegen, im Spätherbst war das unwahrscheinlich. »Darum musst du dich selber kümmern, fürchte ich. Vermutlich überlegt sich diese Tierärztin nämlich selbst, wen sie einlädt.«

»Du hast mich falsch verstanden, glaube ich«, sagte Lars, blickte sich einmal kurz um, räusperte sich und senkte dann die Stimme. Jetzt erst, reichlich spät, ahnte ich, dass etwas nicht stimmte. Als Lars weitersprach, kroch mir ein kalter Schauer über das Rückgrat.

»Ich würde es wirklich zu schätzen wissen, wenn du bei dieser Tierärztin ein gutes Wort für mich einlegst«, flüsterte er, ohne mich anzusehen. »Glaubst du, dass die dich so gut finden würde, wenn sie alles über dich wüsste …?«

Ein eigenartiges Gelächter brachte mich in die Gegenwart zurück. Vor meinem Fenster lachte jemand wie ein Irrer. »Hiiihihihhaaaaahahaha…« Ganz langsam stand ich auf und ging zum Fenster. Draußen hockte ein Vogel mit einem kurzen braun-weißen Körper und einem langen spitzen Schnabel. Ein Kookaburra, ein »Lachender Hans«.

In meinem Magen brodelte es und mir war so elend zumute wie lange nicht. Aber der Kookaburra erinnerte mich daran, weswegen ich hier war. Also duschte ich schnell, zog mir ein frisches T-Shirt an und schlenderte durch den Wildlife Park, um mich abzulenken und um herauszufinden, welche Tiere es hier gab und wie sie gehalten wurden. Hoffentlich stellte ich mich dieses Mal geschickter an, wenn ich mithelfen sollte!

Vom Hauptgebäude führte ein kleiner Rundweg durch den Park, ich wollte erst Richtung Emus gehen, doch dann sah ich, dass Lars dort war, und entschied mich für die andere Richtung. In der lagen große, mit Maschendraht eingezäunte Gehege; verschiedene Känguruarten weideten darin das Gras ab. Als es mich sah, hüpfte das Joey eines Grauen Riesenkängurus erschrocken auf seine Mama zu und versuchte, mit dem Kopf voran in ihren Beutel zu kriechen. Doch da es schon ziemlich groß war, gestaltete sich das eher schwierig. Verzweifelt versuchte es, seine langen, staksigen Hinterbeine ebenfalls im Beutel unterzubringen, doch daran scheiterte es, und ein Bein ragte zum Schluss immer noch aus Mamas Bauch. Ich musste mir das Lachen verkneifen.

Zwei der Tiere kamen zum Zaun und streckten mir die Schnauzen entgegen, sie erwarteten vermutlich Futter. Ich streckte ein paar Finger durch den Maschendraht, streichelte einem der beiden den Hals und wurde prompt abgeschleckt.

Jemand kam an mir vorbei – eine junge Frau, nicht viel älter als ich, mit einem Besen in der Hand. Sie war dünn, trug staubige schwarze Sachen und eine ebenfalls schwarze Harry-Potter-Brille, durch die sie mich ein bisschen eulenhaft anblickte. Vielleicht war das, was sie da hielt, gar kein richtiger Besen, sondern Quidditch-Zubehör. »Hm«, sagte sie und sah mich mit gerunzelter Stirn an. »Bist du die Tierpflegerin aus Deutschland? Nee, nee, warte, nicht antworten. Kleine Quizfrage, okay? Weißt du die Antwort nicht, wirst du vier Wochen lang behandelt wie ein Touri.«

Ich musste lachen. »Okay.«

»Was sollte man Kängurus niemals geben?«

»Stroh«, sagte ich prompt und war froh, dass ich in

München bereits ein Schwätzchen mit dem Revierleiter aus Australien gehalten hatte. »Wenn sich das in ihren Backentaschen sammelt, entzündet sich das Maul, und das ist im schlimmsten Fall tödlich.«

»Hundert Punkte!« Die junge Frau strahlte mich an. »Ich heiße übrigens Kerrie.«

Sie zückte einen Schlüsselbund, um das Kängurugehege aufzuschließen. Die Grauen waren wunderschöne Tiere mit großen pelzigen Ohren und kräftigen Körpern. Aufmerksam beobachteten sie uns.

»Der, den du eben gestreichelt hast, ist Dustin«, meinte Kerrie. »Eine Handaufzucht, deshalb ist er so zahm. Viele der anderen sind deutlich scheuer und nervöser. Mit denen muss man vorsichtig umgehen. Leise reden.«

Dustin hüpfte auf uns zu, streckte seine lange Nase in unsere Richtung und ergatterte ein paar Wildfutter-Pellets, die Kerrie aus ihrer Tasche hervorzauberte.

»Letzte Woche haben wir zwei von ihnen ausgewildert. Die waren von Autos angefahren worden, wir haben sie gesund gepflegt«, berichtete Kerrie, wandte den Kopf und sagte freundlich »G'day« zu jemandem. Lars! Ich seufzte. In einem so kleinen Tierpark konnte man sich leider nicht besonders gut aus dem Weg gehen.

Kerrie stellte uns die zehn Kängurus mit Namen vor, leider vergaß ich die meisten sofort wieder. Immerhin einen konnte ich mir merken – ein großes Weibchen mit Narben von einem Hundeangriff am Hals hieß

Cara. Ich hockte mich auf den Boden, lockte Cara zu mir hin und gab ihr ein Stück Karotte. Sie nahm es mit ihren affenähnlichen Vorderpfoten und knabberte es weg. Ein Jungtier hielt sich dicht neben ihr. »Ihr habt ganz gute Zuchterfolge, scheint mir.«

»O ja, wir …«, begann Kerrie, doch Lars unterbrach sie: »Die Grauen sind sowieso nicht selten – es gibt inzwischen dreimal so viele Kängurus in Australien wie vor der Ankunft der Weißen.«

Kerrie musterte Lars mit hochgezogenen Augenbrauen. »Mensch, da hat ja einer vorher in Wikipedia nachgeschaut. Stimmt. Zum Beispiel finden sie auf den Farmen Wassertröge vor. Eigentlich für Schafe gedacht. Aber das ist den Kängurus egal, die trinken draus und können dadurch viel besser überleben als früher.«

Lars lief knallrot an. Ein kleines bisschen tat er mir leid. Jetzt hatten wir beide unsere ersten Fettnäpfchen hinter uns gebracht.

Kerrie schloss das Gehege wieder ab und führte uns nach nebenan zu den drei Roten Riesenkängurus. Eins davon lag faul auf der Seite im Sand und döste, die anderen knabberten an einem Bündel frischer Zweige herum. »Ich muss euch gleich warnen, die Roten sind nicht so ruhig und besonders die Böcke können manchmal unangenehm werden«, meinte Kerrie. »Wie wär's mit einem Schnellkurs in Känguru-Abwehr?«

Lars und ich waren beide voll dafür und so ging es hinein zu den drei großen Roten. Sie hatten wirklich beeindruckende Hinterläufe und ich konnte mir lebhaft vorstellen, dass diese Tiere damit in voller Fahrt sieben Meter weite Sprünge schafften – und dass sie einem enorme Tritte verpassen konnten.

»Wenn ihr ein Känguru einfangen müsst, dann packt es am Schwanz und bleibt hinter ihm, damit es euch nicht erwischen kann – sonst seid ihr Matsch«, erklärte Kerrie. »Das zum Beispiel ist Tyson.«

Sie klopfte einem der Tiere auf die pelzige rötlich braune Flanke. Tyson wandte ihr irritiert die längliche, hasenartige Schnauze zu und trat mit einem seiner Hinterbeine in ihre Richtung. Doch Kerrie war darauf vorbereitet. Obwohl sie so zerbrechlich aussah, bewegte sie sich wie eine Kung-Fu-Kämpferin – in einer einzigen fließenden Bewegung wich sie zur Seite aus. »Wenn ein Känguru angreift, dann stützt es sich auf den Schwanz und kickt mit den Hinterbeinen«, sagte sie, ohne den etwas verblüfften Tyson weiter zu beachten. »Es kann sich schlecht seitlich drehen, während es das macht. Ihr braucht also bloß neben oder hinter das Känguru zu treten.«

»Klingt gar nicht so schwer«, sagte Lars. Kerrie gab uns ein paar Karottenstücke zum Verfüttern, damit die großen Roten uns in guter Erinnerung behalten würden, und keins der Kängurus erhob eine Pfote gegen uns. Nicht mal Tyson.

Der erste Tag ging so schnell herum, dass ich gar nicht wusste, wo die Zeit blieb. Seltsamerweise lernte ich die Besitzer und Leiter des Tierparks jedoch nicht kennen. Am Abend sollte, so kündigte Kerrie an, auf der Veranda des Hauptgebäudes zu unseren Ehren ein »Barbie« stattfinden. Was, wie ich herausfand, nichts mit Plastikpuppen zu tun hatte, sondern ein Barbecue, ein Grillabend, war. Prompt kehrte das mulmige Gefühl in mir zurück. Hoffentlich würde Colin nicht da sein. Schon seltsam: Wenn man jemandem unrecht getan hat, dann möchte man ihn am liebsten nie wiedersehen …

Doch natürlich war er da, schließlich arbeitete er hier. Ich beobachtete aus den Augenwinkeln, wie er mit einer Dose Bier in der Hand am Holzgeländer der Veranda lehnte und mit Rusty quatschte. Erzählte er gerade, was bei George passiert war? Am besten, ich entschuldigte mich möglichst bald bei ihm.

Auf dem großen Profi-Gasgrill, der fest auf der Veranda installiert war, verbrutzelten Bratwürstchen, Steaks, Kartoffelstücke und Zwiebelringe. Hm. Gut, dass es auch Kartoffeln gab, Fleisch kam bei mir seit vier Jahren nicht mehr auf den Teller. Waren das da etwa Kängurusteaks?! Nein, konnte ich mir nicht vorstellen, das wäre doch arg makaber gewesen.

»Eins ist fertig«, sagte ein Australier, der mit seiner gebrochenen Nase, den schwarzen Locken und den muskulösen Armen aussah wie eine Kreuzung zwischen Disco-Rausschmeißer und Preisboxer. Ein ziemlich verkohltes Stück Fleisch von der Größe einer Schuhsohle landete auf meinem Teller und wurde mit Tomato Sauce, wie Ketchup offenbar hier hieß, begossen.

Uäh. Was sollte ich damit machen? Es kam nicht infrage, es zu essen. Zum Glück lief mir ein hungrig aussehender Mitarbeiter von The Ark über den Weg. »Eins ist fertig«, verkündete ich, drückte ihm den Teller in die Hand und schnappte mir, als der Preisboxer gerade abgelenkt war, ein paar Kartoffeln vom Grill.

Ich setzte mich zu Kerrie, die sich umständlich die Brille putzte und dann auf ihr Bratwürstchen herabblickte, als sei es eine Gewebeprobe aus dem Labor.

»Wer ist das eigentlich, der da am Grill?«, fragte ich sie. »Euer Koch?«

Sie grinste, schob das Würstchen an den Rand ihres Tellers und gönnte sich ebenfalls eine Kartoffel. »Das wäre er vielleicht gerne. Aber nein, das ist Noah Greenberg, unser Chef. Leider wollte er heute zur Feier des Tages selbst grillen, sonst macht das immer Rusty, der kann es besser.«

Noah? Bei mir fiel der Groschen, wie der Name des Wildparks entstanden war. Ich arbeitete sozusagen an Bord von Noahs Arche, wie lustig.

Eine hübsche dunkelhaarige Frau – »Hi, ich bin Caroline« – drückte mir eine Cola in die Hand. Drei Kinder zwischen sieben und elf tobten auf der Wiese herum, vielleicht war das der Nachwuchs der beiden Gründer.

Auch Colin holte sich ein Steak, keinen Meter entfernt ging er an mir vorbei. Ich spürte es mehr, als dass ich es sah. Doch ich hätte mir keine Sorgen zu machen brauchen – er sprach mich nicht auf die Sache mit George an. Ich war nicht mal sicher, ob er mich bemerkt hatte.

Ich drehte mich zu ihm, um das mit der Entschuldigung hinter mich zu bringen, doch eine Frau, die mindestens hundertfünfzig Kilo auf die Waage brachte und ein grellgelbes T-Shirt trug, fing mich ab. »Daaarling!«, strahlte sie mich an, breitete die Arme aus, als wollte sie mich an sich pressen und drückte mir dann doch bloß die Hand. Es fühlte sich an, als wären ihre Hände aus Stahl. »I'm Wanda, and I'm really proud to meet you!«

Verblüfft starrte ich zurück. Stolz, mich zu treffen? Wieso das denn? Ich stammelte ein paar Worte, dass ich mich ebenfalls freute, und Wanda berichtete, dass sie einen Ice-Cream-Shop in Cooroy betrieb, aber in jeder freien Minute hierherkam, um mit den Tieren zu helfen. Aha – ich ahnte, woher die Riesenportion Eis stammte, die Caroline aus einer Kühlbox zum Vorschein brachte.

Noah ließ seinen Grill einen Moment lang im Stich und legte einen Arm um Wanda. »Ohne sie hätten die Koalas einen leeren Magen, sie fährt mit ihrem Ute stundenlang durch die Gegend und sammelt Futter.«

»Sure! Na klar!«, strahlte Wanda und begann – während ich mich noch fragte, was ein »Ute« war –, mir etwas über ihren Handarbeitsclub zu erzählen. Die Mitglieder waren anscheinend spezialisiert darauf, Beutel für verwaiste junge Kängurus zu nähen. »Wenn das Joey getauft worden ist, sticken wir seinen Namen auf den Beutel! Einer der Beutel hat schon zehn Namen darauf, ist das nicht toll?«

»Darauf ist der Beutel bestimmt stolz«, war das Einzige, was mir in diesem Moment einfiel. Verzweifelt versuchte ich, Colin im Auge zu behalten. Er hatte sich inzwischen etwas vom Grill ausgesucht und ging zurück zu Chaz und Rusty.

»Bitte entschuldige mich«, sagte ich, nahm meinen Teller, auf den jemand blöderweise ein neues Steak geklatscht hatte, und wollte mich dazwischendrängen, bevor Colin bei den anderen Männern ankam.

Doch stattdessen prallte ich gegen ein etwa siebenjähriges blondes Mädchen und bekleckerte es von oben bis unten mit Ketchup und Cola.

Interessiert blickte es an sich herunter, tupfte einen Finger in die rote Soße und leckte ihn ab.

»No worries – alles kein Problem«, verkündete Caroline, schnappte sich das Kind und zog es ins Haus, wahrscheinlich um es direkt unter die Dusche zu stellen. Währenddessen machten zwei Border Collies kurzen Prozess mit dem Steak, das auf dem Boden gelandet war. Wanda schimpfte mit den Collies, die sofort gehorsam Platz machten, ging mir ein neues Steak holen – verdammt! – und brachte mir einen Drink mit.

»Moment, äh, ich bin …«, versuchte ich zu erklären,

doch das Wort »Vegetarierin« schaffte ich nicht mehr, schon brach wieder ein Wortschwall über mich herein. In der nächsten Viertelstunde erfuhr ich eine Menge über Wandas Colliezucht, ihren Handarbeitsclub und die Qualität von australischer Eiscreme. Ich musste nichts tun, außer anerkennend zu nicken. Zum Glück halfen mir die Collies, zwei schlaue Burschen, auch dieses Steak unauffällig loszuwerden.

Etwas später gesellten sich Kerrie und Chaz zu uns. Fasziniert sah ich, dass die beiden zusammengehörten. Sie küssten sich andächtig und rieben ihre Nasen aneinander, was ungewöhnlich, aber sehr liebevoll aussah. Chaz war nach dem ersten Bier erstaunlich aufgetaut und gab zum Besten, wie er aus seinem Job als Landschaftsgärtner rausgeflogen war, weil er die von ihm aufgezogenen, eigensinnigen Wombat-Geschwister ein paarmal zu oft zur Arbeit mitgebracht hatte. Kerrie, deren Hand die ganze Zeit über auf Chaz' muskulösem Oberschenkel lag, erzählte, wie sie als Kind Spinnen und Schlangen in Einmachgläsern gehalten hatte. »Ach, Spinnen sind wunderbare Tiere«, schwärmte sie und ihre Augen blitzten hinter den großen Brillengläsern. »Zum Beispiel dieser Huntsman da oben bei der Lampe! Ist der nicht ein toller Jäger?«

»Und ob«, sagte Chaz bewundernd.

Ich schaute hoch und zuckte zusammen. Dicht neben der Lampe an der Wand, keine halbe Armlänge von mir entfernt, hockte eine handtellergroße graue Spinne.

Sie streckte die haarigen Vorderbeine aus und schnappte sich damit eine Motte. Im Laufe des Abends wiederholte sie das ein halbes Dutzend Mal. Eine faszinierende Show und besser als jeder Horrorfilm. Kerrie riet mir, mein Bettzeug und die Handtücher immer gründlich auszuschütteln, weil Huntsmen darin gerne andere Spinnen jagten.

»Ich hatte als Kind keine Spinnen, dafür aber ein zahmes Kaninchen«, erzählte ich munter und wunderte mich, warum auf einmal alle so angewidert dreinschauten.

»Im Ernst?«, staunte Kerrie.

»Ein Kaninchen?« Chaz verzog das Gesicht.

»Äh ja«, sagte ich. »Mein Vater hat es später weggegeben, während ich in der Schule war. Wahrscheinlich ist es in irgendeinem Kochtopf gelandet.«

»Das ist ja widerlich!«, rief Wanda, ihre gewaltige Oberweite wogte. »Stimmt das wirklich, ihr esst die Viecher? Bei uns ist es sogar verboten, eins zu besitzen! Dreitausend Dollar Strafe, sag ich da nur.«

Etwas zu spät fiel mir ein, dass die Pelztierchen, die ich als Kind so geliebt hatte, in Australien ähnlich wie Aga-Kröten eine gewaltige Plage waren. Mitte des neunzehnten Jahrhunderts waren die ersten vierundzwanzig hierhergebracht worden und inzwischen tummelten sich Hunderte von Millionen in Australien, sie fraßen ganze Landstriche kahl. Wahrscheinlich hätte ich eben genauso gut erzählen können, dass bei uns in Deutschland Wanderratten frisch aus einem Abwasserkanal beliebte Haustiere waren.

»Nur in ganz seltenen Fällen essen wir Kaninchen«, versicherte ich eilig und Lars grinste schadenfroh. Er selbst amüsierte sich blendend. Ein Bier nach dem anderen gluckerte durch seine Kehle, Rusty und er waren schon die besten Freunde und gerade haute ihm Noah übermütig auf die Schulter. Dann gab's ein kleines Match im Armdrücken, das Lars knapp verlor. Was ihm aber nichts auszumachen schien, dem verdammten Erpresser. Selbst dann, als ein frecher Kookaburra ihm im Tiefflug ein Würstchen vom Teller klaute.

Colin war verschwunden; ich hatte gar nicht mitbekommen, dass er gegangen war. So viel zu meinem Plan, mich bei ihm zu entschuldigen.

Kurz vor Mitternacht fand ich den Mut, Kerrie nach ihm zu fragen.

»Nee, er ist nicht fest angestellt«, meinte sie. »Er studiert in Brisbane Environmental Science. Aber an den Wochenenden oder in den Semesterferien – so wie im Moment – ist er oft bei uns und hilft mit.«

Ich nickte. *Environmental Science.* War das so was Ähnliches wie Ökologie?

»Wenige von ihnen schaffen es an die Uni«, fuhr Kerrie fort. »Damit ist er eine echte Ausnahme, glaub ich.«

Mit gerunzelter Stirn blickte ich sie an. »Von *ihnen?* Was meinst du damit?«

»Hast du das nicht bemerkt? Colin ist ein Aboriginal.

Früher hat man sie Aborigines genannt, aber das sagt man nicht mehr.«

Einer von ihnen. Wie seltsam das klang. Colin gehörte doch zum Team von The Ark, er war einer von *uns*. Kerrie schien gemerkt zu haben, dass mir das quer runtergegangen war, denn sie sagte nichts mehr und schien ganz froh, als Chaz das Thema wechselte. Er begann, etwas von den riesigen dunkelgrünen Eiern zu erzählen, die die Emus jedes Jahr im australischen Winter legten und die dann vom Vogelpapa persönlich ausgebrütet wurden. Doch mir war nicht mehr nach einer Tierpfleger-Fachsimpelei zumute und außerdem war ich todmüde.

Ich sagte meinen neuen Kollegen Gute Nacht und verzog mich in mein Zimmer. Selten hatte ich mein Bettzeug so gründlich ausgeschüttelt, doch zum Glück fiel kein Huntsman heraus.

Diesmal fiel es mir nicht so leicht einzuschlafen. Warum war ich eigentlich nicht von selbst darauf gekommen, dass Colin ein Aboriginal war? Vielleicht, weil seine Haut relativ hell war. In dem Australien-Bildband, den ich aus der Bibliothek ausgeliehen hatte, waren nackte, tiefdunkle Tänzer zu sehen gewesen, die sich weiße Linien und Punkte auf den Körper gemalt hatten. Doch ganz offensichtlich hatte Colin nicht die Absicht, in nächster Zeit zu tanzen, einen Bumerang zu werfen oder Didgeridoo zu spielen. Wahrscheinlich würde es eine Weile dauern, bis ich all diese Aboriginal-Klischees aus dem Kopf draußen hatte!

Wie herrlich, dass mein Zimmer auf dem Gelände des Zoos war. Es gab keinen Autolärm, hörbar war nur das schrille Rufen und Grunzen von Emus und Koalas in der Paarungszeit.

Ich war dabei wegzudämmern, als ich Lars' Stimme im Flur hörte – er quatschte jemanden mit dem voll, was er alles über australische Tiere wusste. An den Zwischenbemerkungen hörte ich, dass er das ausgerechnet Noah, dem Zoochef, gegenüber machte. O Mann. Konnte Lars nicht anders, musste er ständig versuchen, andere zu beeindrucken? Das machte er auch in Hellabrunn und es nervte alle komplett ab.

Augenblicklich war ich wieder wach und Wut brodelte in mir hoch. Auf Lars. Und auf mich selbst.

Nachdem Lars mich »gebeten« hatte, ihm eine Einladung zu verschaffen, war ich nicht nach Hause gefahren. Das ergab keinen Sinn, meine Mutter war sowieso nicht daheim, sie saß den ganzen Tag an der Kasse eines Drogeriemarkts und kam erst abends todmüde heim.

Stattdessen fuhr ich zu Sarah. Am Eingang ihrer Villa in Grünwald hing ein altes Klingelschild aus Messing, auf dem »Sarah Bergson – Architektin« stand und ein neueres mit »Tierhilfe München e. V.« darauf. Sarah lebte mit etwas über zwanzig Katzen und einer wechselnden Anzahl von Hunden zusammen, die sie in Griechenland von der Straße holte und dann vermittelte. Vor ein paar Jahren hatte ich begonnen, nach der

Schule bei ihr mitzuhelfen. Einfach so, aus Spaß. Sarah war okay, und ihr konnte ich endlich erzählen, was Lars von mir verlangt hatte. Danach fühlte sich mein Magen leider immer noch so an, als hätte ich einen Schwarm Hornissen verschluckt, und in meinem Kopf sah es nicht viel besser aus. »Ich war so verblüfft, ich habe ihm nicht mal einen Spruch hingeknallt. Und was jetzt? Soll ich tun, was er will?«

Sarah seufzte. »Es wäre besser gewesen, du hättest es dem Zoo gleich zu Anfang gesagt. Das mit der Polizei. Vielleicht hätten sie dich trotzdem genommen.«

Ich stöhnte. »Das glaubst auch nur du! Weißt du, wie viele Bewerber sie für diesen Ausbildungsplatz hatten?«

»Tausend«, sagte Sarah und seufzte. Na klar, sie wusste es, schließlich hatte sie mir Mut gemacht, mich für meinen Traumjob zu bewerben. Obwohl alles dagegen sprach, dass ich es schaffen würde. »Mach es nicht«, sagte Sarah plötzlich. »Lass dich nicht erpressen. Gib diesem Mistkerl nicht nach. Du würdest es bereuen, glaub mir.«

»Meinst du?« Wie konnte sie da so sicher sein? Wenn Lars herumerzählte, was er anscheinend herausbekommen hatte – wie eigentlich?! –, dann konnte er mir weit mehr kaputtmachen als diese Australienreise. Wenn meine Chefs erfuhren, dass ich beim Einstellungsgespräch eine Vorstrafe verschwiegen hatte, dann würden sie mich nach der Ausbildung unter Garantie nicht übernehmen. Hausfriedensbruch, Diebstahl, Körperverletzung, das waren keine Kleinigkeiten.

Das Ganze war drei Jahre her. Als ich diese Füchse in ihren jämmerlichen, viel zu kleinen Drahtkäfigen gesehen hatte, war mir sofort klar gewesen, dass ich etwas tun musste. Heute würde ich so was ganz anders anpacken, erst mal die Behörden verständigen und so weiter. Zur Presse gehen. Eine Umweltorganisation zu Hilfe rufen. Aber damals, mit fünfzehn, hatte ich mich auf das Grundstück geschlichen und die Käfige aufgebrochen. Ich wusste, die Ausbrecher würden nicht verhungern – Füchse sind verdammt clever und so anpassungsfähig, dass sie sogar in der Stadt klarkommen. Ich selbst war nicht clever genug gewesen, war erwischt worden und hatte einen Riesenärger bekommen. Blöderweise war ich völlig durchgedreht, als der Besitzer des Grundstücks mich festhielt. Unter anderem hatte ich ihm das Handgelenk gebrochen. Völliger Blackout – es machte mir selbst Angst, daran zu denken.

Wahrscheinlich aus Rache hatte der Typ der Polizei gesagt, ich hätte sein Auto zerkratzt und ihm die Reifen zerstochen. Stimmte zwar nicht, das war jemand anders gewesen, aber der Richter hatte mir nicht geglaubt. Zumal der Kerl behauptete, er hätte mich dabei beobachtet.

Eine Tierpflegerin, die Tiere schützt und deswegen verurteilt wird ... kein Problem, oder? Nein. Die Illusion hatte ich längst nicht mehr. Neulich erst hatte einer der Revierleiter so richtig hasserfüllt über Tierbefreier geschimpft. Konnte ich auch verstehen. Hin und wieder versucht irgendein Irrer, Zootiere zu »befreien«. Wenn er es schafft, ist das gewöhnlich ein Todesurteil für das jeweilige Tier. Wenn es vom Gelände entkommt, endet es meist vor dem Kühler eines Autos oder wird erschossen, weil sich Menschen von ihm bedroht fühlen.

»Ich frage Maryann, ob Lars mitkommen kann«, sagte ich zu Sarah. Aber gut fühlte sich das nicht an. Feige! Es ist feige. Wieso sagst du ihnen nicht alles? Sag es ihnen selbst, was damals mit dir los war, und dann kannst du Lars ins Gesicht lachen!

Aber das hatte ich nicht geschafft.

Maryann war nicht begeistert gewesen davon, dass ich Lars als zweiten Teilnehmer vorschlug, weil eigentlich nur eine Person pro Jahr vorgesehen war. Ich hatte sie überreden müssen, obwohl mir die Worte vor Widerwillen beinahe im Hals stecken geblieben waren. Und jetzt waren wir hier, Lars und ich …

Es dauerte lange, bis ich endlich einschlafen konnte.

AUSSEN VOR

Frühstück gab's im Aufenthaltsraum des Haupthauses, der Tisch war für uns gedeckt und in einer Pfanne fanden sich Spiegeleier und Speck, die wir uns anscheinend aufwärmen sollten. Es war sieben Uhr und außer uns war niemand da. Waren wir die Ersten oder die Letzten?

Lars war blass und hatte einen leidenden Blick. Ein klarer Fall von zu viel Bier. »Hast du eine Ahnung, wofür wir heute eingeteilt sind?«, brummte er.

»Nö, am besten, wir schauen mal im Büro vorbei«, sagte ich. Doch an den beiden Schreibtischen saß niemand, auf einem der Computer flimmerte ein Bildschirmschoner, auf dem ein Wombat schlief, schnarchte und sich ab und zu in lustigen Posen herumwälzte. Während Lars die Aushänge am Schwarzen Brett las, nahm ich das mit dem Wombat als Zeichen und suchte das dazu passende Gehege, das ich schließlich den Emus gegenüber fand. Dort war Rusty schwitzend damit beschäftigt, das Gehege umzugraben. Er grinste freundlich, als er mich sah. Auf seinem Rücken hing wie immer der Rucksack mit Arnold. »Na, alles klar?«

»Jedenfalls fühle ich mich schon viel besser als gestern«, sagte ich, schnappte mir einen Spaten und begann, Rusty zu helfen.

Missbilligend beobachteten uns die beiden Wombats, die mir Rusty als Mr Jones und Mathilda vorstellte. Sie wirkten wie kräftige, wenn auch ziemlich klein geratene Bären, ihre Pfoten sahen aus wie Schaufeln. Es war kein Wunder, dass sie nicht von uns begeistert waren, wir machten schließlich die mühsame Arbeit einer gesamten Nacht zunichte. Die beiden Wombats hatten das Gehege völlig durchwühlt und untertunnelt, überall hatten sie ihre Höhlen gegraben. Wir schippten den Sand wieder in die Löcher und glätteten den Boden, damit sie in der nächsten Nacht etwas zu tun hatten. Eine Höhle für ihr Mittagsschläfchen ließen wir ihnen natürlich übrig.

»Mit den Tunneln machen sie sich auf den Farmen richtig unbeliebt, immer wieder treten Pferde und Rinder in 'nen Wombat-Bau und brechen sich das Bein«, erzählte Rusty. »In den Fünfzigerjahren gab es eine Kopfprämie für jedes Tier, das man erschossen hat. Heute stehen sie unter Schutz und trotzdem sind die Eltern der beiden abgeknallt worden.«

»Sind Mathilda und Jones die beiden, die Chaz aufgezogen hat?«

»Darauf kannst du wetten. Früher durften sie sogar ins Haus, aber Mr Jones hat sich angewöhnt, neben der Kloschüssel zu schlafen«, berichtete Rusty. »Ich kann dir sagen, das war kein so tolles Gefühl, mit heruntergelassenen Hosen halb über einem Wombat zu hocken. Weißt du, was die mit deinen Schienbeinen anstellen können?«

Plötzlich fiel mir auf, dass Rusty kniehohe Lederstiefel trug. Vielleicht sollte ich mir für morgen ein Paar davon organisieren.

Anschließend gingen wir ins Büro und Rusty zeigte mir, wo die Dienstpläne hingen. Wie sich herausstellte, war ich dazu eingeteilt, bei der Fütterung der verwaisten jungen Kängurus und Koalas zu helfen. Ich war begeistert. Nichts wie hin! Ich stürmte zur Aufzuchtstation und stellte fest, dass Lars bereits eifrig dabei war, unter Chaz' Aufsicht einem Joey seine Portion Milch zu verabreichen.

»Du warst nicht da, also habe ich mir gedacht, okay, einer muss den Job wohl erledigen«, sagte er und tat, als kapierte er gar nicht, warum ich sauer war. Ich kniff die Lippen zusammen und blieb da, um wenigstens zuschauen zu können und mitzukriegen, wie das alles ablief. Chaz gab mir den Job, eine Ladung Pipetten, Milchflaschen, Sauger und sämtliches andere Equipment mit heißem Wasser zu spülen und anschließend das ganze Zeug zu sterilisieren. »Immer Hände waschen, bevor ihr ein Joey anfasst«, prägte er uns ein. Leider war er in nüchternem Zustand nicht mehr so gesprächig und wir mussten die Informationen förmlich aus ihm herausquetschen.

»Wie oft bekommt so ein Kleines denn zu trinken?«

»Stündlich. Wenn es noch kein Fell hat.«

»Und später?«, bohrte ich. »Wenn es ein Fell hat?«

»Dann alle drei Stunden.«

»Und anschließend?«

»Ja, halt nach Bedarf.«

Stündlich? Kein Wunder, dass Chaz mindestens ebenso übernächtigt aussah wie Lars!

»Was kriegen die Joeys für Milch?«, fragte ich und zur Antwort deutete Chaz mit dem Kinn auf eine ganze Reihe von Säcken. Staunend las ich, was sie enthielten: Aufzucht-Milchpulver. Es gab fünf verschiedene Sorten, jede Tierart hatte ihren eigenen Mix.

Ich schaute zu, wie Lars dem Koala vorsichtig die Flasche gab. Konzentriert und anscheinend hingerissen beugte er sich über das winzige Joey, das gierig saugte. Allein der Kopf des Minikoalas schaute heraus: pelzige silbergraue Ohren, eine schwarze Nase und runde dunkle Augen.

»Heißt Nimari«, brummte Chaz. Nimari hatte es sehr gemütlich in ihrem Beutelersatz. Ein elektrisches Heizkissen sorgte für die nötige Wärme und saugfähige Einlagen dafür, dass der Beutel nicht dreckig wurde. Die Kleine klammerte sich an einen Teddybären aus Stoff, der nicht halb so niedlich war wie sie selbst.

»Etwa zweihundert Tage alt ist sie«, erklärte Chaz. »Verbringt rund eine halbe Stunde pro Tag außerhalb des Beutels. Bald wird sie anfangen, Eukalyptus zu probieren.«

»Wie schaffen die Koalas es eigentlich, dieses faserige Zeug zu verdauen?«, fragte ich fasziniert.

»Mit Mamas Hilfe«, erklärte Chaz und nach und nach bekamen wir aus ihm heraus, dass das Muttertier in dieser Zeit anfing, einen besonderen grünlichen Kot zu produzieren, den Pap. Indem die Kleinen ihn fraßen, bekamen sie alle nötigen Bakterien, die sie zum Verdauen der zähen Blätter brauchten. Soso, die niedlichen kleinen Pelztierchen fraßen also Ausscheidungen.

Ich musste es einfach fragen. »Und wie machen sie das mit einem Kerl wie dir als Mama, der garantiert nicht anfängt, auf dem Klo irgendwas Grünes zu produzieren?«

Chaz lachte, dann seufzte er. »Schwierig. Wir holen uns was von echten Koalamamas. Leider hält sich das Zeug im Tiefkühler bloß zwei Wochen.«

Währenddessen war ein anderes, etwas älteres Joey damit beschäftigt, auf einem kleinen Spielbaum herumzuklettern, an dem ein Teddy befestigt war. Doch für mehr als einen kurzen Ausflug reichte es nicht, schon krabbelte der Kleine eilig in die dunkle Sicherheit seines Stoffbeutels zurück.

»Normalerweise würde er in dem Alter auf dem Rücken seiner Mutter reiten. Wir probieren morgen mal, ihn auf eins der Weibchen zu setzen, vielleicht adoptiert es ihn, weißt du?«, meinte Caroline und streckte wortlos die Hand aus. Ihre Tochter Brittany – die ich gestern bekleckert hatte – legte eine Beuteleinlage hinein und Caroline befestigte sie. Ganz klar ein eingespieltes Team.

Auch das kleine Wallaby Jula, das wir gestern von der Straße geholt hatten, war im Aufzuchtzentrum, doch es streckte nicht mal den Kopf aus dem Beutel, während wir da waren. Wahrscheinlich war es völlig traumatisiert.

Den Rest des Vormittags war ich damit beschäftigt, Futter zu hacken und bei den Buntwaranen, bei den Dingos und in den Vogelvolieren sauber zu machen. Alles wie gewohnt, das war mehr oder weniger das, was ich in Hellabrunn jeden Tag gemacht hatte, lediglich mit anderen Tieren. Lars war nirgendwo mehr in Sicht. Wieso hatte ich das Gefühl, dass ich was verpasste? Weil es so war, wie ich bei einem kleinen Rundgang übers Gelände feststellte. Im Gehege der Echidnas war Lars unter Rustys Anleitung dabei, einen Schnabeligel, der aussah wie ein Stachelkissen mit einer zigarrenförmigen schwarzen Nase, in einen Sack zu versenken.

»Die Dame muss zum Gesundheitscheck«, erklärte Rusty und sah ein bisschen verlegen aus. »Sorry, dass ich dich nicht gefragt hab, Juli – aber dein Freund sagte, er will Tierarzt werden, also dachte ich mir, er braucht die Übung.«

»Kein Problem«, sagte ich und versuchte ein Lächeln. Mein Freund! Soso, angeblich wollte Lars also Tierarzt werden, obwohl er gerade mitten in der Ausbildung zum Zootierpfleger steckte. Tolle Idee von ihm. Anscheinend bekam er dadurch die ganzen interessanten Jobs ab!

In der kleinen Klinik des Wildparks wartete Maryann auf uns, die Tierärztin, die ich in München kennengelernt hatte. Sie begrüßte mich mit einem herzlichen Lächeln, dann widmete sie sich dem Echidna, der über und über mit dunkel- und hellbraunen Stacheln bedeckt war. Endlich gab es eine Gelegenheit, mit anzupacken, allerdings eine ziemlich schmerzhafte. Vier Leute – Rusty, Kerrie, Lars und ich – mussten helfen, die Patientin auf den Behandlungstisch zu legen, jeder von uns hielt eins der Beine.

»Wie wär's mit Handschuhen?«, fragte Lars und zog eine Grimasse.

Rusty schüttelte den Kopf. Auch er trug keine, seine Hände bluteten.

»Sorry, mate, aber du brauchst deinen ganzen Tastsinn.«

»Sieh an, sie hat Nachwuchs«, sagte Maryann und holte vorsichtig ein nacktes rosa Geschöpf aus einer kaum sichtbaren Höhle am Bauch des Echidnas, die ich auf den ersten Blick eher für einen Nabel gehalten hätte. Das strampelnde Kleine sah aus wie ein rosa Gummibärchen im XXL-Format. Rasch wurde es gewogen, untersucht und vorsichtig wieder in den warmen dunklen Beutel seiner Mama zurückbugsiert.

»Jetzt gönnt es sich wahrscheinlich gleich einen Schluck rosa Milch«, meinte Rusty. »Den Echidna-Babytrunk erkennt man sofort an der Farbe. Lecker, was?«

»Aber nicht so lecker wie dein Apfelkuchen«, sagte

ich und hocherfreut versprach mir Rusty fürs nächste Mal einen Schoko-Mango-Kuchen, seine Spezialität.

»Ach, Rusty, du bist ein Schatz!«, gab ich zurück und er grinste, bis er sich fast die Mundwinkel ausrenkte.

Colin war bei der Aktion mit den Echidnas nicht dabei gewesen, ich hatte ihn den ganzen Tag nicht gesehen. Waren seine Semesterferien zu Ende? Ich war nicht sicher, ob ich mir das wünschte oder nicht.

Am Nachmittag brachte ein Einheimischer einen verletzten Koala vorbei, der von einem Auto angefahren worden war, und Maryann setzte das kleine Beuteltier sofort unter Narkose. Auf dem Rücken, alle viere von sich gestreckt, lag er da, und eine durchsichtige Maske bedeckte seinen grau bepelzten Kopf. Lars und ich machten lange Hälse, um bloß nichts zu verpassen. Kurz wandte sich Maryann uns zu und Lars nutzte die Chance sofort. »Könnte ich vielleicht helfen? Es wäre eine tolle Vorbereitung auf mein Tierarztstudium …«

Maryann nickte. »Wir reinigen erst mal die Wunden, damit wir sehen, wo er verletzt ist.«

Ich hatte genug. Wortlos drehte ich mich um und ging. Reichte es Lars nicht, dass ich ihm eine Einladung verschafft hatte, musste er sich auch noch überall vordrängen?

Es war eigentlich kein schlechter Tag gewesen und doch fühlte ich mich leer und matt. Im Wildlife Park hatte ich meinen Platz bis jetzt nicht gefunden und das mit dem Strand nach Feierabend wurde wohl nichts, denn schließlich hatten Lars und ich nicht genug Kohle, um uns ein Mietauto besorgen zu können. Vielleicht wohnte einer der Pfleger in Noosa, an der Küste, und konnte mich mal mitnehmen?

Am späten Nachmittag wurde es ruhiger in The Ark. Die Besucher waren alle verschwunden und kurz darauf verriegelte Noah das Eingangstor. Ein Helfer nach dem anderen verabschiedete sich und ging heim. Erschöpft und entmutigt machte ich mich an meine letzte Aufgabe für den Tag; ich hatte mich freiwillig dafür gemeldet, noch einmal den Sand in den Volieren durchzuharken. Vielleicht brachte das der ungeschickten Kaninchenlady aus Deutschland wenigstens ein paar Fleißpunkte ein. Ich schloss die erste Voliere auf, machte die Tür hinter mir zu und war sofort von scharlachrot-blauen Papageien umgeben, die ohne Scheu auf meinem Kopf und meinen Schultern hockten, während ich Ordnung machte. Es kitzelte und ich bewegte mich vorsichtig, damit sie nicht wieder davonflogen.

Nach mehreren verschiedenen Vogelarten war der große Käfig der Ringtail Possums – Ringschwanzbeutler – dran. Sie waren etwa katzengroß, hatten ein dichtes silbrig graues Fell, rosa Nasen und lange, an der Spitze weiße Greifschwänze. Eins von ihnen landete mit einem gewagten Sprung auf meiner Schulter. Ich schenkte dem Possum ein Stück Apfel und es knabberte drauflos. Ach, mit Tieren zusammen zu sein, war so einfach und schön ... es waren die Menschen, die alles kompliziert machten ...

»Ich glaube, Mayra mag dich«, sagte eine Stimme und ich fuhr zusammen. Ein junger Mann lehnte an einer der Volieren. Ich erkannte ihn auf Anhieb. Colin.

Sofort verkrampfte ich mich und mein Herzschlag dröhnte mir in den Ohren. Würde er die Sache mit George, dem Krokodil, ansprechen? Oder sollte ich es tun?

»Mach mal die Augen zu«, sagte Colin und ich war so verblüfft, dass ich es tat. »So, atme tief durch ... und hör zu.«

Ich schloss die Augen und atmete tief. Die Possums stießen beim Herumturnen in den Ästen leise, zwitschernde Laute aus, sie klangen eher wie Vögel und weniger wie kleine Beuteltiere. Je länger ich lauschte, desto ruhiger wurde ich. Ich hörte auf zu denken, war im Hier und Jetzt. Mein Herz schlug wieder langsam und gleichmäßig.

Es dauerte einen Moment, bevor mir das leise Geräusch im Hintergrund auffiel. Ein kurzes, zischendes Niesen – was konnte das sein?

Ich öffnete die Augen wieder und sah mich um. Colin stand genauso da wie vorher, sein Gesicht war völlig ruhig. Er hatte die Augen ebenfalls geschlossen. »Hast du es gehört?«, fragte er.

»Ja. Was ist das?«

»Ein junges Possum, das nach seiner Mutter ruft.

Schau mal, ob du es findest. Kann sein, dass es aus dem Beutel gekrochen und runtergefallen ist.«

Er hatte recht. Das Joey hockte zwischen den Blättern, ich hatte es völlig übersehen.

»Und was jetzt?«, fragte ich Colin.

»Wirkt es verletzt?«

Ich schaute nach. »Nein.«

»Es wird heute eine warme Nacht, auskühlen wird das Kleine nicht. Lass es, wo es ist. Wenn seine Mutter es morgen früh nicht zurückgeholt hat, bringen wir es in die Aufzuchtstation.«

Wir sahen uns an, plötzlich verlegen. Dann mussten wir beide lächeln. Auf einmal wusste ich, dass er niemandem davon erzählt hatte, wie dämlich ich mich mit George angestellt hatte.

Mir fiel auf, dass ein geschlossener Katzentransportkorb aus Plastik neben ihm stand. »Was hast du denn dadrin?«

Er lächelte. »Auch ein Possum. Sie geraten ständig in Schwierigkeiten, weil sie so neugierig sind und sich in den Vororten eigentlich ganz wohlfühlen. Dieses hier ist auf einem Haus herumgeklettert und in den Kamin gefallen. Wir behalten es über Nacht zur Beobachtung, es wirkt ein bisschen angeschlagen.«

Beiläufig hob er die Hand zum Abschied, dann nahm er den Transportkorb und machte sich auf den Weg.

Ich fühlte mich plötzlich ganz seltsam. Ein bisschen zittrig. Wahrscheinlich sollte ich mich dringend mal um etwas zum Abendessen kümmern, ein Sandwich zu Mittag war zu wenig, wenn man körperlich arbeitete.

Also verabschiedete ich mich von meiner neuen Freundin, Mayra dem Ringtail Possum, brachte mein Werkzeug weg und ging ins Hauptgebäude. Es roch nach Essen; in der kleinen Küche des Hauptgebäudes verriet ein rot verschmierter Teller mit einer einsamen Nudel darauf, dass Lars Spaghetti gekocht hatte. Anscheinend nur für sich selbst. Jetzt lag mein Kollege auf dem Sofa im Aufenthaltsraum; seine Füße hingen über die Lehne. Er war völlig vertieft in ein Buch mit dem Titel *Bier selber brauen: Sie können das auch!*.

Als Lars mich sah, ließ er das Buch sinken. »Es interessiert dich wahrscheinlich nicht, wie es diesem verletzten Koala geht, der vorhin abgegeben wurde«, meinte er. »Falls doch, dann frag mich, okay?«

Die Wut schoss wie ein glühender Strom durch meinen ganzen Körper. Und ich wusste, dass wir das alles klären mussten, sofort. Selbst wenn es sein konnte, dass ich oder er oder wir beide dann aus dem Wildlife Park hinausflogen.

FREIHEIT

»Hat dir die Erpressung nicht gereicht?«, fragte ich, plötzlich gefährlich ruhig. »Denkst du, ich würde mir gefallen lassen, wie du mir Stück für Stück alles wegnimmst?«

Ganz langsam stand Lars auf und legte das Buch weg. »Du spinnst ja«, sagte er und auf seinem Hals erschienen rote Flecken. »Klar, ich habe dich … äh, überredet, dass du mir eine Einladung verschaffst, aber was du hier in Cooroy draus machst, ist ganz allein deine Sache.«

»Überredet? Überredet!« Das war wirklich zu viel. »Weißt du eigentlich, dass es strafbar ist, Leute zu erpressen? Im Knast gibt's bestimmt eine Menge interessanter Tiere. *Rattus norvegicus,* die Wanderratte, zum Beispiel oder *Blatta Orientalis,* die Kakerlake – ich bin sicher, ihr werdet euch total gut verstehen …«

»Mann, ich weiß gar nicht, warum ich dir überhaupt zuhöre.« Trotzig legte sich Lars wieder hin und klappte das Bierbrauer-Buch vor seinem Gesicht auf. »Vergiss es doch einfach. Beweisen kannst du sowieso nichts,

Zeugen hast du ja keine. Im Notfall sage ich, du hast mich falsch verstanden, und basta.«

Nein, so leicht kam er nicht davon! »Lars, ich meine es ernst. Wenn du dich weiter überall reindrängst, dann erzähle ich deinen neuen Kumpels, wie genau du nach Australien gekommen bist. Ist das klar?«

Er schmiss das Buch in die Ecke, mit einem dumpfen Schlag traf es an der Wand auf. »Das ist total lächerlich und ich glaube, das weißt du, Juliane.«

»Ach wirklich?« Ich war noch lange nicht fertig, die hilflose Wut musste raus. »Ist das bei dir so, Lars, dass du immer der Erste sein musst? Dass du kein Gefühl dafür hast, was fair ist und was nicht?«

»Wir sind erst seit zwei Tagen hier, alle Leute sind nett zu uns, was genau hast du eigentlich für ein Problem?«

Sprachlos schüttelte ich den Kopf. Diesmal war es Lars, der weiterredete. »Stört es dich so sehr, dass ich einen Schnabeligel in einen Sack stecken durfte und du nicht? Schau dir doch meine Hände an, Echidnas werden nicht meine Lieblingstiere in den nächsten vier Wochen!«

Darauf fand ich keine Antwort. Also knurrte ich: »Idiot!«, und marschierte in die Küche, um meinen leeren Magen zu füllen.

Am nächsten Morgen klopfte Caroline Greenberg an unsere Tür und lud mich und Lars zum Frühstücken mit der Familie ein. Ihr Haus lag auf dem Nachbargrundstück und schien jeden Moment aus allen Nähten zu platzen. Kinder und Tiere wuselten durcheinander, schrien und stritten sich ums Essen. Fasziniert beobachtete ich, wie Rührei auf dem Teppich landete, ein zahmes Possum an der Deckenlampe Kunststücke übte und die beiden Mädchen Marina und Brittany sich an den Haaren zogen. Im Hintergrund stakste ein Brolga – einer der grau-roten australischen Kraniche – durchs Zimmer und untersuchte die Einrichtung sorgfältig mit seinem roten Schnabel. Als ich aufs Klo ging, entdeckte ich, dass es sich ein junger Buntwaran auf dem Spiegel des Badezimmers gemütlich gemacht hatte. Er zischte wütend, als ich die Spülung betätigte.

Caroline brachte all das nicht im Geringsten aus der Ruhe, sie beachtete das Chaos einfach nicht. »Weißt du, vor fast genau fünfzehn Jahren haben Noah und ich uns kennengelernt«, erzählte sie, aber es fiel mir schwer, mich darauf zu konzentrieren. Ihr Sohn Riley kippelte mit dem Stuhl so weit nach hinten, dass er jeden Moment umzufallen und sich das Genick zu brechen drohte. »Tja, damals war ich PR-Managerin in Sydney und habe abends in einer Bar gesungen, 'n bisschen Soul, 'n bisschen Blues. Noah hat als Masseur gearbeitet. In der Bar sind wir uns dann zum ersten Mal begegnet. Schwierig war, dass er bis vor Kurzem so viel gereist war – er hat Orchester auf Tourneen begleitet, die müssen locker sein für ihre Auftritte, fast wie Spitzensportler, weißt du?«

»Das klingt ja lustig«, sagte ich. Jetzt war es so weit, Riley kippte hintenüber, mit einem gewaltigen Krachen landete er auf dem Boden. Doch ein Notarzt schien nicht nötig zu sein. Ohne richtig hinzusehen, stellte Caroline Stuhl und Sohn wieder auf die Beine, Riley setzte sich und das Frühstück ging weiter.

Lars wirkte völlig verschreckt und sagte kaum ein Wort. Diese Familie war zweifellos zu viel für ihn.

Ein bisschen erleichtert verabschiedeten wir uns schließlich, um an die Arbeit zu gehen. Lars und ich waren beide für die Koalas eingeteilt, ignorierten einander aber völlig. Eins war klar, nach dem Streit gestern Abend herrschte Eiszeit. Zu den anderen Pflegern war Lars freundlich und hilfsbereit, doch sobald sein Blick mich streifte, wurden seine Augen kalt. Das störte mich nicht weiter. Ich war es nicht, die mit diesem ganzen Mist angefangen hatte!

Die Koalas lebten in einem eingezäunten Stück Eukalyptuswald, das wahrscheinlich von Anfang an hier an dieser Stelle gewachsen war. Jenseits des Zaunes stand halb von Bäumen und Gebüsch verborgen eine kleine Hütte, vielleicht so eine Art Lagerschuppen. Auf der anderen Seite, direkt am Rundweg, war das kleine Koalahaus mit Innengehegen für neu eingelieferte pelzige Patienten.

Es war höchste Zeit, den Koalas neues Futter zu verschaffen, die Eukalyptusbäume in ihrer Außenanlage sahen ziemlich kahl gefressen aus. Diese Bäume hatten es ohnehin nicht leicht, ihre Stämme waren völlig zerfetzt von den scharfen Kletterkrallen der Tiere. Eigentlich hatte ich vorgehabt, während meiner Zeit in Australien mindestens einmal einen Koala zu knuddeln. Aber vielleicht war das doch keine so gute Idee …

Im Koalahaus von The Ark lebten einige Patienten, die noch nicht ins Waldgehege durften: ein Weibchen mit Gipsverband am Bein; das von einem Auto angefahrene Männchen von gestern, das große Verbände trug, und ein Jungtier mit Durchfall. »Hier hat bis vor einer Weile Scruffy gewohnt, ein junges Männchen«, meinte Rusty vergnügt. »Wir haben ihn als völlig verwahrlostes und abgemagertes Jungtier neben der Straße gefunden. Der brauchte es, dass ihn jemand richtig aufpäppelte. Aber jetzt ist Schluss mit dem Essen frei Haus, es geht zurück in die Freiheit.«

Zurzeit war Scruffy im Außengehege, erst mal mussten wir ihn einfangen. Wir gingen zu einem der Schuppen, in dem Fangausrüstungen und Kisten lagerten, und kamen dabei am Parkplatz vorbei. In dem Moment bog ein verbeulter blauer Wagen auf den Parkplatz ein und aus dem Führerhaus stieg … Colin. Ich freute mich und versuchte gleichzeitig, es mir nicht anmerken zu lassen.

»He, Colin!«, dröhnte Rusty. »Übrigens – die Chefin ist sauer auf dich. Hast gestern wieder mal einen Eimer im Weg stehen lassen und sie ist drüber gestolpert!«

Colin verzog das Gesicht. »Shit. Tut mir echt leid. Kommt nicht wieder vor.«

Mir fiel auf, dass er blass aussah. Er nahm Rusty kurz beiseite und fragte ihn irgendetwas. Rusty sagte: »Sure, no problem.« Neugierig musterte ich Colin und fragte mich, was mit ihm los war.

Zu viert machten wir uns daran, Scruffy zu holen. Er hockte etwa fünf Meter über dem Erdboden in einer Astgabel und pennte.

»Machen Koalas eigentlich jemals etwas anderes?«, fragte ich kopfschüttelnd, als ich zu ihm und den anderen Pelzkugeln hochspähte.

»Nicht oft«, sagte Colin und grinste, es sah etwas angestrengt aus. Hatte er Stress daheim? »Sie ruhen zwanzig Stunden am Tag, selbst Faultiere bringen es nur auf achtzehn. Eukalyptus ist kein sehr energiereiches Futter.«

»Das heißt, sie schlafen nicht, sondern schalten ab, um Energie zu sparen?«, meinte Lars. Colin sah ihn etwas verdutzt an, vielleicht hatte er noch nie gehört, dass Tiere sich abschalten konnten. »Äh, ja. Außerdem sind im Eukalyptus schwach giftige Stoffe enthalten, eine Art Droge …«

»Die Koalas sind sozusagen ständig bedröhnt.« Rusty grinste breit.

»Und es kostet sie nicht mal was«, ergänzte Colin trocken. »Okay, legen wir los.«

Rusty machte eine Bewegung, als wollte er Lars die lange Metallstange mit der Schlinge am Ende reichen, doch Colin sagte ruhig: »Juli, versuch du mal, ob du

Scruffy erwischen kannst«, und plötzlich war ich es, die die Fangvorrichtung in der Hand hatte. Ich warf Colin einen dankbaren Blick zu. Hatte er mitbekommen, dass Lars sich gestern die ganzen spannenden Aufgaben geschnappt hatte? Oder konnte er Gedanken lesen?

Colin erklärte mir, wie ich die Schlinge um Scruffys Hals manövrieren solle. »Keine Angst, sie zieht sich nur ein kleines Stück zu. Nicht so weit, dass er keine Luft mehr kriegt.«

Inzwischen war Scruffy aufgewacht, er wandte uns das graupelzige Gesicht zu und lauschte mit seinen haarigen Ohren vermutlich auf alles, was wir besprachen. Ich schob die Stange hoch in den Baum zu Scruffys gemütlicher Astgabel, die Schlinge baumelte nun keine zwei Meter mehr von ihm entfernt. Jetzt erst schien der Koala misstrauisch zu werden, er duckte sich und bei meinem ersten Versuch glitt die Schlinge von ihm ab. Beunruhigt machte er sich daran davonzuklettern.

»Noch mal! Bleib dran! Du erwischst ihn!«, feuerte Rusty mich an und wippte auf den Zehen. Wahrscheinlich fühlte sich das für Arnold in seinem dunklen Zuhause auf Rustys Rücken an, als wäre seine Mama bei der Morgengymnastik.

Ich tat mein Bestes und bei meinem dritten Versuch hatte ich Scruffy. Er schwebte aus dem Baum nach unten und versuchte davonzuhüpfen, kaum dass seine

Pfoten den Boden berührten. Doch er hing fest – keine Chance!

»Pack ihn mit der einen Hand am Nackenfell und stütze mit der anderen seine Hinterbeine!«, rief mir Colin zu. Ich bekam Scruffy in den Griff und ein paar Sekunden später rumorte er empört in einer gepolsterten Transportkiste herum.

»Gut gemacht«, sagte Rusty und Colin nickte. Von Lars kam kein Wort.

»Wir können mit meinem Ute fahren«, meinte Colin. Wie sich herausstellte, nannte man in Australien Wagen mit offener Ladefläche »Ute«. Wir trugen also die Kiste zu Colins alter Karre und packten Scruffy auf die Ladefläche. Rusty verabschiedete sich von seinem ehemaligen Schützling – er fuhr nicht mit, damit wir anderen Platz hatten. Colin musste erst einmal Lehrbücher, einen zerkratzten MP3-Player, eine Flasche »Cooroy Mountain Spring Water« und ein paar alte Zeitungen aus dem Weg räumen, dann wischte er noch einmal mit übertriebener Geste Staub von den Sitzen. »So, alles bereit zum Einsteigen, bitte stellen Sie das Rauchen ein und schnallen Sie sich an.«

Da keiner von uns rauchte, gingen wir gleich zu Punkt zwei über, was nicht so leicht war, denn die meisten Befestigungen für die Anschnallgurte waren kaputt. Lars hatte wieder so einen nervösen Blick, er versuchte doch tatsächlich, sich den Gurt um den Bauch zu knoten. Ich hielt mich, so gut es ging, fest. Zum Glück war Colin kein Raser, er fuhr sehr lässig und hängte dabei den Ellenbogen aus dem offenen Fenster.

Es fühlte sich gut an, neben ihm zu sitzen. Er strahlte Ruhe aus. Gelassenheit. Nie schien er es eilig zu haben. Sogar Lars schien sich zu entspannen.

Wir kamen auf unsere Hobbys zu sprechen und ich erzählte, dass ich gerne las, Volleyball spielte und Kanufahren ging. Es stellte sich heraus, dass Lars E-Gitarre in einer Band spielte, die sich allerdings vor Kurzem aufgelöst hatte. Ich konnte mir lebhaft vorstellen, warum, wahrscheinlich hatte es wegen Lars ständig Streit gegeben!

»Ist ja witzig«, sagte Colin. »Ich spiel E-Bass und Chaz ist ein ziemlich guter Schlagzeuger. Zusammen mit Caroline am Mikro hätten wir eine komplette Band zusammen. Leider war ich so blöd und habe meinen Bass in Brizzie gelassen.«

Sie fachsimpelten eine Weile über Musik und Indie-Bands, die sich Colin in Brisbane angeschaut hatte. Und doch hatte ich den Eindruck, dass Colin mit Lars nicht richtig warm wurde. Oder war das eher Wunschdenken?

Nach einer halben Stunde Fahrt waren wir in einem Schutzgebiet angekommen, in dem sich Scruffy in Zukunft ein schönes Leben machen sollte. Die Landschaft war wirklich hübsch, die sahnefarbenen Stämme der Eukalypten leuchteten in der Sonne und ihr graugrünes Laub hob sich malerisch vom Blau des Himmels ab.

»Wir haben mit dem Fisheries & Wildlife Officer vereinbart, dass wir Scruffy auswildern«, sagte Colin. »Hier gibt's für ihn reichlich zu fressen.«

»Das ist ein Problem, oder?«, fragte Lars und verkündete: »Es gibt fünfhundertfünfzig Eukalyptusarten, doch von denen fressen Koalas nur etwa sechzig und fünf davon richtig gerne.« Ich überlegte, ob ich demonstrativ gähnen sollte. Wir hatten zur Vorbereitung doch sowieso die gleichen Bücher gelesen – wen genau wollte er mit diesen Fakten beeindrucken? Etwa Colin?

»Stimmt alles«, sagte Colin knapp und wir machten uns daran, Scruffys Transportbox aus dem Wagen zu heben. Feierlich öffnete Lars das vordere Gitter und der junge Koala streckte den Kopf heraus. Mir fiel auf, dass er wie ein Hustenbonbon roch. Na, kein Wunder bei all dem Eukalyptus, den er verspeiste.

Scruffy begriff schnell, dass er frei war, und galoppierte tapsig auf den nächsten Baum zu. Mit einem gewaltigen Satz warf er sich auf den Stamm, umarmte ihn förmlich und grub seine Krallen hinein.

»Good boy«, ermutigte ihn Colin. »There you go!«

Mit schnellen Sprüngen arbeitete Scruffy sich nach oben. Erst in zwanzig Metern Höhe gönnte er sich eine Verschnaufpause. Er dachte gar nicht daran, zu uns zurückzublicken.

Wir lächelten alle, sogar Lars. Colin drehte sich zu uns um und einen Moment lang trafen sich unsere Blicke. Verwirrt schaute ich weg und fragte mich, was mit mir los war. Ich war doch sonst nicht so schüchtern!

Auf dem Rückweg gingen wir einen Moment lang nebeneinanderher und mir fiel auf, wie anders Colins Gang war. Er bewegte sich so selbstverständlich durch die Natur, als wäre er ein Teil von ihr. Im Vergleich zu ihm trampelten wir – und zertraten wahrscheinlich mehr Dinge, als wir bemerkten. Ich versuchte, seinen weichen Gang nachzuahmen und mehr darauf zu achten, wohin ich die Füße setzte, doch im nächsten Moment knackte ein Insekt unter meiner Schuhsohle. Ups!

Colin zeigte auf den Boden. »Schaut mal, da ist ein Rotfuß-Pademelon entlanggehüpft, seht ihr die Spuren? Hier hat es ein abgefallenes Blatt gefressen, dann hat es kurz gezögert, wahrscheinlich hat es sich umgeschaut, dann ist es weitergehüpft zu diesem Gebüsch dort vorne …«

Faszinierte musterte ich die schwachen Spuren, die ich natürlich völlig übersehen hatte. Ich hatte mal ein Foto von einem Pademelon gesehen, es sah aus wie eine braunpelzige Kreuzung aus Maus und Känguru.

Am Nachmittag kam Wanda im Wildlife Park vorbei; diesmal war ihr T-Shirt neonpink. Sie durfte mit ihrem Ute, dessen Ladefläche bis oben hin mit Eukalyptuszweigen vollgepackt war, direkt ans Gehege der Koalas fahren. Ich half ihr, Colin und Chaz, die zum Teil richtig dicken Äste abzuladen; sie wurden mit den Blättern nach oben an den Stamm der Eukalyptusbäume gelehnt, damit die Koalas wie gewohnt in luftiger Höhe fressen konnten. Damit das frische Grün nicht so schnell verwelkte, stellten wir den unteren Teil der Äste in große Plastikeimer mit Wasser. Und siehe da, die silbergrauen Pelzkugeln wurden auf einmal lebendig, stiegen von ihren Bäumen herab und machten sich über das Futter her.

»Loook at this, isn't this niiiiice!« Wanda war hingerissen und auch die Besucher blieben stehen und zückten eiligst ihre Kameras. Wir sahen zu, wie sich schräg über uns ein Weibchen ein paar zarte junge Blätter ins Maul stopfte. An ihrem Rücken klammerte sich ein Joey fest und versuchte, eine kleine Nascherei zu erwischen.

Ein anderes Weibchen, das mit dem hell gefleckten Hinterteil, hatte ebenfalls ein Joey, es lebte noch im Beutel. Jetzt lüftete sich das Geheimnis, wie ein kleiner Koala es schafft, sein Heim sauber zu halten. Der Kleine mühte sich aus dem Beutel, drehte sich um, bis sein winziger Po weit genug weg von seiner Mama war, erledigte sein Geschäft und kletterte wieder an Bord.

»Wow, sind die ordentlich!«, staunte ich.

Wanda nahm mich mit bis zum nächsten Supermarkt und ich konnte endlich ein paar Lebensmittel kaufen. In einem Park in Cooroy sah ich drei Aboriginals, die auf dem Rasen hockten und sich leise unterhielten. Zwei von ihnen waren Frauen, ziemlich schwergewichtig, in altmodischen geblümten Kleidern. Keiner der anderen Bewohner der Stadt beachtete sie. Sie wirkten nicht, als gehörten sie in diese Stadt – und ich sah außer ihnen kein einziges dunkles Gesicht in Cooroy. Nicht an der Supermarktkasse, nicht auf der Straße, nicht am Steuer eines der Autos.

»Irgendwie komisch«, sagte ich zu Wanda. »Hier leben nicht viele Aboriginals, oder? Man sieht jedenfalls keine.«

»Ohhh yes, stimmt, die meisten leben im Northern Territory – und da hauptsächlich in eigenen Siedlungen«, sagte Wanda. »Soll ziemlich übel sein, reaaally terrible.« Mehr wollte sie anscheinend nicht sagen.

Als ich zurückkam, war im Wildlife Park nicht mehr viel los – aber Colins Ute stand auf dem Parkplatz. Im Hauptgebäude konnte ich ihn allerdings nicht entdecken – vielleicht war er bei den Greenbergs?

Lars hockte am Computer im Büro und chattete. Ich hatte eher Lust zu lesen, auf meinem Nachttisch stapelten sich die Bücher, die ich mir mitgebracht hatte, von Bill Brysons *Frühstück mit Kängurus* bis zu T.C. Boyles *Talk Talk*. Aber erst einmal kochte ich mir eine Tütensuppe und ging anschließend mit einer Handvoll Apfelstücke meine neue Freundin Mayra, das Possum, besuchen. Sie schien mich wiederzuerkennen und sofort kletterte sie auf meine Schulter, um sich die Leckerbissen abzuholen. Ihr Fell war samtweich und ihre Tasthaare kitzelten mich am Hals.

In dem Moment, in dem Mayra meinen Arm herunterkletterte, sah ich den MP3-Player, der außerhalb des Käfigs auf einem Regalbrett lag. Moment mal, war das nicht dieses zerkratzte Ding von Colin? Doch, anscheinend hatte er es vergessen. Ich schob Mayra den restlichen Nachtisch zu und ging den Player holen. Die Neugier war zu stark – ich drückte kurz auf den Startknopf und hielt mir einen der Kopfhörerstöpsel neben das Ohr. Doch es war keine Musik, die daraus hervordrang, sondern Colins eigene Stimme.

»... ich wüsste gerne, was Freiheit ihnen bedeutet. Was sie mir bedeutet. Ich glaube, Freiheit ist für mich, einer Songline zu folgen, losgehen zu können, ohne zurückzublicken ...«

Meine Finger fanden den Stoppknopf. Mein Herz hämmerte. Offensichtlich war es ein MP3-Player mit Voice Recorder. Ich hatte nicht das Recht, mir das anzuhören.

Vorsichtig wickelte ich das Kabel um das Gerät. Colins Wagen stand immer noch da und ich ahnte, was er an diesem Morgen mit Rusty besprochen hatte. Wahrscheinlich hatte er aus irgendeinem Grund nachgefragt, ob er heute im Park übernachten könne, und Rusty hatte zugestimmt.

Ein bisschen nervös machte ich mich auf die Suche nach ihm. Um mich dafür zu bedanken, dass er mir heute eine Chance gegeben hatte. Und um ihm den Recorder mit seinem Tagebuch zu bringen.

EINE HÜTTE IM WALD

Im Hauptgebäude gab es mehrere Zimmer, die für Pfleger gedacht waren, die Nachtwache in The Ark hielten oder einmal die Stunde aufstehen mussten, um ein verwaistes Jungtier zu füttern. Doch im Haupthaus hätten Lars und ich Colin bemerkt; er musste anderswo sein.

Mir fiel die Hütte im Koalawald ein. Konnte er dort sein? Einen Versuch war es wert.

Wie sich herausstellte, musste ich das Gehege nicht aufschließen, ein kleiner Fußpfad führte zur Hütte, die vom wuchernden Gebüsch fast völlig verdeckt wurde. Ich holte mir eine Taschenlampe aus dem Büro, dann wanderte ich nachdenklich den Pfad entlang. In meinem Kopf hörte ich Colins Stimme. *Freiheit* … ja, auch ich dachte manchmal darüber nach. Zu Beginn meiner Lehre hatte ich mich gefragt, ob ich es aushalten würde, mit gefangenen Tieren zu arbeiten. Ob die Tiere im Zoo die Freiheit vermissten, ob wir ihnen etwas nahmen, was wirklich wichtig für sie war. Inzwischen wusste ich, dass die meisten sogar freiwillig in ihrem Gehege geblieben wären, denn das war schließlich ihr Revier. Wir zwangen ihnen, zum Beispiel durch die Fütterungszeiten, einen Rhythmus auf – unseren Rhythmus. Doch dafür mussten sie nicht hungern, wurden bei Verletzungen sofort verarztet und mussten nicht erleben, wie ihre Jungen von Raubtieren gerissen wurden. Ich war nie in Versuchung gewesen, eines unserer Tiere freizulassen.

Aber was bedeutete Freiheit eigentlich für mich? War ich frei? Wie seltsam, darüber hatte ich nie nachgedacht.

Der Pfad war halb überwachsen und Zweige streiften mich. Ein Moskito summte neben meinem Ohr herum. Ich trug Trekkingsandalen und Sand kitzelte zwischen meinen Zehen. Inzwischen war es dunkel, aber genauso warm wie tagsüber; im Laufe des Nachmittags waren Wolken aufgezogen und es sah nach einem Gewitter aus. Die Luft fühlte sich schwer und warm an und in der Ferne zuckten Blitze. Wahrscheinlich würde bald der Regen niederprasseln und morgen würden die Touris Koalas zu sehen bekommen, die tropfend in den Bäumen hingen wie zum Trocknen aufgehängte Wäschestücke.

Als ich mich der Hütte näherte, sah ich Licht durch das staubige Fenster dringen. Ja, das war Colin! Einen Moment lang blieb ich stehen, verborgen in der Dunkelheit, und spähte hinein. Er saß an einem Holztisch, einen Wälzer vor sich, der nach Lehrbuch aussah. Es gab mir einen Stich ins Herz, wie erschöpft Colin wirkte. Lange starrte er auf die Buchseite, dann stützte er den Kopf in die Hände und rieb sich mit den Fingerspitzen die Stirn.

Besser, ich störte ihn nicht. Wahrscheinlich brauchte er all seine Konzentration zum Lernen. Seinen MP3-Player konnte ich ihm morgen zurückgeben.

Ich verlagerte mein Gewicht, wollte mich zum Gehen wenden ... und in diesem Moment hob Colin plötzlich den Kopf, wandte sich dem Fenster zu. Hatte er mich etwa bemerkt? Fast wäre ich vor Schreck losgelaufen, aber dann blieb ich doch stehen. Im Inneren der Hütte stand Colin auf und zwei Atemzüge später knarrte die Tür, ein Lichtschein fiel auf den Boden.

»Hi«, sagte er in meine Richtung. Mit dem Gefühl, ertappt zu sein, trat ich aus der Nacht heraus und ging auf ihn zu. »Woher wusstest du, dass ich hier bin?«

Er lächelte. »Du warst ziemlich laut. Was gibt's? Stimmt was nicht mit den Jungtieren?«

»Äh, nein«, stammelte ich und einen Moment lang entstand ein peinliches Schweigen zwischen uns. Dann fiel Colins Blick auf den MP3-Player. »Oh. Hab ich den verloren?«

»Ja, er lag bei den Volieren ... und als ich Mayra besucht habe ...« Meine Stimme versagte. Mir fiel ein, dass ich nicht mal die anderen Pfleger gefragt hatte, ob ich das überhaupt durfte. Noah hatte mir ganz selbstverständlich einen Schlüsselbund anvertraut, aber nichts dazu gesagt, außer dass ich bitte immer gründlich hinter mir zuschließen solle.

»Ach so. Da habe ich heute Nachmittag nach dem Rechten geschaut.« Er verzog das Gesicht. »Überall, wo ich entlanggehe, hinterlasse ich eine Spur von Kram. Rusty sagt immer, die Sachen wollen nicht bei mir bleiben und hoffen verzweifelt auf einen neuen Besitzer.«

Ich musste lächeln. Da konnte was dran sein. Einen so verkratzten MP3-Recorder hatte ich noch nie gesehen. »Wahrscheinlich hoffen sie vergebens – im Park wird ja nichts geklaut, oder?«

»Denkst du! Einmal haben wir einen Kerl am Eingangstor aufgehalten, der sich einen Rosella-Sittich ins Hemd gesteckt hatte.«

»Gab das nicht ein furchtbares Geschrei?«

»Doch. Deswegen ist er nicht weit gekommen.«

Die Tür war inzwischen ein Stück aufgeschwungen und ich konnte einen Blick ins Innere der Hütte werfen. Es stand nicht mal ein Bett darin, er hatte seinen Schlafsack auf dem rohen Bretterboden ausgerollt. Darüber ragte ein Regal auf, das mit allen möglichen Ausrüstungsgegenständen vollgestopft war. An der Wand lehnten Fangstöcke und Colins Lehrbuch lag nicht auf einem Tisch, sondern auf gestapelten Transportkisten.

Wahrscheinlich hatte Colin meinen Blick bemerkt, denn er meinte: »Normalerweise schlafe ich draußen, wenn es so warm ist, aber heute sieht es nach einem Gewitter aus.«

»Ich mag Gewitter«, sagte ich. »Diese gewaltigen Wolken sind so schön ... und wenn sie losschlagen ... das ist fast wie ein kostenloser Actionfilm.«

»Ja, nicht?« Wir lächelten uns an und auf einmal fühlte ich mich so gut wie lange nicht.

Colin zog die Tür weiter auf und öffnete den Mund, um etwas zu sagen – was zu sagen? *Magst du einen Moment reinkommen?* Doch dann warf er einen schnellen Blick in den Schuppen und schwieg. Vielleicht hatte er es sich anders überlegt, weil es nicht mal zwei Sitzgelegenheiten gab.

»Wenn du dich beeilst, kommst du trocken zum Haupthaus«, meinte er stattdessen. »Oder ich leihe dir meine Regenjacke, sicher ist sicher.«

Ich schüttelte den Kopf. Mir fiel ein, dass ich mich eigentlich bedanken wollte, doch die Worte schwirrten in meinem Kopf umher wie ein Schwarm Bienen. Wartend und lächelnd blickte Colin mich an, aber mir fiel nichts ein, was ich ihm sagen konnte. Warum passierte mir das bei ihm jedes Mal?

»Also dann – gute Nacht, träum was Schönes«, sagte Colin schließlich und hob einmal die Hand mit dem MP3-Recorder. »Danke.«

Er begann, die Brettertür des Schuppens zu schließen ... und in diesem Moment entfuhr mir das, was mir schon die ganze Zeit über durch den Kopf ging. »Ich glaube ... für mich bedeutet Freiheit, keine Erwartungen erfüllen zu müssen. Auch nicht meine eigenen.«

Im selben Moment, in dem ich es aussprach, fühlte ich, wie mein Gesicht heiß wurde. O Mann, wie blöd konnte man eigentlich sein? Jetzt wusste er, dass ich in sein gesprochenes Tagebuch reingehört hatte!

Hastig drehte ich mich um und ging mit schnellen Schritten über den Pfad zum Hauptgebäude zurück. Gerade rechtzeitig, denn ein paar Minuten später brach das Gewitter los. Gewaltige Regentropfen prasselten auf den Boden – es klang wie Hagel – und der Sturmwind jaulte durch die Kronen der Bäume.

Ich bin gestürzt, meine Beine wollen sich nicht mehr bewegen. Obwohl ich mich auf dem Boden herumwälze wie ein Käfer, der auf den Rücken gefallen ist, komme ich nicht hoch. Gideon steht neben mir, er beobachtet mich mit unbeteiligtem Gesicht. »Los, komm schon, wir müssen los«, sagt er ungeduldig und dann sind auf einmal all seine Freunde da, all seine hippen, coolen Freunde, und schauen auf mich herunter. Schauen sich an, was ich da auf dem Boden mache, und schlagen vor, mit ihren SUVs über mich drüberzufahren. Gideon geht mit ihnen davon und dann kommen die schweren dunklen Autos dröhnend näher. Immer größer werden die Motorhauben in meinem Blickfeld, die machen ernst! Die kommen auf mich zu!

Und dann rollen die Reifen über mich hinweg.

Zerquetschen mich.

Ich wache auf, keuche, schnappe nach Luft, mein Herz hämmert, mein ganzer Körper ist von Furcht durchflutet. Erst nach einer Weile schaffe ich es, mich wieder zu beruhigen.

Wie seltsam. Jedes Mal, wenn ich im Traum sterbe, wache ich auf. Es ist, als könnte meine Seele nicht über diese Schwelle. Nicht mal im Traum.

Aber warum wieder ein Traum mit Gideon? Die ersten Monate nach seiner Abschiedsmail waren die Hölle, doch das alles war ein halbes Jahr her. Wieso kam es ausgerechnet jetzt wieder hoch?

Einen Moment lang war es, als würde Colin mit mir sprechen. *So, atme mal tief durch ... und hör zu.*

Ich hörte zu – versuchte, in mich hineinzulauschen, so gut es ging. Und wusste auf einmal, was ich nicht hatte wahrhaben wollen.

Colin. Ich war drauf und dran, mich in ihn zu verlieben.

Aber das war doch Wahnsinn, das ging nicht, was war denn in mich gefahren? Ich wollte das nicht! Mich verlieben ... in einem Land auf der anderen Seite der Erde, in dem ich nur vier Wochen verbringen würde? Nein, nein, nein! Das würde mein Herz, das noch immer voller blauer Flecken war, endgültig in Fetzen reißen. Ich wusste ja nicht mal, ob Colin mich überhaupt mochte. Wahrscheinlich hielt er mich für nett, aber ein bisschen ungeschickt. Und nicht zu vergessen, unangenehm neugierig.

Als die Sonne aufging, stand meine Entscheidung fest. Mich von Colin fernzuhalten, würde schwer sein in einem so kleinen Wildpark, aber ich musste es versuchen.

Draußen war der Himmel nach dem nächtlichen Gewitter wieder klar und blau. Ich schloss mich Noah, Caroline und Rusty an, die das Gelände des Wildparks auf Schäden überprüften. Zum Glück schien nicht viel passiert zu sein, lediglich einer der Eukalyptusbäume im Eingangsbereich des Parks, dessen Rinde ständig in langen Streifen abblätterte, hatte zwei dicke Äste verloren.

»Schon wieder – dazu braucht's nicht mal Wind«, beschwerte sich Noah und schob sich den Lederhut aus der Stirn. »Nach ein paar Wochen Trockenheit fangen sie damit an und werfen einfach Äste ab.«

Ich nickte. Und dann gingen wir eine Säge holen.

AUF DISTANZ

Endlich kein fettiges Eier-und-Speck-Frühstück mehr, ich bereitete mir aus meinen Einkäufen ein Müsli zu und fühlte mich sehr tugendhaft. Gideon hatte mir immer angesehen, wenn ich zugenommen hatte, und ich konnte dann mit Bemerkungen rechnen wie: »Willst du das wirklich essen, Ju? Hast du kein Interesse daran, schlank zu sein?« Manchmal hörte ich die Worte wie ein Echo in meinem Kopf. In solchen Fällen nahm ich mir trotzig eine zweite Portion. Ich verstand kaum noch, wie ich mich in jemanden wie Gideon hatte verlieben können. Wieso hatte ich nicht rechtzeitig gemerkt, dass er zwar cool, aber auch ein Kotzbrocken war?

Nach dem Frühstück schaute ich kurz ins Büro und hoffte, dass ich nicht auf Colin stoßen würde. Nein, nur Kerrie – wie immer in Schwarz – saß an einem der Computer und tippte mit rasender Geschwindigkeit, sie beugte sich so tief über die Tastatur wie ein Radrennfahrer über den Lenker. Ich sagte Hallo und warf einen Blick auf die Liste mit den Tagesaufgaben, die wie üblich am Schwarzen Brett hing. Kerrie war bei den Emus, Lars bei den Koalas, mein Name stand in der Tabelle bei den »Kangaroos« – und gleich daneben der von Colin.

»Na klasse«, murmelte ich bitter.

»Naklass?« Kerrie hatte mich gehört. »War das Deutsch? Was heißt das? Dass du Bauchschmerzen hast?«

»Nee. Dann würde ich lauter stöhnen«, gab ich zurück. »Klasse heißt, dass ich heute unglaublich gerne hinter den Emus herputzen würde. Magst du tauschen?«

»Klar, warum nicht«, sagte Kerrie und tippte weiter. Ich wagte einen Blick über ihre Schulter. Ein richtig langer Text mit Zwischenüberschriften. »Sag mal, du schreibst nicht etwa ein Buch?«

»Erraten.« Stolz blendete Kerrie ein Schwarz-Weiß-Bild ein, das auf den ersten Blick wie ein Stück Leder mit Pfoten aussah. »So, jetzt darfst du mal raten. Ist das ein überfahrener Wombat, ein Pademelon oder ein Wallaby?«

Wäh. Mit zusammengekniffenen Augen schaute ich mir das Bild an. »Ich tippe auf Wombat.«

»Falsch«, sagte Kerrie triumphierend. »Sumpfwallaby. Siehst du, und deshalb braucht die Welt mein Buch. Die meisten Leute wohnen in den Städten und Vororten, Tiere sehen sie meistens bloß überfahren auf der Straße. Tja, und mit meinem Ratgeber können sie immerhin herausfinden, was sie da vor sich haben.«

»Äh, schön«, meinte ich und Kerrie fügte hinzu: »Und vielleicht fahren sie das nächste Mal langsamer, die Deppen!«

»Lesungen könntest du dann am Straßenrand abhalten«, schlug ich vor und machte mich auf den Weg zu den Emus, hinter denen ich angeblich so gerne herputzte. Als ich zu ihnen hineinging, schritten sie neugierig auf mich zu, um mich in Augenschein zu nehmen. Durch die dicken hellbraunen Federn sah ihr Körper aus wie ein Riesen-Wischmopp, aus dem ein schwarzer Hals und zwei nackte Beine herausragten. Ausdruckslos blickten ihre Augen, die mit meinen auf gleicher Höhe waren, mich an. Dann wurde einer der Emus auf meine silberglänzende Uhr aufmerksam, er ruckte interessiert mit dem Kopf, grunzte und pickte dann zielsicher drauflos. »He, die gehört mir!«, sagte ich, brachte sie in Sicherheit und legte los mit dem Saubermachen.

Mittags sah ich Colin, er saß bei den anderen Tierpflegern, die auf der Wiese hinter dem Haupthaus ein Sandwich verputzten. Mir wurde erst heiß und dann kalt. Es war zu spät, umzudrehen und zu flüchten, die anderen hatten mich bereits gesehen. Also setzte ich mich möglichst weit von Colin entfernt neben Chaz. Er hatte einen seiner riesigen Arme um Kerrie gelegt, die darunter fast zu verschwinden schien.

»Letzte Nacht hat Jula zum ersten Mal Milch getrunken«, erzählte Chaz mit leuchtenden Augen. »Ich glaube, wir kriegen sie durch. Findet den Stoffbeutel schon ganz gemütlich, glaub ich.«

»Man gewöhnt sich an alles«, meinte ich und beschloss, die Kleine heute mal zu besuchen. Schließlich hatten wir ihr das Leben gerettet.

Colin schaute zu mir herüber, doch er lächelte nicht. Sein Blick war eher forschend. Ich drehte den Kopf weg, schlang mein Käsebrot herunter und machte, dass ich wegkam. *Du hattest kein Recht, dir mein Tagebuch anzuhören. Du steckst die Nase wohl in alles, was dich nichts angeht!* Es war gar nicht mehr nötig, dass er das alles aussprach, mein Gewissen schrie mich sowieso die ganze Zeit über an. Hätte ich nicht die Finger vom Startknopf dieses verdammten Recorders lassen können? Besser, ich hätte das blöde Ding gar nicht erst mitgenommen! Nein, dann wäre es vom Gewitter unter Wasser gesetzt worden und wahrscheinlich wären Colins ganze Aufzeichnungen weg gewesen.

»Kommst du mit? Wir fahren heute an den Hauptstrand von Noosa«, meinte Kerrie. Ich nickte heftig, schielte dann aber zu Colin hinüber – was war, wenn er dabei war? Zum Glück sah es bisher nicht so aus. Leider fragte Kerrie: »Und was ist mit dir, Lars?«

»Strand«, seufzte Lars. »Im Januar.« Er hatte einen Meat Pie, so eine Art Fleischpastete, verputzt, und jetzt lag er auf dem Rücken und blickte in den tiefblauen Himmel. »Na klar. Versuch nur, mich davon abzuhalten.«

Ich verzog den Mund. »Was würde denn dann passieren?«, stichelte ich auf Deutsch. »Würdest du sie in einer dunklen Ecke verprügeln?«

Lars würdigte mich keiner Antwort.

Doch es ging erst am Nachmittag los, zuvor musste die Arbeit erledigt werden. Rusty erklärte mir, wie man Schwarze Flughunde, eine der größten Fledertierarten, betreut. Als wir ihr Gehege betraten – eine große, mit Draht eingezäunte Voliere –, hangelten sie munter umher, putzten sich und schnatterten einander an. Natürlich hingen sie bei alldem kopfüber von einem Ast, den sie mit ihren Krallenzehen fest im Griff hatten. Sie sahen aus wie schwarze Hunde, denen jemand Flügel gezaubert hatte. Total niedlich. Ihre ledrigen Schwingen waren riesig, ich schätzte ihre Spannweite auf fast einen Meter. Fasziniert blickte ich zu ihnen hoch.

»Sie ernähren sich von Blütennektar und Früchten«, erzählte Rusty. »Das macht sie leider in Obstanbaugebieten sehr unbeliebt. Stell dir vor, tausend dieser Jungs fallen in deine Bananenplantage ein und machen sich da einen schönen Abend.« Er war dabei, überall an den Zweigen Früchte aufzuhängen, und ich begann gleich damit, ihm zu helfen. Ein Stück Melone hier, eine halbe Mango dort. Das sah lecker aus – mir lief das Wasser im Mund zusammen – und den Flughunden ging es anscheinend nicht anders. Höchst interessiert hangelten sie sich mit angewinkelten Flügeln näher, hakten ihre Flügelkrallen am Obst fest und bissen mit ihrer Hundeschnauze davon ab. Sie schmatzten wie Kleinkinder bei einer Geburtstagsparty.

Einer der Flughunde schien keine Angst vor Menschen zu haben, er bewegte sich auf uns zu, bis er direkt neben uns an einem Ast hing wie eine riesige pelzige Birne.

»Das ist Whisper«, sagte Rusty. »Ein netter Kerl, fast ein Kilo schwer inzwischen. Er hatte sich in einem Stacheldrahtzaun verfangen, wir mussten ihn retten und bei uns behalten, weil er nur noch kurze Strecken fliegen kann. Magst du ihn mit der Hand füttern?«

Ich hielt Whisper ein Stück Banane hin und er verrenkte sich fast den Hals, um dranzukommen. Weil es zu groß war, um es in einem Stück herunterzuschlucken, legte er es sich zwischen Bauch und Kinn und mampfte es in aller Ruhe weg.

»Die sind genial«, sprudelte ich hervor, wahrscheinlich strahlte ich über das ganze Gesicht. »Einer von denen als Haustier, das wär's ...«

Rusty grinste. »Um den würden dich alle Horror- und Vampirfilmfans beneiden, glaub ich. Aber sonst keiner. Unbeliebter als diese Kerlchen sind bloß die Roten Flughunde. Weißt du, was die machen?«

»Nee, was?«

»Man weiß immer, wenn ein Trupp von denen da war, denn der Wald sieht danach aus, als wäre 'n schwerer Sturm durchgezogen. Jeder Rote Flughund wiegt etwa 'n halbes Kilo und wenn sich dreißig von denen an einen Ast hängen, bricht der natürlich ab. Also ran an den nächsten Ast und so weiter. Bis der Baum völlig ruiniert ist.«

Ich verzog das Gesicht. »Nicht sehr weitblickend.«

Der Futtereimer war fast leer und mein Kollege schaute auf die Uhr. »So, jetzt muss ich nach unseren Waisen in der Aufzuchtstation schauen. Kommst du klar?«

Ich nickte und war froh, dass ich einen Moment bleiben konnte. Whisper naschte ein bisschen an einer Melone, dann riss er die Schnauze zu einem Gähnen auf, streckte die ledrigen Schwingen und flog los. Geschickt landete er kopfüber an einem grobmaschigen Netz, das an der Oberseite des Geheges angebracht war, und stritt sich mit seinen Freunden und Verwandten, die auch dort oben herumhingen.

»Siehst du, wie Whisper sein Revier verteidigt? Sein Gebiet ist zwar bloß einen Meter groß, aber mehr Platz hat man halt nicht in so einer Gemeinschaft.«

Es war nicht Rustys Stimme. Hastig wandte ich mich um – und da stand er. Colin. Lehnte wie selbstverständlich an der Voliere, als sei er ganz zufällig vorbeigekommen.

Ich schaffte es, beiläufig zu nicken und ein »Hi« in seine Richtung zu schicken.

»Hast du gesehen, was sie machen, wenn ihnen kalt ist?«, fuhr Colin fort. »Sie wickeln sich die Flügel um den Körper, das sieht witzig aus.«

Konnte ich mir vorstellen. Aber ich hielt es nicht mehr aus, über andere Dinge zu reden, während es dermaßen in mir brodelte. »Bist du gekommen, um mir Vorwürfe zu machen?«

Es kam aggressiver heraus, als ich wollte. Zum zweiten Mal schnauzte ich ihn an! Doch es schien, als hätte er es gar nicht bemerkt.

»Jemand hat dir wehgetan«, sagte Colin ruhig. Es war keine Frage, er stellte es einfach fest.

Wieder schaffte er es, dass sich meine Augen mit Tränen füllten. Ich hasste mich und ihn dafür. »Ich muss mich ... jetzt weiter um die Flughunde kümmern«, brachte ich nur heraus.

Ein seltsamer Ausdruck trat in Colins Augen. Besorgt sah er auf einmal aus ... und das machte mich erst recht wütend. War ich damit gemeint? Sah ich so aus, als hätte ich Hilfe nötig? Er hatte kein Recht, sich um mich zu sorgen, wir kannten uns schließlich kaum!

Colin beobachtete mich, keine Sekunde ließ er mich aus den Augen. »Eigentlich hatte ich nicht vor, dich bei der Arbeit zu stören. Ich wollte dich bloß etwas fragen. Etwas ziemlich Persönliches.«

Ich schaffte es nicht mehr, ihn anzusehen. Die Flughunde schienen zu spüren, wie nervös ich war, denn sie hangelten sich unruhig an ihren Ästen umher. Ich versuchte halbherzig, ihnen ein Stück Obst zu reichen, doch sie hatten anscheinend keine Lust mehr, von mir verköstigt zu werden. Tiere haben feine Antennen;

vielleicht spürten sie den Tumult in meinem Inneren und wollten nichts damit zu tun haben.

»Na gut«, sagte ich zu Colin. »Wenn es sein muss. Frag mich.«

»Etwas, was du neulich gesagt hast, geht mir bis jetzt im Kopf herum. Was für Erwartungen hast du an dich? Warum musst du sie fürchten?«

Fast ohne es zu merken, wich ich einen Schritt zurück. Als es mir bewusst wurde, war es mir peinlich. Trotzig wandte ich mich ihm wieder zu und durch das metallene Gitter der Voliere hindurch blickten wir uns an.

»Okay.« Ich verschränkte die Arme. »Alles meine Schuld. Ich hab angefangen. Ein paar Sekunden lang habe ich mir deine Aufzeichnung angehört und dann habe ich gestern Abend Blödsinn geredet. Vergessen wir das, ja?«

Colin nickte. Dann stieß er sich von der Voliere ab und ging davon, ohne zurückzublicken.

Ich hatte es geschafft. In Zukunft würden wir einander aus dem Weg gehen, er würde bestimmt keinen Versuch mehr machen, mit mir zu reden.

In meinem Magen wühlte der Schmerz. So fühlte es sich also an, wenn man die Schmetterlinge im Bauch mit einer Fliegenklatsche erledigt.

GENUG GIFT

Normalerweise kamen täglich etwa drei Dutzend Besucher in den Park, doch an diesem Tag waren es aus irgendeinem Grund mehr. Deshalb gab es reichlich zu tun, nachdem die Tiere versorgt waren. Ein Kind versuchte, die Kängurus durch den Zaun hindurch zu streicheln, und blieb dabei mit der Hand stecken, jemand warf den Wombats Lutscher ins Gehege und eine ältere Dame regte sich darüber auf, dass Brittany ihren zahmen Goanna im Park spazieren führte.

Dann endlich Feierabend! Nichts wie ab zum Strand.

Rustys schicker mintgrüner Ford Mustang war nicht neu, aber schimmerte immer wie auf Hochglanz poliert. Ich wunderte mich nicht mehr darüber, nachdem Kerrie mir erzählt hatte, dass Rusty eigentlich gelernter Automechaniker war. Er war vor ein paar Jahren während eines Urlaubs mit seiner Freundin zufällig bei The Ark vorbeigekommen, hatte gefragt, ob er mit anpacken könne ... und war geblieben. Ohne Freundin. Die hatte festgestellt, dass sich das Ausmisten von Kängurugehegen nicht mit ihrem Lebensplan vereinbaren ließ.

Nachdenklich warf Rusty seinen Autoschlüssel mit dem Plastikkrokodil-Anhänger hoch und fing ihn wieder auf. Sein Blick ruhte auf meinem Kollegen. »Möchtest du fahren, Lars? Du hast doch einen Führerschein, oder?«

»Äh, ja«, sagte Lars. »Aber …«

»Okay, let's go. Besser, du übst ein bisschen, bevor du mit der großen Karre von The Ark durch die Gegend düst.«

Ich hatte nicht den Eindruck, dass Lars die Ehre zu schätzen wusste. Seine Hände krampften sich ums Lenkrad und Schweißtropfen liefen ihm den Nacken hinunter. »No worries – bleib immer schön links«, sagte Rusty und suchte seelenruhig einen Radiosender. »Machst du prima.«

Na ja. Lars traute sich kaum, das Gaspedal auch nur zu berühren, und ab und zu kratzten die Scheibenwischer über die staubtrockene Windschutzscheibe. »Ups! Sorry!«, sagte Lars dann und stellte sie wieder ab. Doch jedes Mal, wenn er abbog, passierte es wieder. »Ich kann nichts dafür – der Hebel ist dort, wo bei uns der Blinker sitzt«, stöhnte er und wischte bis nach Noosa noch ein paarmal.

»Schon lästig, dieser unsichtbare Regen«, sagte Kerrie, tätschelte Lars die Schulter und wandte sich an Rusty. »Sag mal, was ist eigentlich mit Colin los? Der wirkte eben irgendwie komisch. Ich habe sogar gehört, wie er ›Bloody hell‹ gesagt hat, als einer der Buntwarane ihn gebissen hat.«

»Bloody hell? Sonst nichts? Du solltest mal hören, was *ich* in solchen Fällen ...«

»Ja, ja, ich weiß, aber Colin? Der lässt sich doch sonst nie was anmerken.«

»Als er sich beim Zäunereparieren neulich mal mit dem Hammer auf den Daumen gehauen hat, habe ich ihn noch ganz andere Sachen sagen hören«, behauptete Rusty. »Und wenn er versucht, seine Karre zu flicken, wofür er absolut kein Talent hat ...«

»Du weißt, was ich sagen will.«

Rusty seufzte und gab den scherzhaften Ton auf. »Ich weiß, was du sagen willst. Hey, Colin ist mein mate, mein Kumpel, ich kenn ihn. Er hat im Moment so einiges um die Ohren. Lass ihn am besten in Ruhe, okay?«

Ich versuchte, nicht hinzuhören und an etwas anderes zu denken. Aber es klappte nicht sonderlich gut. Ein Buntwaran hatte Colin gebissen? Die wurden bis zu zwei Meter lang und hatten scharfe Zähne und Klauen. Hoffentlich bekam Colin keine Blutvergiftung – solche Wunden konnten sich übel entzünden. Und was genau hatte er so alles um die Ohren?

Nein, ich wollte es gar nicht wissen. Es ging mich nichts an, nicht das Geringste!

Der Hauptstrand von Noosa war eine malerisch geschwungene Bucht mit feinem hellem Sand; die Wellen waren kaum einen Meter hoch. Rusty übergab den Rucksack mit seinem kleinen Kängurukind vorübergehend an Kerrie, holte sein Surfbrett vom Dachgepäckträger und ließ es Lars und mich mal ausprobieren. Ich schluckte eine Menge Salzwasser und vergaß zwischendurch, wie ich Colin bei den Flughunden angeschnauzt hatte. Lars stellte sich geschickter an und brachte es sogar fertig, auf das Brett aufzuspringen und einige Sekunden lang stehend zu surfen.

Kerrie schwamm ein paar Runden, allerdings zog sie sich vorher einen eng anliegenden blauen Anzug an, mit dem sie aussah wie ein Schlumpf. Als sie wieder aus dem Wasser kam, fragte ich sie: »Wozu ist das eigentlich gut, ist das die aktuelle Superheldinnen-Mode?«

»Hast du von der Würfelqualle gehört, dem Marine Stinger?«, erzählte sie fröhlich, während sie sich aus dem Anzug schälte. »Giftigstes Tier der Welt. Streift dich ein Tentakel, sind die Schmerzen grauenhaft, und wenn nicht zufällig ein Notarzt in der Nähe ist, bist du nach zwanzig Minuten tot.«

Mir drehte sich fast der Magen um. »Aber ich dachte, die gibt's nur weiter nördlich von hier?«

»Ja, aber wer sagt, dass sie sich durch die globale Erwärmung nicht etwas weiter nach Süden verirren?«

Genug. Das reichte. Ohne so eine blaue Wurstpelle ging ich nicht mehr ins Wasser!

Zwei Tage lang schaffte ich es, Colin aus dem Weg zu gehen. Ich erledigte meine Arbeit, besuchte meine Freundin Mayra, das Possum, und saß mit den Greenbergs abends auf der Veranda. Allmählich begann ich, mein inneres Gleichgewicht wiederzufinden. In den letzten Nächten hatte ich nichts geträumt. Sah aus, als wäre ich noch einmal davongekommen!

Doch dann stand auf dem Tagesplan unmissverständlich »Colin + Juli: Tierrettung« und ich fand niemanden, mit dem ich tauschen konnte. Mit einem mulmigen Gefühl packte ich meinen Rucksack, steckte eine Flasche Wasser ein und stellte mich auf den Parkplatz, neben den roten Kombi mit dem Logo von The Ark darauf. Und da kam Colin, in einem schwarzen T-Shirt und kakifarbenen Shorts. Ich erkannte ihn von Weitem an seinem weichen, raumgreifenden Gang.

Die Sonne brannte auf uns herab, es würde mal wieder ein heißer Tag werden. Gestern hatten sich die Kängurus sogar die Vorderläufe abgeschleckt, um sich dadurch ein bisschen Kühlung zu verschaffen. Schwitzen konnten sie ja nicht.

Colins hellbraune Haut glänzte in der Sonne wie poliert. Er begrüßte mich fast beiläufig und ich atmete auf. Anscheinend hatte er vor, mich freundlich-distanziert zu behandeln.

»Wir haben heute früh zwei Anrufe bekommen«, berichtete er. »Eine Frau in Yandina hat eine Schlange im Haus entdeckt. Und in Nambour ist ein Possum, das sich in eine Garage verirrt hatte, prompt von einem Hund angegriffen worden – es hockt jetzt auf einem Baum und scheint verletzt zu sein. Also nichts Spektakuläres, aber eine gute Übung für dich.«

»Alles klar«, erwiderte ich. »Wie sieht's mit der Aufgabenteilung aus? Ich übernehme die Schlange und du das Possum?«

Ein Lächeln schlich sich in seine Mundwinkel. »Da ich dir diesmal leider kein Krokodil bieten kann …«

Kaum zu glauben, schon nach einer Minute waren wir wieder auf einer Wellenlänge. Es fühlte sich zu gut an, um es gleich wieder kaputtzumachen. Mach deinen Job und sieh zu, dass du was von ihm lernst, dachte ich grimmig und stieg auf den Beifahrersitz.

Colin überprüfte schnell die Ausrüstung im Kofferraum, setzte seine Sonnenbrille auf und ließ den Motor an. Ich betrachtete seine Hand, die locker auf dem Lenkrad lag. Schmal, aber kräftig war sie, die Fingernägel sehr kurz geschnitten; an vielen Stellen waren winzige helle Narben, vielleicht von Dornen. Die dunklen Haare auf seinem Unterarm hoben sich kaum von seiner braunen Haut ab. An einer Stelle an der Schulter hatte jemand Colins T-Shirt geschickt mit schwarzem Garn geflickt, man sah es kaum.

Über den Bruce Highway waren wir in zwanzig Minuten in Yandina, einem Ort, der nicht viel größer war als Cooroy. »Weil hier lauter Nationalparks in der Nähe sind, haben wir eine Menge mit Rettungen zu tun«, meinte Colin. »Auch die Polizei ruft uns manchmal an und gibt was an uns weiter. So war's zum Beispiel heute mit der Schlange.«

»Zu was für einer Art gehört sie denn? Giftig?«

»Vermutlich«, sagte Colin gleichmütig. »Die meisten Schlangen in Australien tragen genug Gift im Maul herum, um eine ganze Viehherde zu erledigen.«

Ich schaute ihn an, um zu sehen, ob er übertrieb oder mich aufziehen wollte, aber er grinste nicht. Also stimmte es vermutlich. Oje.

Die Adresse, die man uns gegeben hatte, stellte sich als hübsche hellblau gestrichene Villa heraus, die im Schatten von Bäumen stand. Wir packten unsere Ausrüstung aus – eine Stange mit gebogener Spitze und einen Sack – und klingelten. Kaum war der Ton verhallt, wurde die Tür aufgerissen. Eine etwa sechzigjährige Frau mit grauen Löckchen und gepflegter Kleidung, die gut auf einen Golfplatz gepasst hätte, schoss auf uns zu. »Na endlich kommen Sie! Es ist eine Stunde her, dass ich angerufen habe! Ich hatte seitdem keine ruhige Minute!«

In diesem Moment bemerkte die Frau anscheinend, dass Colin kein Weißer war. Sie stutzte und ein gezwungenes Lächeln machte sich auf ihrem Gesicht breit. Zögernd öffnete sie uns die Tür. »Äh, ja, hier entlang. Ich glaube, die Schlange ist unter einem der Schränke im Wohnzimmer …«

Wir gingen über den polierten Holzboden und kamen ins Wohnzimmer, das mit dem hellen Parkett, dem großen, geschmackvoll modernen Sofa und der riesigen Glasfront zum Garten einem »Schöner Wohnen«-Magazin entsprungen zu sein schien.

»Sehen wir mal nach«, sagte Colin und legte sich flach auf den Boden, um unter die Schränke schauen zu können. Ich übernahm die andere Seite des Zimmers und checkte ab, wie die Reptiliensituation unter dem Sofa war.

»Holla, da ist sie ja!«, rief Colin. »Magst du schauen, Juli?«

Ich warf mich neben ihn aufs Parkett. Zufällig berührten sich dabei unsere Arme und ein Schauer durchlief meinen Körper. Colin zog seinen Arm nicht weg. Einen Moment wirkte er abgelenkt – ging es ihm genauso wie mir?

Mit etwas Mühe konzentrierte ich mich auf das, was ich unter dem Schrank sah. Im Halbdunkel erkannte ich etwas Unförmiges, Dunkles – die Schlange hatte sich eng zusammengerollt.

»Eine Östliche Braunotter, etwa eineinhalb Meter lang«, flüsterte Colin mir zu.

»Sieht völlig verängstigt aus«, wisperte ich zurück.

»Kein Wunder, in diesem Haus.« Er senkte die Stimme weiter. »Ich wette, sobald wir weg sind, putzt sie erst mal hinter uns her.« Wir grinsten uns flüchtig an, dann richtete sich Colin wieder auf und holte den Stock mit der gebogenen Spitze. »Ist besser, wenn ich das mache – Braunottern sind tödlich und können ziemlich aggressiv sein, vor allem dann, wenn sie sich in die Enge getrieben fühlen.«

»Okay«, sagte ich mit gemischten Gefühlen und

stand ebenfalls auf. »Was soll ich machen, wenn du gebissen wirst?«

»Schlangen beißen mich nicht.«

Er klang völlig überzeugt, aber ich nahm ihm das nicht ab, dazu hatte ich selbst zu viel Erfahrung mit Tieren. Schiefgehen kann immer etwas. Und wenn jemand sich so sicher ist, dass nichts passiert, dann ist die Wahrscheinlichkeit gleich doppelt so hoch. »Aber es kann ja sein, dass diese Schlange das nicht mitbekommen hat, also würdest du mir bitte trotzdem ...?«

»No worries. Einfach den Notruf wählen. Die meisten Ärzte haben ein Gegengift da. Man muss bloß schnell hinkommen, normalerweise ist man nämlich nach einer halben Stunde tot.«

Mir lief es kalt den Rücken hinunter. »Also nicht die Haut kreuzweise einschneiden und die Bisswunde aussagen oder so was?«

Colin musste lachen. »Erstens hilft das nichts und zweitens schmeckt es bestimmt scheußlich.« Er blickte mich mit diesen warmen braunen Augen an und mir wurde beinahe schwindelig.

Vorsichtig schob er den Stab unter das Möbelstück und hakte wahrscheinlich die gebogene Spitze um den Leib der Schlange. »Wenn du unbedingt was tun willst, bis der Arzt kommt, dann binde den Arm oder das Bein fest mit einem Stoffband ab. Dann kann sich das Gift nicht im Blutkreislauf ausbreiten.« Vorsichtig zog Colin und eine hübsche hellbraune Schlange kam zum

Vorschein. Interessiert sah ich zu. Die Hausherrin flüchtete sich aufs Sofa.

»So, das war's fast«, sagte Colin und griff sich mit der freien Hand den Sack. Seine Bewegungen waren langsam und ruhig und vielleicht deshalb wirkte die Schlange nicht sehr aufgeregt. Sie drohte uns nicht, sondern streckte nur den Körper, der vom Haken angehoben wurde, und ließ den Kopf von einer Seite auf die andere pendeln. Ihre Schuppen schimmerten in einem hellen Goldbraun.

»Ist sie nicht schön?«, fragte Colin andächtig und ich nickte, obwohl eine Gänsehaut meine Arme überzog.

Er manövrierte den langen Körper der Braunotter in den Leinwandsack – und in diesem Moment hörte ich, wie die Haustür sich öffnete. Jemand kam herein und die Pfoten eines Hundes kratzten auf dem Parkett. »Suzanne?«, rief eine Männerstimme, dann schoss ein wuscheliger Mischling aus dem Flur. Er rannte direkt auf uns los, jaulte aufgeregt und sprang an Colin hoch. Ich vergaß zu atmen.

Colin stieß einen Fluch aus. Er kam aus dem Gleichgewicht und musste den leeren Sack fallen lassen, um sich mit einer Hand am Schrank abstützen zu können. Alarmiert richtete die Braunotter, die noch immer über dem Stab hing, sich auf, zischte und stieß den Kopf in Richtung des Hundes. Völlig verdutzt wich der Mischling aus und näherte sich dann mit gesträubtem Nackenfell wieder, um dieses komische längliche Ding zu beschnuppern. Colin versuchte, dem Hund den Rücken zuzuwenden, und sich auf die Schlange zu konzentrieren.

All das war innerhalb weniger Sekunden geschehen. Ich erwachte aus meiner Schreckstarre. »Raus!«, schrie ich den Mann an, der ins Wohnzimmer trat. Dann packte ich den Mischling am Halsband und zerrte ihn weg von Colin. Zum Glück sah der Mann die Schlange gleich und begriff schnell. Er schnappte sich seinen Hund, drängte ihn aus dem Zimmer und schlug die Tür zu. Seine Gattin hastete zur Terrassentür hinaus.

Wir waren allein mit der gereizten Braunotter. Wenn sie freikam, würde sie alles angreifen, was sich bewegte. Winzige Schweißtropfen hatten sich auf Colins Stirn gebildet. Doch äußerlich schien er völlig ruhig, er ließ der Schlange Zeit, sich wieder abzuregen. Sie versuchte, sich vom Stock herunterzuwinden, doch Colin balancierte ihren Körper so, dass sie nicht den Boden berührte.

»Juli – gib mir den Sack«, sagte Colin gepresst, ohne den Blick von der Schlange abzuwenden. Ich näherte mich vorsichtig, hob den Stoffbeutel vom Boden auf und reichte ihn ihm. Doch die Braunotter war zu nervös, um sich verpacken zu lassen. Sie wand sich von einer Seite zur anderen und wich dem Sack aus. Immer wieder versuchte Colin geduldig, ihren Kopf in die Öffnung hineinzumanövrieren. Dann endlich gelang es. Mit einem tiefen Seufzer verzurrte Colin den Stoffbeutel, sodass die Schlange nicht mehr entkommen konnte. Ich atmete aus und sackte in einem der Sessel zusammen.

»So, jetzt hast du gesehen, wie es gemacht wird«, meinte Colin. »Nächstes Mal …«

»Nächstes Mal darf ich es dann machen? Oh, danke.«

Er schaffte schon wieder ein Grinsen. »Nichts zu danken. Wenn du möchtest, kannst du aber zuerst im Wildpark üben. Mit einem etwas harmloseren Tier.«

»Das klingt schon eher nach einer guten Idee.« Langsam hörten meine Nerven auf zu flattern. Wir blickten uns an und auf einmal fühlte ich mich ihm sehr nah.

»Hast du Angst gehabt?«, fragte ich ihn.

»Ja«, gab er zu und ich versuchte ein Lächeln: »Aber warum? Schlangen beißen dich doch nicht.«

»Um mich hatte ich keine Angst«, sagte Colin leise. Er sah mich nicht an, als er es sagte, aber ich wusste, was er meinte. Ich fühlte mein Herz klopfen. Einen Moment schwiegen wir. Dann sagte er: »Okay, lass uns gehen.«

Wir bewegten uns mitsamt unserem Fang in Richtung Haustür; die Braunotter wand sich in ihrem Sack und verstand wahrscheinlich nicht recht, was gerade geschehen war. »Gott sei Dank, dass wir das Vieh los sind! Sie hat wirklich der Himmel geschickt!«, seufzte die Hausherrin.

»Nicht wirklich der Himmel«, sagte Colin trocken. »Sondern The Ark.«

»Oh! Ja! Natürlich.« Die Frau trippelte los, um etwas

zu holen, und kam mit einem Hundertdollarschein zurück. Seltsamerweise gab sie ihn nicht Colin, sondern mir. Verblüfft bedankte ich mich und stopfte ihn mir in die Tasche. Im Wildpark würde ich die Kohle Noah oder Caroline geben, The Ark konnte sie bestimmt gut gebrauchen.

Colin fiel natürlich auf, dass die Frau nicht ihm das Geld gab. Doch er sagte nichts dazu.

»Sorgt dafür, dass das Vieh bei euch in einen sicheren Käfig kommt!«, schob die Frau hinterher. Wir hatten natürlich nichts dergleichen im Sinn. Ein paar Kilometer weiter ließen wir die Braunotter in einem Waldgebiet frei. Gut gelaunt sah Colin zu, wie die Schlange in einem Gebüsch verschwand. »Die hat bestimmt eine Menge zu erzählen.«

Ich lachte und musterte ihn von der Seite. »Erklär mir mal, wie es sein kann, dass Schlangen dich nicht beißen. Für Goannas jedenfalls gilt das anscheinend nicht!« Ich deutete auf die rote Bissspur an seiner rechten Hand, die von dem Buntwaran. Er hatte nicht mal ein Pflaster draufgeklebt.

Colin schüttelte den Kopf. »Es ist ein bisschen kompliziert«, versuchte er auszuweichen, während wir zum Wagen zurückgingen.

Jetzt war ich richtig neugierig. »Macht nichts. Wir haben Zeit, oder?«

Er sah amüsiert aus. »Sind Leute aus Deutschland alle so hartnäckig?«

»Nur die Mädchen«, sagte ich mit unschuldigem Blick.

Wir stiegen ein, Colin ließ den Motor an und fuhr den Schotterweg durch den Wald zurück auf die Hauptstraße. Dann schaute er mich von der Seite an; es war ein kritischer Blick, er schätzte mich ein. Schließlich begann er zu reden.

SNAKE DREAMING

»Wenn eine Frau meines … Volkes … schwanger ist, dann ist es ganz entscheidend, wann sie das erste Mal spürt, dass sich das Kind in ihr bewegt«, sagte Colin. »Es kommt darauf an, wo sie sich in dem Moment befindet. Welcher heilige Ort in der Nähe ist. Meine Mutter war bei einem Ort des *Snake Dreaming*. Das bedeutet, mein Totem – mein heiliges Tier – ist die Schlange.«

Fasziniert hörte ich ihm zu und freute mich darüber, dass er mir das anvertraute. »Das heißt, jeder … äh, australische Ureinwohner …« – mir fiel die korrekte Bezeichnung, die Kerrie genannt hatte, nicht rechtzeitig ein – »… hat so ein Totem?«

»Im Prinzip ja.« Nachdenklich behielt Colin die Straße im Auge, er fuhr ausgeglichen und ruhig. »Und allen, denen etwas an unserer Tradition liegt, ist es wichtig. Zum Beispiel mein Großvater – sein Totem ist der Dingo. Meine Großmutter kennt ihr Totem leider nicht, weil sie als Kind ihrer Mutter weggenommen und in ein kirchliches Heim gesteckt wurde.«

»Wieso denn das?«, fragte ich entsetzt.

»Das war bis vor fünfzig Jahren in Australien üblich. Etwa ein Drittel aller Aboriginal-Kinder wurde ihren Familien weggenommen, um sie staatlich zu erziehen. Oft haben sie ihre Eltern nie wiedergesehen.«

Ich war sprachlos. Was auch immer der Grund dafür gewesen war – das Schlimmste, was man jemandem antun kann, ist doch, ihm die Kinder wegzunehmen! Okay, es gab sicher Ausnahmen. Meinem Vater zum Beispiel hatte es herzlich wenig ausgemacht, dass er mich nicht mehr sah. In seiner Zeit bei uns hatte er kaum mehr getan, als auf dem Sofa zu sitzen, zu saufen und mir bohrende Fragen über meine schulischen Leistungen zu stellen. Irgendwann hatte meine Mutter es sattgehabt zuzusehen, wie das, was sie als Kassiererin verdiente, sich in Tabakrauch und Bier verwandelte. Knallhart hatte sie ihn rausgeworfen und danach hatten sie und ich uns zum ersten Mal seit langer Zeit wieder umarmt.

Als Colin anhielt, war ich so durcheinander, dass ich fast vergessen hatte, was wir für einen Auftrag hatten. »Was ist, warum fahren wir nicht weiter?«

»Wir sind da«, sagte er und lächelte mich an. Unsere Blicke trafen sich und einen Moment lang stand die Zeit still. Wir konnten beide nicht wegsehen. Ein warmes Kribbeln durchlief meinen Körper.

Colin war es schließlich, der den Bann brach. Er stieg aus und schloss die Autotür hinter sich. Wir schwiegen beide, während wir zur Adresse unserer nächsten Tierrettung gingen, die Caroline uns auf einen Zettel geschrieben hatte. Zum Glück lenkte es wunderbar ab, auf einen Baum klettern zu müssen, um ein verletztes Possum aus dem obersten Ast zu pflücken. Es klammerte sich so verzweifelt mit dem Greifschwanz am Baum fest, als sollte es von uns in den Suppentopf gesteckt werden.

Colin leistete dem armen Tier erste Hilfe und brachte es im Wagen unter, dann fuhren wir kurz in Noosa vorbei und sammelten in einem Supermarkt einen Baumfrosch ein, der in einer Lieferung Bananen aus dem tropischen Nordteil von Queensland entdeckt worden war. Er war ziemlich durchgefroren, da er eine Nacht im Kühlhaus verbracht hatte. Colin ließ sich die Kiste zeigen, in der der Frosch entdeckt worden war, und notierte sich die genaue Nummer der Lieferung.

»Dadurch wissen wir, aus welcher Plantage die Bananen kamen, und haben die Chance, den Frosch wieder genau dorthin zurückzuschicken, wo er herkam«, erklärte er.

Wir holten uns einen Gemüse-Pie, den wir unterwegs essen konnten, dann fuhren wir zurück zu The Ark, damit sich Maryann um das verletzte Possum kümmern konnte. Am frühen Nachmittag waren wir zurück von unserer Rettungstour. Es ging aufs Wochenende zu und der Parkplatz war voll mit Besucherautos. Ich dachte darüber nach, wie wir uns am besten voneinander verabschieden konnten, als mir eine Veränderung an Colin auffiel. Wenn wir nicht mehrere Stunden nebeneinander im Auto gesessen hätten, hätte ich es sicher nicht bemerkt. Seine Haltung war auf einmal starrer als vorher und er atmete flacher. Ich folgte seinem Blick und sah einen alten roten Sportwagen, der vollgestopft war mit Menschen. Die Türen öffneten sich und einige cool gekleidete junge Leute stiegen aus. Sie alle waren schwarz.

»So ... und was machst du jetzt den Rest des Tages?« Colin schaute mich an.

»Wahrscheinlich helfe ich bei den Flughörnchen mit, die habe ich bisher nicht kennengelernt.« Ich sagte das Erstbeste, was mir in den Sinn kam, und fragte mich, wer diese Leute auf dem Parkplatz waren – Aboriginals? Kannte Colin sie?

»Klingt gut«, sagte Colin und einen Moment lang huschte der Schatten eines echten, herzlichen Lächelns über sein Gesicht. »Es war schön, dich auf der Tour heute dabeizuhaben.«

Mein Mund war trocken geworden. »Mir hat es wirklich Spaß gemacht«, krächzte ich verlegen. Vielleicht hätte ich mehr gesagt, mehr, als für uns beide gut war, doch Colin stieg aus und schloss die Autotür hinter sich. Ich folgte ihm und wir holten Possum und Baumfrosch aus dem Kofferraum, um sie in die Krankenstation zu verfrachten. Der Frosch hockte eingeschüchtert in einer Ecke seiner Schachtel und das Possum raschelte unruhig herum.

»Könntest du die beiden zu Maryann bringen?«, fragte Colin und als ich nickte, hob er kurz die Hand zum Abschied. Dann ging er zu den jungen Männern im roten Sportwagen hinüber.

Ich machte mich auf den Weg ins Hauptgebäude, in dem die Krankenstation untergebracht war, doch aus dem Augenwinkel behielt ich die Männer im Auge. Mir war nicht ganz wohl bei der Sache. Sie waren zu fünft, Colin war allein. Ich war in einem der übelsten Viertel von München aufgewachsen und hatte einiges miterlebt im Laufe der Zeit. Was zwischen den Männern abging, gefiel mir nicht. Instinktiv zögerte ich und ging nicht weiter.

Der Anführer der fünf Typen war kaum älter als ich; seine Haut war deutlich dunkler als Colins und er trug ein ärmelloses T-Shirt mit dem Namen einer Sportmannschaft, dazu Jeans, Sneakers und einen Gürtel mit einer großen, auffälligen Silberschnalle. Er sagte etwas, das wie »*Wai! Nyuntu palya?*« klang, dann fuhr er fort: »Dachte, ich schau mal vorbei. War grad in der Gegend.«

»Ach, du warst gerade in der Gegend? Sind ja auch nur zwei Stunden Fahrt von Brisbane.« Colin verschränkte die Arme. »Warst du bei *tjamu*?«

»Nee, wollte erst zu dir.« Ein breites Grinsen. »Hab gehört, du kriegst Kohle von den Koalaknuddlern. Lass uns teilen!«

»Don, du weißt verdammt genau, dass ich mithelfe, ohne Geld dafür zu bekommen.«

»Aber du kriegst was von diesem Stipundium. Und wir haben Hunger, *tjuu*, richtigen Hunger.«

»Stipendium«, korrigierte ihn Colin und seufzte. »Ich bringe auf dem Rückweg Steaks mit, okay? *Kuka palya*. Wir machen ein Barbie und dann zischt ihr wieder ab in die Stadt.«

»Steaks? Und das nennst du teilen?« Der Junge mit dem großen Gürtel verzog das Gesicht, er und die anderen kamen näher. Einen Moment lang war es purer Hass, der in seinen Augen stand. »*Ngangkarpa!* Du bist wie 'ne Kokosnuss, außen braun und innen weiß. Du siehst schon alles durch Whitefella-Augen, was?«

Ich hatte genug gehört. Den Transportkäfig ließ ich im Schatten der Veranda stehen, dann kehrte ich mit ein paar schnellen Schritten zu Colin zurück und stellte mich neben ihn. Stand schweigend da und wusste, dass ich ihm vielleicht nicht viel helfen konnte, wenn es ernst wurde. Aber manchmal war es wichtig, da zu sein und ohne ein Wort zu zeigen, auf wessen Seite man war. Colins Blick blieb auf die jungen Männer gerichtet, aber er hatte mich bemerkt, das spürte ich.

Die Jungen musterten mich von oben bis unten und tauschten kichernd ein paar Bemerkungen unter sich aus, die ich nicht verstand. Plötzlich sahen sie ein wenig verlegen aus. Allein der Anführer änderte seine Miene nicht. Er zuckte mit den Schultern. »Ich kann Großvater bitten, mir etwas zu geben. Wenn du nicht teilen willst, Jarro – *tjamu* weiß, was sich gehört.«

»*Wiya*, Don – vergiss es«, sagte Colin kühl. »Lass *tjamu* und *kami* in Ruhe, sonst bekommst du von mir nie wieder einen Cent!«

In meiner Tasche knisterte der Hundertdollarschein, das Trinkgeld für unsere Anti-Schlangen-Aktion. Doch ich ließ ihn, wo er war. Geld rauszurücken, war jetzt nicht das Richtige. »Haut ab!«, sagte ich wütend.

Der Anführer zog die Augenbrauen hoch und wandte sich grinsend an Colin. »Die da ... ist das deine Sheila?«

»Ich heiße nicht Sheila, sondern Juli«, sagte ich und verstand nicht ganz, warum die Jungs loslachten. Sogar Colin konnte sich ein kleines Lächeln nicht verkneifen. Ich hatte keine Ahnung, was genau alle so furchtbar lustig fanden – aber sich zum Deppen zu machen, hatte sich gelohnt. Auf einmal lag nicht mehr ganz so viel Wut und Bedrohung in der Luft.

Und plötzlich stand noch jemand neben Colin, auf seiner anderen Seite. Rusty. Durch sein ärmelloses T-Shirt kamen seine Muskeln prima zur Geltung. »Ihr wollt euch bestimmt als Parkplatzwächter bewerben, oder?«, meinte er und kaute auf einem Grashalm herum. »Oder seid ihr da, um beim Kroko-Wrestling-Wettbewerb mitzumachen?«

»Nee«, sagte der Anführer mürrisch und wandte sich wieder an Colin. »Überleg's dir. Sonst ...«

»Ja? Was sonst?«, fragte Colin gereizt, doch die Kerle quetschten sich bereits in ihr Auto und brausten in einer Staubwolke davon.

Colin wandte sich an mich, er wirkte müde. »Thanks«, sagte er. »Das war richtig nett von dir. Übrigens … in Oz nennt man die Mädels Sheilas. Blokes sind die Jungs.«

»Ach so.« Ich kam mir mal wieder dämlich vor.

»Glaubst du, dein Bruder kommt zurück?«, fragte Rusty. »Sollen wir nachts ein paar Wachen aufstellen?«

Oh. Das war Colins Bruder gewesen?! Manchmal war es doch enorm praktisch, ein Einzelkind zu sein!

»Wachen? Ja, besser wär's«, meinte Colin verkniffen.

Ich hätte zu gerne gehört, was die beiden besprachen, aber das Possum stieß wieder ein nervöses Zwitschern aus und der Baumfrosch hatte sicher auch keine Lust, noch länger in einer Pappschachtel mit Luftlöchern zu hocken. Also verabschiedete ich mich und brachte die beiden erst mal zu Maryann.

Bei den Flughörnchen gab es nichts zu tun. »Du könntest mal bei den Dingos nach dem Rechten sehen«, meinte Caroline. »Da geht es manchmal hoch her, weißt du …«

Bevor ich nachfragen konnte, was sie damit meinte, eilte sie zu ihren Känguru- und Koalababys zurück, die mal wieder ihr Fläschchen brauchten.

Also machte ich mich auf den Weg zu den Dingos, den australischen Wildhunden. Der Wildlife Park hatte zwei von ihnen. Auf den ersten Blick sahen sie aus wie große Hunde mit goldbraunem Fell, doch in ihren Augen stand ein wilder Stolz, der mich Abstand halten ließ. Besser, ich behandelte sie mit der gleichen Vorsicht wie Wölfe.

Ein halbes Dutzend Leute standen um ihr Gehege herum und diskutierten. »Es sind Killer, ich sag's dir!«, sagte ein Mann, formte aus Daumen und Zeigefinger eine Pistole, zeigte auf den Rüden und tat, als schösse er. »Wieso sollte es nicht so gewesen sein, wie die Mutter erzählt hat – diese verdammten Dingos haben das Baby vom Zeltplatz weggeschleppt. Und deswegen muss die arme Lindy Chamberlain zu all dem Unglück drei Jahre im Knast verbringen, weil ihr niemand glaubt!«

»Das ist wirklich der perfekte Mord – man macht einfach ein Tier dafür verantwortlich«, protestierte der andere Mann und schüttelte den Kopf. »Und die Chamberlain ist damit sogar davongekommen!«

Die Frau, die neben ihm stand, hatte vor Aufregung rote Flecken im Gesicht. »Aber Jamie, hast du nicht gehört, was ganz in der Nähe passiert ist? Da haben Dingos ein neunjähriges Kind umgebracht und den Bruder schwer verletzt … das sind bösartige Scheißviecher!«

»Ich hab mal gehört, so ein Dingorudel reißt sechzig bis achtzig Schafe in einer Nacht«, sagte ein anderer Mann. »Nicht weil sie Hunger haben, sondern einfach so.«

Mir wurde langsam klar, warum ich genau hier nach dem Rechten sehen sollte. Gerade rechtzeitig bemerkte ich, dass ein etwa fünfzehnjähriger Junge am Rand des Geheges die Dingos auf eigenartige Weise beobachtete, mit einem konzentrierten, aufgeregten Blick. Eine seiner Hände war zu einer Faust geballt, er hatte da irgendwas drin. Als er ausholte, wurde mir klar, was.

»He, du da!«, brüllte ich ihn an. »Weg mit dem Stein, aber dalli!«

Der Junge zuckte zusammen, ließ mit einem verlegenen Grinsen den Stein fallen und verdrückte sich. Glück gehabt! Unglaublich, auf was für Ideen die Leute kamen, in Hellabrunn hatte ich so was oft genug miterlebt. Einmal, an einem heißen Tag im Frühling, waren sogar ein paar Leute in einen der Teiche gesprungen.

Am späten Nachmittag, nachdem der Park geschlossen hatte und die Dingos mich nicht mehr als Leibwächterin brauchten, hörte ich, dass Colins Ute ansprang – der ungesund rasselnde Sound war unverkennbar. Das Geräusch entfernte sich und ich war mit meinen Gedanken allein. Ich lag auf meinem Bett, starrte an die Decke und versuchte, aus dem Chaos in meinem Herzen schlau zu werden. Jemand klopfte an die Tür meines Zimmers. »Wir fahren an den Strand und gehen danach in den Pub, magst du mitkommen?«, fragte Kerries Stimme.

»Heute nicht!«, rief ich zurück, ich wusste nicht mal, wieso. Vielleicht weil es so vieles gab, über das ich nachdenken musste. Zum Beispiel, was aus meinem guten Vorsatz geworden war, Colin aus dem Weg zu gehen. Stattdessen fluteten Bilder in meinen Kopf. Colin und die Schlange. Sein Bruder Don. Der Hass in seinen Augen. War er jünger als Colin? Ja, sah fast so aus. Er hatte Colin Jarro genannt – war das sein Aboriginal-Name? Und was genau war das für ein *Snake Dreaming*, von dem Colin heute im Auto gesprochen hatte?

Ich wanderte gedankenversunken durch die Küche des Haupthauses, holte mir einen eiskalten Saft aus dem Kühlschrank, kochte mir wieder mal eine Tütensuppe ... und hörte völlig verblüfft das Röhren von Colins Auto näher kommen. Er kehrte zurück – hatte er etwas vergessen? Wollte er noch mal nach einem bestimmten Tier sehen? Ich linste unauffällig durchs Küchenfenster, beobachtete, wie Colin ausstieg und nicht etwa in Richtung der Gehege ging ... sondern zum Haupthaus. Schnell trat ich vom Fenster zurück, bevor er mich sah.

Dann hörte ich, wie sich die Tür öffnete, seine Schritte durch den Flur kamen. Vielleicht brauchte er etwas aus dem Büro?

Nein, er ging in Richtung der Zimmer. Ich hörte, wie er anklopfte. Wen suchte er? Etwa Lars? Der war mit meinen Kollegen am Strand, hatte Colin das nicht mitbekommen?

Verwirrt spähte ich aus der Küche ... und sah, vor welcher Zimmertür Colin stand.

Vor meiner!

EIN ANFANG

»Hallo«, sagte ich zu seinem Rücken. »Du suchst doch nicht etwa mich?«

Er drehte sich um und ein leicht verlegenes Lächeln breitete sich auf seinem Gesicht aus. »Ähm, ja, doch«, sagte er. »Heute Nachmittag ist mir aufgefallen, dass eins unserer Kängurus – Cara – ihren Beutel ausputzt.«

Ich hatte eine kurze Vision von einer älteren Hausfrau, die ihre Einkaufstasche leert und die Flusen herausklopft. »Ja, und?«

Es zischte auf dem Herd. Meine Suppe kochte über. Schnell drehte ich mich herum und zog den Topf von der glühenden Platte. Ziemlich viel Schaum war daraufgelaufen und trocknete im Zeitraffer ein.

»Was ist das?«, fragte Colin und spähte fasziniert in den Topf. Es klang, als wäre er nicht ganz sicher, ob man das tatsächlich essen konnte.

»Ich hatte irgendwie genug von den ewigen Pies«, erklärte ich verlegen und versuchte gleichzeitig, die Schweinerei aufzuwischen.

»Was ich sagen wollte …«, auch Colin klang plötzlich

ein bisschen durcheinander. Er lehnte sich gegen den Kühlschrank. »Wenn ein Känguruweibchen den Beutel ausputzt, bedeutet das, dass die Geburt bevorsteht. Ich schätze, es müsste bald losgehen. Hätte ich fast vergessen, dir zu sagen.«

»Echt? Cool! Das schaue ich mir natürlich an!« Ich schlürfte schnell die Suppe in mich hinein, verbrannte mir dabei die Zunge und bekleckerte vor lauter Aufregung mein T-Shirt. In Hellabrunn hatte ich bei der Geburt von ziemlich vielen Tieren zugesehen, von der Elenantilope bis zum Kamerunschaf. Aber ich konnte mir nicht mal vorstellen, wie das bei einem Beuteltier ablief. Wie kam das Kleine eigentlich nach der Geburt in den Beutel hinein?

Colin lächelte, er schien sich über meine Begeisterung zu freuen. »Ich hatte vor, es mir auch anzuschauen ... ist das okay für dich?«

Ich starrte in meine Suppe. Ein Stück Sellerie schwamm auf der Oberfläche, immer in Gefahr, von meinem Löffel versenkt zu werden. Also hatte Colin mich durchschaut. Er wusste, dass ich nicht in seiner Nähe sein wollte, dass ich ihm weiter aus dem Weg gegangen wäre, wenn mir der Dienstplan keinen Strich durch die Rechnung gemacht hätte. Aber ahnte er den Grund?

Das Schweigen dehnte sich und Colin nahm es als Antwort. Ich hörte, wie er sich ohne ein weiteres Wort umdrehte. Gleich würde er weg sein.

Auf der Oberfläche der Suppe bildeten sich kleine Wellenringe. Meine Hand, die den Löffel hielt, zitterte. Bilder schossen mir durch den Kopf und Worte. *Du bist völlig übermüdet, mach erst mal Pause ... Atme mal tief durch – und hör zu ... Freiheit ist für mich, einer Songline zu folgen ...*

Colins Schritte entfernten sich. »Gute Nacht«, sagte er heiser und etwas an seiner Stimme, an der Art, wie er das sagte, berührte mich tief im Inneren. Weil ich in diesem Moment spürte, wie nahe ihm dieses wortlose Nein ging. Dass er sich darauf gefreut hatte ... worauf? Seine Welt mit mir zu teilen?

»Es ist okay für mich.«

Hatte ich das gesagt? Ja. Ein Teil von mir hatte alle Bedenken über Bord geworfen, sich in Sekunden entschieden.

Ich hörte, wie Colin tief durchatmete. »Na, dann los«, sagte er.

Hastig zog ich in meinem Zimmer das T-Shirt mit den Suppenflecken aus und stattdessen mein bestes an, das violette. Dann packte ich zwei Wasserflaschen für uns ein, Anti-Mücken-Spray und eine Decke zum Draufsetzen. Während wir zu den Kängurus gingen, hämmerte mir das Herz gegen die Rippen, weil ich nicht fassen konnte, was gerade geschah. Colin und ich, wir würden den Abend miteinander verbringen. Mehr oder weniger allein, denn außer Noah, Caroline und ihren

Kids auf dem Nachbargrundstück war niemand mehr da. Konnte es sein, dass Colin vor allem meinetwegen in den Wildpark zurückgekommen war? Er selbst hatte wahrscheinlich schon tausendmal eine Kängurugeburt gesehen …

Wir machten es uns hinter dem Kängurugehege bequem; dort konnte man gemütlich sitzen und wir hatten einen guten Blick. Es roch nach Heu, trockenem Sand und nach den Tieren. Colin setzte sich im Schneidersitz ins Gras, sein kräftiger, sehniger Körper war ganz nah neben mir. »Da ist sie«, sagte Colin leise und deutete auf eins der Kängurus.

Ich nickte. Cara war durch die Narben an ihrem Hals gut zu erkennen. Jetzt fing sie wieder an, mit den Pfoten im Beutel zu wühlen. »Wofür ist das gut?«

»Wenn der Beutel nicht benutzt wird, dann ist ein wachsartiges Zeug drin«, erklärte Colin. »Sie holt es mit den Pfoten raus und kämmt das Fell im Inneren durch, damit alles bereit ist für das Kleine. Es ist schließlich monatelang seine Wohnung.«

Obwohl Cara eifrig putzte und kämmte, ließ die Geburt auf sich warten. Ein Schwarm Galahs – rosafarbene Kakadus – setzte sich auf einen Baum in der Nähe und hielt einen ausgiebigen Schwatz. Es raschelte im Gebüsch, etwas Eidechsenartiges huschte auf der Jagd nach Insekten durchs Gras. Nach und nach entspannte ich mich. Vielleicht weil Colin überhaupt nicht verlegen war, sondern zufrieden damit, hier zu sein und alles in sich aufzunehmen, was er sah, hörte und spürte. Manchmal hatte ich das Gefühl, dass er auf mich lauschte. Konnte er meinen Herzschlag hören?

»Wetten, Cara wartet genau so lange, bis wir aufgegeben haben und weggegangen sind?«, flachste ich, um meine Verlegenheit zu überspielen.

»Vielleicht können wir so endlich klären, ob Kängurus bis zwei zählen können«, gab Colin grinsend zurück. »Wir beide verstecken uns hinter einem Busch, einer geht, dann muss Cara raten, ob jemand übrig ist.«

»Also, den Kängurus und Koalas traue ich das nicht unbedingt zu«, meinte ich und er lachte. Ich fühlte mich wohl mit ihm und er sich anscheinend auch mit mir. Vielleicht konnten wir Freunde sein, ging das?

Die Sonne glitt allmählich auf den Horizont zu, tauchte das Land in sanftes Zwielicht. Ein paar Grillen begannen ihr lautstarkes Konzert. Und ich fand den Mut, ihn das zu fragen, was mich interessierte. »Sag mal ... wie hat dein Bruder dich genannt? Jarro? Ist das dein Aboriginal-Name?«

»Ja«, meinte Colin nach kurzem Zögern. »Ich benutze ihn selten ...«

»Wie soll ich dich nennen, Colin oder Jarro? Was ist dir lieber?«

Verblüfft blickte Colin mich an. Einen Moment lang schien es ihm die Sprache verschlagen zu haben. »Jarro, glaube ich«, sagte er dann. »Aber mach das nicht, wenn die anderen es hören, okay?«

Wortlos nickte ich und wusste, dass er mir ein Geschenk gemacht hatte.

»Das mit meinem Bruder … tut mir leid, dass du das mitkriegen musstest«, fuhr Colin fort. »Zum Glück sind er und seine Freunde nicht mehr zu meinen Großeltern gefahren – mein Großvater kann zwar ganz schön streng sein, aber im Grunde sind er und *kami* einfach zu nett. Oft geben sie Don, was er will. Und wenn nicht, nimmt er es sich. Einmal hat er ihren Fernseher verkauft, weil er Geld brauchte.«

»Er ist jünger als du, oder?«

»Ja, zwei Jahre. Komischerweise war er früher ein richtiger kleiner Engel und *ich* war derjenige, der immer Ärger machte. Meine Verwandtschaft erzählt sich immer noch, wie ich mal auf einer langweiligen Familienfeier eine Handvoll Termiten in die Suppe geworfen habe oder wie ich mit einem Schwarm wütender Bienen dicht auf den Fersen in der Polizeistation aufgetaucht bin.«

Ich musste lachen. »So macht man sich richtig beliebt. Vielleicht hat Don dich bewundert und wollte so werden wie du?«

Erschrocken blickte Colin mich an. »Meinst du? Bloody hell, daran habe ich nie gedacht.«

»Ist wahrscheinlich Blödsinn«, erwiderte ich schnell. »Wann hat dein Bruder denn angefangen durchzudrehen?«

»Als er so ungefähr zwölf war und ich vierzehn.«

Colins Blick ging in die Ferne, er war zurückgekehrt in die Vergangenheit. »Später, in Brisbane, habe ich versucht, ihn zu beschützen – auch ein bisschen vor sich selbst. Bin sogar in die gleiche Gang eingetreten. Hat aber nicht viel genutzt. Eher im Gegenteil.«

»Kann ich verstehen«, meinte ich und versuchte, mir vorzustellen, wie ich es gefunden hätte, wenn meine nicht vorhandene große Schwester wegen mir angefangen hätte, in Häuser einzubrechen und Tiere zu befreien. »Weswegen ist er so wütend auf dich?«

»Schwer zu sagen.« Colin kniff die Lippen zusammen und ich spürte, dass er es sehr wohl wusste.

»Aber du hast eine Vermutung.«

»Ja. Ist wahrscheinlich völlig albern. Meine Haut ist heller als seine. Mein Vater war ein Weißer, seiner nicht.«

Schweigend nickte ich. Ja, allmählich verstand ich, was das für einen Unterschied machte und dass man es mit einer dunklen Haut nicht immer leicht hatte in Australien.

»Hast du Kontakt zu deinem Vater?«

»Nein. Der ist längst über alle Berge, ich weiß nicht mal, wo er lebt.« Er zuckte die Schultern.

Es war nun fast völlig dunkel, die Nacht lag wie ein schweres, warmes Tuch über uns.

Ich hätte gerne so vieles gefragt, über seine Familie, wie er aufgewachsen war … doch Colin nahm – noch fiel es mir schwer, ihn Jarro zu nennen – ein Nachtsichtgerät aus seinem Rucksack und spähte damit zu Cara hinüber. »Tut sich immer noch nichts.« Er reichte mir das Gerät, unsere Finger berührten sich dabei. Das brachte mich so durcheinander, dass es einen Moment dauerte, ehe ich mich auf das Känguruweibchen konzentrieren konnte. »Sieht aus, als würde sie sich unwohl fühlen.«

»Ja. Stimmt. So eine Geburt kann aber nicht wirklich wehtun. Das Baby ist ungefähr so groß wie ein Gummibärchen.«

»Wie praktisch«, sagte ich und musste grinsen.

Irgendwoher nahm ich den Mut, ihm die Frage zu stellen, die schon die ganze Zeit in mir drückte. »Colin ... Jarro ... ich war die meiste Zeit über nicht besonders nett zu dir.« Ich stieß es hervor – besser, es schnell hinter sich zu bringen. Mich zu entschuldigen, war nie meine Stärke gewesen. »Um genau zu sein, ich habe mich scheußlich benommen, was mir übrigens ziemlich leidtut, also kurz gesagt: Wieso rennst du eigentlich nicht weg, so schnell du kannst, wenn du mich siehst?«

Ich spürte, dass er mir in der Dunkelheit das Gesicht zugewandt hatte. »Das klingt komisch – aber vielleicht hat es was mit der Arbeit im Park zu tun«, sagte er leise und auf einmal klang seine Stimme ganz weich, so weich, dass es mir durch und durch ging. »Weißt du ... wenn ein Tier aus der Wildnis zu uns kommt, dann kratzt es, faucht, versucht zu beißen. Weil es furchtbare Angst hat.

Und nach einer Weile ... wenn man viel Geduld hat und ein bisschen Glück ... dann fasst es Vertrauen.«

Ich schlang die Arme um meinen Körper, obwohl es immer noch fast genauso warm war wie tagsüber. Mir war nach Lachen und Weinen gleichzeitig zumute. Jarro behandelte mich wie ein wildes Tier ... ja, klar, warum auch nicht? Wahrscheinlich hatte er die ganze Zeit gespürt, dass ich im Grunde Angst hatte.

Ein leises Geräusch, das metallische Knarren eines Zaunes, ließ uns aufhorchen. Adrenalin raste durch meine Adern. War das sein Bruder Don, der zurückgekehrt war, um sich für die Abfuhr zu rächen? Ich spürte, wie Colin sich neben mir straffte und das Nachtsichtfernglas hob. Als Erstes spähte er in Richtung des Eingangs, doch dann ließ er das Gerät sinken, nahm eine starke Taschenlampe und leuchtete in Caras Richtung. Aha, sie war das gewesen, die wie ein Einbrecher klang! Sie stützte sich mit dem Rücken gegen den Zaun, den Schwanz hatte sie nach vorne zwischen den Beinen durchgestreckt. Etwas bewegte sich zwischen ihren Hinterbeinen ... ein winziges Etwas, das im Licht feucht glänzte. Das Baby!

»Was macht es?«, fragte ich, noch ganz durcheinander von dem, was Colin eben gesagt hatte.

»Es muss nach oben in den Beutel kriechen – und das ist ein weiter Weg, wenn man so klein ist«, sagte er. »Das Baby ist blind, taub und so gut wie hilflos. Aber schau mal, wie es sich immer weiterkämpft.«

Ungläubig beobachtete ich, wie sich das winzige, nackte Etwas voranarbeitete. Einen kurzen Monat lang war es in Caras Bauch gewachsen und musste schon so etwas fertigbringen! Die Mutter half ihm nicht bei dem Weg in den Beutel. Sie sah lediglich zu und leckte sich die feuchte Spur aus dem Fell, die ihr Nachwuchs hinterließ.

Als das Kleine unter dem pelzigen Rand des Beutels verschwand, atmete ich hörbar aus. »Geschafft!«

»Es muss nur noch in diesem riesigen Fellbeutel die Milchquelle finden und ins Maul nehmen«, meinte Colin heiter. »Dazu braucht es manchmal 'ne halbe Stunde.«

Er knipste die Taschenlampe wieder aus und einen Moment lang saßen wir schweigend in der Dunkelheit. Vielleicht ging es ihm wie mir und er wollte nicht gehen. Ob er den Arm um mich legen würde? Wie sich das wohl anfühlen würde? Nein, dafür war es zu früh, es war besser, wenn er es nicht versuchte, besser, wenn ich mich verabschiedete ...

»Juli ...«, sagte er und räusperte sich. »Ich weiß nicht, ob du es mitbekommen hast ... nächstes Wochenende haben wir einen Ausflug nach Fraser Island geplant. Es fahren nicht alle mit, bloß ein paar von uns. Bisher sind wir zu dritt: Chaz, Kerrie und ich.« Eine lange Pause und ich hörte, wie er tief Luft holte. »Magst du mitkommen?«

Freude durchflutete mich. Und trotzdem schaffte ich es nicht, ganz spontan Ja zu sagen. »Ich denke darüber nach, okay?«

»*Palya*«, sagte er und stand fast lautlos auf. »Okay.«

Er brachte mich zum Haupthaus zurück und wir wandten beide den Kopf, als wir Motorengeräusche hörten. Es waren unsere Kollegen, die aus dem Pub zurückkamen. »Sehr praktisch, dann kann Rusty eine Wache übernehmen«, meinte Colin und wandte sich an mich. »Also bis morgen. Träum was Schönes, Juli.«

Wahrscheinlich zuckte ich dabei unmerklich zusammen, jedenfalls stutzte er. »Du träumst schlecht?«

»Ähm, ja«, gestand ich. »Fiese Dinge.«

»Wie fies?«

Es dauerte einen Moment, bevor ich einen passenden Vergleich gefunden hatte. »Schlimmer als eine Aga-Kröte, die auf meinem Gesicht hockt.«

Besorgt blickte Colin mich an. »Mein Großvater würde sagen, dass vielleicht ein böser Geist, ein *mamu*, in dich gefahren ist.«

Ich schaffte ein Lächeln. »Uff. Das klingt nicht gut. Und was würde dein Großvater dagegen tun?«

»Er würde dich zu einem unserer Heiler, einem *ngangkari*, bringen. Leider gibt es hier an der Ostküste nicht viele von ihnen.« Colin dachte einen Moment nach, dann ging er zu einem der Eukalyptusbäume und brach einen Zweig ab, ich hörte es rascheln. »Probier es erst mal damit. Leg den neben dich auf dein Kopfkissen.«

Das klang ganz schön schräg. Aber vielleicht war es genau das, was ich brauchte. Ich lachte nicht und nahm den Zweig. Einen Moment lang standen Colin und ich uns gegenüber und wieder einmal wurde mir fast schwindelig von seiner Nähe.

»Gute Nacht ... Jarro«, sagte ich leise und Colin drehte sich langsam um, hob die Hand zum Abschied und schlenderte davon.

Ich drehte mich ebenfalls um – und sah Lars auf der Veranda des Haupthauses stehen. Er schaute in unsere Richtung ... hatte er uns beobachtet? Sein Gesicht wirkte hart und kühl im Schein der Außenlampe. Auf meinen Armen bildete sich eine Gänsehaut.

»Na, wie war's im Pub?«, fragte ich, als ich in Richtung meines Zimmers an ihm vorbeiging.

»Das interessiert dich doch eh nicht«, murmelte er und verschwand in seinem Zimmer.

Caroline spähte fragend aus dem Büro, anscheinend legte sie eine Spätschicht ein. »Alles klar?«

»Jaja«, wich ich aus und wollte an ihr vorbeigehen, doch dann sah sie den Zweig in meiner Hand. »Ah, du hast dir was gepflückt! Willst du dir einen Tee daraus kochen? Aber Achtung, das geht nur mit bestimmten Arten ...«

Ehe ich es verhindern konnte, hatte sie die Hand nach dem Zweig ausgestreckt. Instinktiv riss ich ihn ihr weg, doch sie hatte bereits die Hand darum geschlossen und so regneten ledrige grüngraue Blätter auf den Boden. Die Spitze des Zweiges hing abgeknickt herunter. Entsetzt musterte ich die Zerstörung.

»Oh, sorry«, meinte Caroline, sie klang nicht sehr beeindruckt. »Willst du dir einen neuen holen? Aber zum Teemachen sind genug Blätter übrig geblieben.«

Sie ahnte natürlich nicht, was sie angerichtet hatte. Ich zwang mich zu einem Lächeln, murmelte »Gute Nacht« und zog mich in mein Zimmer zurück. Es hatte keinen Sinn, einen anderen Zweig zu pflücken – das war nicht das Gleiche. Eigentlich konnte ich dieses verknickte Ding gleich in den Mülleimer stopfen, jeder böse Geist hätte sich darüber totgelacht. Und doch brachte ich es nicht über mich, den Zweig wegzuwerfen.

Ich legte die jämmerlichen Reste auf meinen Nachttisch und ging ins Bad, um mir die Zähne zu putzen.

K'GARI HEISST PARADIES

Ich komme aus der Schule und Gideon wartet auf mich. Manchmal lässt er sich tagelang nicht blicken und dann ist er plötzlich da. Steht mit seinem cremefarbenen Alfa Romeo vor der Schule und wartet. Ich könnte weitergehen, aber das schaffe ich nicht – wie ein Eisenstück, das auf einen starken Magneten zurutscht, steuere ich den Alfa an. Gideon mustert mich mit leicht spöttischem Blick, wieder einmal gefällt ihm mein Outfit nicht – oje, wieder zu brav und über brave Mädchen macht er sich gerne lustig. Ab und zu kauft er mir neue Klamotten, er hat immer Geld. Meist sind es Sachen, die mir nicht wirklich gefallen. Aber ich ziehe sie natürlich an.

»Steig ein«, sagt Gideon und ich will es tun. Doch das ist gar nicht so leicht, ein Baum wächst vor mir aus dem Boden, eine fast weiße Rinde hat er, geisterhaft sieht er aus. Der Baum – und sein Geruch, frisch und herb zugleich – erinnert mich an etwas. Und ich weiß, dass er mein Verbündeter ist. Trotzdem dränge ich mich an ihm vorbei und klettere auf den Beifahrersitz neben Gideon.

Doch kaum habe ich mich angeschnallt, merke ich, dass das alles ein Fehler war. Ich versuche, den Gurt wieder zu lösen, doch es geht nicht, ich bin gefangen! Gideon lacht. Er drückt das Gaspedal durch und der Alfa Romeo schießt los, rast durch die Straßen. Bis zum Fluss. Gideon fährt bis zum Ufer, lässt sich aus dem Fahrersitz gleiten und sagt ganz freundlich: »Du begreifst sicher, dass ich an einer dauerhaften Beziehung mit dir kein Interesse habe.« Der Alfa rollt weiter, auf den Fluss zu. Ich schreie, doch es ist niemand da, der mir helfen kann. Wasser flutet ins Innere, ich kriege keine Luft mehr …

Ich wache auf, würge und schnappe nach Luft. Mein Herz rast. Es dauert eine Weile, bis ich mich beruhigt habe und überhaupt wieder daran denken kann weiterzuschlafen. Der zerknickte Eukalyptuszweig liegt auf dem Boden, vielleicht habe ich im Traum um mich geschlagen und ihn dabei heruntergeworfen.

Es wird immer schlimmer. Und kein Wunder. Ich habe meine guten Vorsätze, keine Zeit mehr mit Colin zu verbringen, einfach so über Bord geworfen … und jetzt muss ich dafür büßen. Immerhin, noch habe ich ihm nicht gesagt, ob ich mitfahren will nach Fraser Island. Wieso zögerst du überhaupt?, schimpft ein Teil von mir. Diese blöde Distanziertheit, diese Vorsicht, wieso kriegst du die nicht aus dir raus? Wann wirst du es endlich wieder schaffen, jemandem zu vertrauen?

Manchmal macht es mich selbst mutlos, wie schwer es ist, mit mir klarzukommen.

Am liebsten hätte ich stundenlang mit Sarah über Colin geredet, aber das Internet war in The Ark so langsam, dass Videoanrufe keinen Spaß machten, weil die Verbindung dauernd abbrach. Ich hatte zwar ein paar Bekannte vom Kanufahren und aus der Berufsschule, aber mit denen war ich nicht so eng, dass ich ihnen so was anvertraut hätte. Früher hätte ich Lia oder Hannah anrufen können, mit denen ich mich zusammen durch die Realschule gemogelt hatte. Doch Lia war anders geworden in den letzten Jahren; sie machte das Abitur nach, wollte Wirtschaftswissenschaften studieren und hatte fast nie Zeit. Hannah machte eine Lehre bei einer Versicherung und hatte zwar Zeit, interessierte sich aber nicht mehr sonderlich für das, was ich zu erzählen hatte. Sie war allergisch gegen fast alle Tiere – außer Goldfische.

Sollte ich Maryann Rikdal um Rat fragen? Die kleine rotblonde Tierärztin war mir sympathisch, vielleicht weil sie mich ein ganz klein wenig an Sarah erinnerte.

Wer weiß, was Maryann mir für einen Rat gegeben hätte … Aber vielleicht war es ein Glücksfall, dass mir an diesem Morgen als Erstes nicht sie, sondern Wanda über den Weg lief. Wanda mit dem großen Körper und dem noch größeren Herzen. Einer ihrer wohlerzogenen Border Collies ging eng bei Fuß.

»Daarling! Good *Morning!*«, begrüßte Wanda mich und schaute mich dann beunruhigt an. Wahrscheinlich hatte ich Augenringe wie ein Zwergpossum. »Juuuuli. Du siehst schrecklich aus. Sag mir, was los ist.«

Ich holte tief Luft, ließ sie ewiges Schweigen schwören und erzählte ihr, dass mich Colin zu dem Ausflug nach Fraser Island eingeladen hatte. »Ich weiß nicht, was ich tun soll. Soll ich fahren? Oder ist das eine ganz schlechte Idee?«

»Oh Daaarling, er hat dich eingeladen? Das ist doch wunderbar!« Wanda strahlte. »Du *willst* mit, oder? Na, dann mach es doch. Was hast du denn zu verlieren?«

»Ähm ...« Natürlich fiel mir auf Anhieb nichts ein.

»Deinen guten Ruf?«

Ich verzog das Gesicht und dachte an meine Polizeiakte. »Nicht wirklich.«

»Dein Herz?«

»Ist eh schon hinüber ...«

»Deine Jungfräulichkeit?«

Oh, wie peinlich. Ich lief rot an. Wanda tat, als bemerkte sie es nicht. »Daaarling, Colin ist der tollste Typ bei The Ark. Leider bin ich ja ein wenig zu alt für ihn. So schade!« Wanda seufzte theatralisch. »Aber wenn du die Chance hast ... na, dann *go for it!*«

»Ich glaube, du hast recht«, sagte ich und gestattete mir sogar, mich zu freuen. Vielleicht war es nötig gewesen, dass es mir jemand anders bestätigte. Dass es nicht der pure Wahnsinn war, sich in Colin zu verlieben. Jetzt, im hellen Tageslicht, erschien alles nicht mehr so bedrohlich. Gegen diese Angst und all das Gift, das Gideon in meiner Seele hinterlassen hatte, würde ich ankämpfen. Schließlich wollte ich mich in Sachen Entschlossenheit nicht unbedingt von einem nackten rosa Beuteltierbaby von der Größe eines Gummibärchens ausstechen lassen.

Ich fand Colin bei den Kängurus. »Geht klar, ich fahr mit auf die Insel«, sagte ich, so beiläufig ich es schaffte, und er sagte herzlich: »Schön.« Wahrscheinlich hätten es die meisten Leute nicht unbedingt rasend romantisch gefunden, dass er dabei weiter Kängurumist, der wie übergroße Hasenköttel aussah, auf eine Schubkarre schaufelte.

»Hat der Eukalyptuszweig gewirkt?«, erkundigte sich Colin.

»Ein bisschen – leider nicht genug«, sagte ich und zögerte. »Hast du wirklich daran geglaubt, dass er helfen würde?«

Er lächelte. »Nicht ganz. Aber Eukalyptus duftet so schön, ich dachte mir, vielleicht dringt das durch bis in deinen Traum.«

Ich erinnerte mich dunkel, dass das tatsächlich geklappt hatte. Wieso hatte ich mich im Traum an diesem Baum vorbeigedrängt, obwohl ich gewusst hatte, dass er mein Verbündeter war? War das so eine Art Todeswunsch? Meine Art, mich selbst zu vernichten?

»Okay, ich mache mich dann mal wieder an die Arbeit«, sagte ich verlegen und wollte losgehen, doch Colin rief mir hinterher: »Ach ja, ich habe was im Schuppen! Kannst du mitnehmen.«

Verblüfft sah ich, dass er einen Strauß orangefarbener Rosen hervorholte. Blumen? Für mich? In was für einer Kitschsendung war ich denn angekommen? Und am seltsamsten war, dass die Rosen unübersehbar vor sich hin welkten, einige der Knospen ließen die Köpfe hängen, als hätte tiefe Reue sie gepackt. Gerade wollte ich mir mühsam ein »Du, das ist wirklich nett von dir …« abringen, da sagte Colin: »Die hat jemand abgegeben. Du hast dich doch mit Mayra, dem Possum, angefreundet, oder? Possums fressen gerne Rosen.«

Ich schnaufte, Colin blickte mich verständnislos an … und dann lief er unter seiner braunen Haut tatsächlich rot an. »Ähm, hast du etwa gedacht, dass ich …?«

»Klar hab ich.«

Wir schauten uns an und dann krümmten wir uns beide vor Lachen. Es tat richtig gut, so zu lachen, tief aus dem Bauch heraus. Wenn ich lache, klingt das wie eine kaputte Dampflokomotive. Doch weder Colin noch die Kängurus schienen sich daran zu stören. Und so lachten wir weiter.

Früh am Samstagmorgen fuhren wir los, in Chaz' Jeep mit Allradantrieb, der bis oben hin mit Campingausrüstung vollgepackt war. »Ich habe dir meinen Ersatzschlafsack mitgebracht«, sagte Kerrie zu mir.

»Super.« Ich lächelte sie dankbar an.

»Kann höchstens sein, dass er ein bisschen nach Koalapipi riecht, wir mussten mal ein Waisenkind darin einwickeln …«

»Kein Problem – solange ich mir den Schlafsack nicht mit dem Waisenkind teilen muss«, gab ich souverän zurück. Es gab Dinge, die durften eine angehende Zootierpflegerin nicht schrecken.

»Alles bereit?«, rief Chaz. »Rusty, vergiss nicht, meine Joeys zu füttern!«

»... und denk bitte daran, nachts Wachen aufzustellen«, schickte Colin hinterher. Rusty machte ein paar beruhigende Handbewegungen und dann ein paar andere, die wahrscheinlich bedeuteten, dass wir unseren Hintern endlich auf die Straße bewegen sollten.

Auch Lars beobachtete unsere Abfahrt. Er dachte allerdings gar nicht daran zu winken. Es fühlte sich an wie sechs Richtige im Lotto, dass er zu diesem Ausflug anscheinend nicht eingeladen worden war.

Kaum waren wir zum Tor hinaus, drehte Kerrie sich zu mir um; sie konnte den Hals fast so weit verrenken wie eine Eule. »Sag mal, gibt's in Deutschland eigentlich Fernsehen?«

»Nee, wir leben in Höhlen, da gibt's keinen Strom«, behauptete ich. »Trotzdem gilt es als total chic, ein Fernsehgerät zu haben. Damit kann man prima den Höhleneingang verbarrikadieren und es kommen nachts keine Wölfe rein.«

Das brachte Colin zum Lachen und ich war froh, dass Kerrie die blöde Frage gestellt hatte. Ich hörte Colins Lachen so gerne.

Er begann ebenfalls, mich über Deutschland und

mein Leben auszufragen, und ich erzählte ihm von München; von meiner Arbeit in Sarahs Tierheim; von dem Beo namens Tivoli, der jahrelang fast ständig auf meiner Schulter gehockt hatte, bevor er an einer Pilzkrankheit eingegangen war; von den tausend Pferdebüchern, die ich früher verschlungen hatte, obwohl oder vielleicht gerade weil meine Mutter mir nie eine einzige Reitstunde bezahlen konnte.

Wir waren etwa eine halbe Stunde gefahren, als Chaz sein Handy aus der Hosentasche zog und seufzte. »Crikey. Mist. Akku leer! Hat jemand ein Handy dabei?«

Kerrie, Colin und ich schüttelten den Kopf.

»Was ist – umkehren und eins leihen?«, fragte Chaz in die Runde, doch wir waren alle dagegen und wahrscheinlich hätten wir auf der Insel sowieso keinen Empfang gehabt.

Vielleicht war es besser so. So durften wir wenigstens diese beiden Tage lang unser Glück festhalten, so gut es ging.

Colin erklärte mir, dass die Aboriginals der Gegend die Insel »K'gari« – »Paradies« – getauft hatten. »Zuerst war K'gari ein Geist, sie hat dem Gott Beeral geholfen, das Land zu erschaffen«, erzählte Colin mir leise. Wir hockten zusammen auf dem Rücksitz, eingezwängt zwischen Isomatten und einer Kühlbox, aber es war trotzdem gemütlich – und es fühlte sich herrlich an, so nah neben ihm zu sitzen. »Als Belohnung dafür hat er sie in diese Insel verwandelt und sie mit Tieren und

Menschen bevölkert, damit K'gari sich nicht so alleine fühlt.«

Ich lächelte. »Na, dann wird sie sich ja freuen, dass wir bald zu Besuch kommen!«

Und ja, nachdem uns die Autofähre auf die Insel hinübergebracht hatte, wusste ich, warum sie Paradies genannt wurde. Endlose weiße, menschenleere Strände und im Inneren der Insel dichter grüner Dschungel. Statt die Insel mit Straßen zu verschandeln, benutzten Einheimische und Besucher den breiten Strand zum Fahren. Wir folgten den Reifenspuren auf dem Sand und fanden schließlich am Waldrand einen gekennzeichneten Platz. Wir bauten die beiden Zelte auf, die Chaz mitgebracht hatte. »Du kannst das eine ganz für dich haben, ich schlafe am liebsten unter freiem Himmel«, meinte Colin und ich war fast ein bisschen enttäuscht.

Chaz gönnte sich nach der Anstrengung erst mal ein Bier aus der Kühlbox, dem Esky. Dann fragte er in die Runde: »Was ist mit Baden, wer macht mit?«, und wir schrien alle begeistert durcheinander. Eilig zog ich mich um. Doch als ich Richtung Meer rennen wollte, hielt Kerrie mich auf. »Schlechte Idee. Ich sag nur: Haie, Strömungen, tödliche Quallen!«

»Kann es sein, dass euer Land ständig versucht, einen umzubringen?«, ächzte ich enttäuscht. »Und was jetzt? Wo genau sollen wir baden?«

»Fraser Island hat jede Menge Süßwasserseen – und einer davon ist in der Nähe, ein paar Minuten Weg durch den Wald«, beruhigte mich Colin, der in Badeshorts noch besser aussah als in seinem üblichen Outfit. Chaz und er hatten beide breite Schultern, doch Colin war nicht so muskulös, sondern eher schlank und zäh. Er ging barfuß – als Einziger von uns. Ich vertraute lieber auf meine Wanderschuhe. Ihm würde eine Schlange vielleicht verzeihen, wenn er auf sie trat ... aber mir garantiert nicht!

Wir machten uns auf den Weg durch den dichten Wald, Colin ging voraus. Die meiste Zeit über blickte er auf den Boden.

»Na, schon welche in Sicht?«, fragte Chaz und Colin schüttelte den Kopf.

»Was denn?«, fragte ich neugierig.

»Dingospuren«, erklärte Colin und blickte sich um, lauschte. »Auf Fraser Island leben mehrere Rudel ... mit etwas Glück bekommen wir sie zu sehen.«

Das Wasser des Sees war klar und angenehm kühl. Wir planschten eine Weile herum, kletterten erfrischt wieder heraus und faulenzten auf unseren Badetüchern. Ein dunkelbrauner Schmetterling landete auf einem Blatt in meiner Nähe und öffnete die weiß und orange getupften Flügel, dann flatterte er weiter auf seiner Suche nach Nektar. Colin hatte die Arme hinter dem Kopf verschränkt und starrte auf das dichte grüne Blätterdach über uns.

»Wisst ihr eigentlich, wie die Tiere so geworden sind, wie sie heute sind?«, fragte er.

Kerrie quiekte auf. »O ja, eine Legende! Die vom letzten Mal war besser als jeder Horrorfilm!«

»Wieso denn das?« fragte ich ein bisschen geschockt und Chaz zuckte die Achseln. »Ist eben ein hartes Land. Da sind die Geschichten aus alter Zeit 'n bisschen heftig.«

Ich war überrascht darüber, wie gut befreundet Kerrie und Colin zu sein schienen. Hatte sie nicht beim Barbecue eine blöde Bemerkung über Aboriginals gemacht? Ja und nein. Ich glaube, sie mochte Colin, aber sie war sich sehr bewusst, dass er kein Weißer war, dass er anders war als sie selbst. Konnte ich ihr das vorwerfen? So ging es wahrscheinlich den meisten weißen Australiern. Wie lange musste man jemanden kennen, bis man seine Hautfarbe nicht mehr bemerkte?

»Leg los, erzähl«, drängte Kerrie erneut, doch Colin schien nicht mehr danach zumute zu sein.

Er stand auf. »Wollen wir den Dschungel ein bisschen erkunden, bevor Chaz den Campingkocher anwirft?«

Wir zogen uns wieder an und folgten einem Pfad durch den dichten Wald, der auf dem Sandboden der Insel wucherte. Die Luft war warm und schwül und immer wieder raschelte es im Unterholz. Ein großes, gezacktes Blatt streifte mich und ein Tautropfen rollte über meine Haut. Staunend blickte ich mich um. Doch bei all der überwältigenden Natur – am schönsten war es, dass Colin bei mir war.

Als wir uns auf einer kleinen sandigen Lichtung ausruhten, merkte ich, dass meine Blase drückte. »Bin gleich wieder da«, sagte ich, ging ein Stück den Pfad entlang – und stand plötzlich zwei hellbraunen Wildhunden gegenüber, die lautlos aus dem Gebüsch aufgetaucht waren. Sofort blieb ich stehen und wir blickten einander an. Die Dingos schienen nicht ganz sicher zu sein, wie sie reagieren sollten; einer von ihnen hob die Schnauze und witterte.

Wahnsinn, ich war wirklich auf wilde Dingos gestoßen! Was für herrliche Tiere! Sollte ich nach den anderen rufen? Aber vielleicht verjagte das unsere Gäste.

Ein dritter Dingo kam hinzu und allmählich wurde mir ein bisschen mulmig zumute. Auch verwilderte Haushunde können im Rudel gefährlich werden. Besser, ich zeigte keine Unsicherheit, und Weglaufen kam sowieso nicht infrage, sonst hatten die Dingos eine Menge Spaß bei der Juli-Jagd.

»Colin?«, rief ich laut. Die Dingos zuckten zusammen und als Colin und die anderen auftauchten, zogen sie sich knurrend und mit gesträubtem Fell in den Wald zurück.

»Schade.« Kerrie zog die Mundwinkel zu einer enttäuschten Grimasse nach unten.

»Die mögen euch nicht, scheint mir«, witzelte ich und wunderte mich, warum Chaz und Kerrie beide Colin anblickten. Fragend zog ich die Augenbrauen hoch und Colin seufzte. »Ich habe keinen Draht zu Hunden. Die meisten können mich nicht ausstehen. Der einzige, mit dem ich klarkomme, ist Red, der Mischling meiner Großeltern.«

»Ach so.« Ich kannte in München einige Katzenfans, denen es auch so ging. Vielleicht war es bei Colin ähnlich, obwohl es mich wunderte, dass es überhaupt Tiere gab, die ihn nicht mochten.

Ich fand ein einsames Plätzchen für das, was ich wegen der Dingos nicht hatte erledigen können, und ging dann zu den anderen zurück.

»Wie schade, dass wir kein Lagerfeuer machen können«, meinte Colin. »Aber jetzt im Januar ist die Gefahr zu groß, dass man damit den Wald in Brand setzt. Die Ranger haben offenes Feuer verboten.«

Ich nickte und beobachtete Chaz und Kerrie. Es war schön zu sehen, wie die beiden miteinander umgingen, sie wirkten so glücklich. Chaz hatte seinen Arm um Kerrie gelegt, Kerrie lehnte sich an ihn und die beiden rieben mal wieder ihre Nasenspitzen aneinander. Das ging fast nahtlos in einen langen Kuss über. Ich konnte mich nicht daran erinnern, dass Gideon mich jemals vor anderen Leuten geküsst hatte, er fand das unschön. Kein Wunder, dass Mila, die Tochter unserer kroatischen Nachbarsfamilie in München, mir erst gar nicht geglaubt hatte, dass dieser coole Typ und ich wirklich zusammen waren …

Wir quatschten lange über dies und das. Ich erfuhr, dass Kerrie meist an den Vormittagen im Wildpark war, weil sie nachmittags in einem Werkzeug- und Haushaltsladen in Cooroy arbeitete. »Ich glaube aber, ich bin nicht wirklich gut darin, Sachen zu verkaufen«, gestand Kerrie und ich stellte mir vor, wie sie Kunden aus ihren eulenartigen Augen anstarrte und mit todernster Miene unglaubliche Sprüche brachte, bis die armen Farmer und Hausfrauen die Nerven verloren.

Wie sich herausstellte, hatten sie und Chaz sich im Laden kennengelernt. Erst hatte Kerrie ihn völlig verwirrt, aber dann war er doch immer wieder gekommen. Jeden Tag. Um eine einzelne Schraube zu kaufen. Ein Sägeblatt. Eine Tüte Blumensamen. Bis ihm Kerrie schließlich gesagt hatte, dass sie genauso gut mal ein Eis essen gehen könnten, bevor sein Schuppen endgültig voll sei mit dem ganzen Krempel.

Schließlich, als es spät war, sagte Chaz: »Ich glaube, wir kriechen so langsam mal ins Zelt.« Kerrie nickte und presste sich noch enger an ihn. Ganz klar, was die vorhatten.

Colin und ich gingen zum Strand, der in der Dunkelheit verlassen dalag wie ein breites silbriges Band. Wir setzten uns nebeneinander in den Sand, der sich nachtkühl anfühlte, und blickten über das Meer hinaus. Kräftige Wellen rauschten an den Strand.

»Die Legende, die du erwähnt hast ...«, sagte ich.

»Ja?«

»Ich würde sie gerne hören, Jarro.« Sein zweiter Name ging mir inzwischen leichter von der Zunge.

Colin nickte. Als er wieder sprach, hatte sich seine

Stimme verändert, klang sanft und leise. »In früherer Zeit waren alle Tiere wie Menschen und konnten sprechen. Doch damit und mit sich selbst waren sie nicht zufrieden. Sie baten die Sonnengöttin Yhi um Gnade, und Yhi hatte Mitleid mit ihnen. ›Aber bedenkt, wenn ich euch einen Wunsch erfüllt habe, könnt ihr es nie wieder rückgängig machen‹, warnte sie. Davon ließen sich die Tiere nicht abschrecken. Als Erstes trat die Maus vor. ›Was für einen Wunsch hast du?‹, fragte Yhi. ›Gib mir Flügel, damit ich meinen Feinden entfliehen kann!‹, bat die Maus. ›So sei es‹, sagte Yhi und der Maus sprossen ledrige Flügel, glücklich flatterte sie davon. ›Jetzt bin ich dran!‹, sagte die Eule und wünschte sich schöne große Augen, damit die anderen Tiere sie bewundern würden. Yhi erfüllte ihren Wunsch … aber die Eule merkte erschrocken, dass sie durch ihre großen Augen das Tageslicht nicht mehr ertrug. Seither verbirgt sie sich tagsüber und kann erst bei Nacht anfangen zu jagen. Auch alle anderen Tiere brachten ihre Wünsche vor. Als Allerletzter kam Koala angehopst, der damals einen schön geschwungenen buschigen Schwanz besaß. Viele beneideten ihn darum, doch das merkte Koala nicht. ›Dieser Schwanz ist völlig nutzlos, ich will ihn nicht mehr!‹, rief Koala und Yhi erfüllte ihm den Wunsch. Alle anderen Tiere schüttelten den Kopf über Koala, dem es selbst bald leidtat, was er sich gewünscht hatte. Verlegen flüchtete er sich hoch in einen Eukalyptusbaum und dort leben seine vielen Kinder bis heute.«

In Gedanken versunken schwiegen wir. Ich dachte darüber nach, was ich mir gewünscht hätte. Dass ich Gideon niemals begegnet wäre? Keine schlechte Idee. Aber vielleicht hätte etwas anderes viel mehr gebracht … zum Beispiel eine nette, fröhliche Familie, die mich unterstützte.

Ich musste an meine Mutter denken und auf einmal fühlte sich mein Herz an wie ein Klumpen Blei. Bereits beim Frühstück sah meine Mutter fertig aus. Sie ging morgens müde aus dem Haus, kam abends müde heim, warf sich vor den Fernseher, legte sich schlafen – und am nächsten Morgen ging das Ganze von vorne los. Ich fragte mich, wie sie dieses Leben ohne ständige Schreikrämpfe ertrug. An dem Tag, als ich ihr von meinen Plänen erzählt hatte, hatten wir uns wie üblich wortlos beim Frühstück gegenübergesessen und unser Müsli gelöffelt. »Übrigens, ich fliege nach Australien«, hatte ich schließlich gesagt. »Wahrscheinlich sogar schon im Januar. Ist so 'n Tierpfleger-Austauschprogramm.«

Mama hatte aufgeblickt und gelächelt, ein trauriges Lächeln voller Sehnsucht. »Australien? Du hast es gut, da ist es im Januar schön warm.«

Und einen Moment lang hatte ich mir gewünscht, ich könnte sie mitnehmen.

Nein, eigentlich wollte ich keine neue Familie, ich liebte meine Mutter ja trotz allem. Irgendwann hatte sie mir mal erzählt, dass sie gerne Bibliothekarin geworden wäre. Und jetzt hatte sie keine Zeit und Kraft mehr, um Bücher auch nur aufzuschlagen. Lautlos wünschte ich mir ein neues Leben für sie.

»Du hast gelauscht, oder?« Colins Stimme. »Was hast du gehört?«

Ich antwortete, ohne nachzudenken. »Die Stimme meiner Mutter. Sie hat etwas über sich erzählt.«

»So was Ähnliches habe ich mir gedacht. Du hattest so einen Blick ... als wenn du über Menschen nachgedacht hättest, die gerade weit weg sind.«

»Meine Mutter ist selbst dann weit weg, wenn sie neben mir am Tisch sitzt«, sagte ich traurig.

»Bist du ihr einmal gefolgt?«

Wie seltsam. Auf diese Idee war ich nie gekommen. »Nein. Vielleicht sollte ich es tun. Der Pfad ist schmal, aber das macht ja nichts.«

»Auf den breiten Straßen gibt es viel weniger zu entdecken«, sagte er. »Was ist mit deinem Vater?«

Ich schlang die Arme um die Knie. »Versoffen und verschwunden. Keiner von uns vermisst ihn.«

Er zögerte kurz, als müsste er das erst einmal verdauen. Dann hörte ich wieder seine Stimme. »Das ist schlecht. Wenn einen niemand vermisst, dann hat man falsch gelebt.«

»Stimmt«, sagte ich und plötzlich wurde mir die Kehle eng, drängten Tränen in meine Augen. Schon wieder. Keine Ahnung, warum mir das bei Colin so oft passierte.

Ganz unvermittelt fragte er: »Warum hast du Angst vor mir?«

Einen Moment lang spannte sich mein Körper an, schreckte ich zurück vor seiner Frage. Doch die Antwort stieg in mir hoch, wartete darauf, ausgesprochen zu werden. »Vielleicht geht es mir ... wie den Tieren in deiner Legende. Ich habe Angst, mir etwas zu wünschen ... und dann erst zu merken, dass es das Falsche ist. Beim letzten Mal war es jedenfalls so. Und seitdem ... fühle ich mich ein bisschen wie ein Igelfisch, der jedes Mal, wenn ihm ein anderes Wesen zu nahe kommt, seine Stacheln aufstellt. Es ist ein Reflex, ich kann nicht anders.«

Colin lachte leise. »Immerhin pumpst du dich nicht wie ein Igelfisch mit Wasser voll, bis du kugelrund bist. Das hätte mich tatsächlich abgeschreckt.«

Wir lächelten uns im schwachen Mondlicht an. Und plötzlich hatte ich den Mut, ihm von Gideon zu erzählen, von der Art, wie mein Ich immer kleiner und schwächer geworden war in der Zeit, in der wir zusammen gewesen waren. Wie ich es trotzdem nicht geschafft hatte, ihn zum Teufel zu schicken. Wie Gideons nüchtern-kalte Abschiedsmail in mein Herz hineingesunken war. Als ich einmal angefangen hatte, konnte ich nicht mehr aufhören, die Worte polterten kantig und schwer aus mir heraus. Konnte es wirklich sein, dass ich nie jemandem von alldem erzählt hatte? Klar, ich hatte mich damals bei Hannah ausgeheult, aber damals war es der rohe Schmerz gewesen, der rausmusste. Und jetzt, am anderen Ende der Welt, gab es anscheinend jemanden, der mich verstand, dem ich alles sagen konnte – fast fiel es mir schwer, das zu glauben.

Colin lauschte geduldig, stellte nur hin und wieder eine Zwischenfrage.

Und dann nahm er mich in die Arme. Sein warmer Körper, der immer ein bisschen nach Rauch und Erde roch, umschloss mich und ich drückte das Gesicht in seine Halsbeuge, atmete seinen Duft tief ein und fühlte mich so geborgen wie sehr lange nicht. Vorsichtig, fast ein bisschen ungläubig, legte ich meine Arme um ihn, fühlte unter meinen Händen die glatten, kräftigen Muskeln seines Rückens.

»Du weißt, dass ich anders bin als dieser Junge, oder?«, flüsterte Colin. »Horch mal in dich hinein, etwas in dir weiß es.«

»Ja«, flüsterte ich und hob den Kopf wieder, damit ich ihm in die Augen sehen konnte. Sein Gesicht war so nah, dass sein Atem meine Wange wärmte. Unsere Lippen begegneten sich, und das fühlte sich so gut, so richtig an. Meine Hand glitt zu seinem Nacken, strich über seine verschwitzte Haut, seine dichten, leicht krausen dunklen Haare.

In dieser Nacht lagen wir unter dem weiten Himmel von Fraser Island nebeneinander auf unseren Schlafsäcken und hielten uns im Arm, so eng aneinandergeschmiegt, dass nicht mal ein Grashalm zwischen uns gepasst hätte. So fühlte es sich also an, glücklich zu sein, ich hatte fast vergessen, wie das war ... in jeder

Faser spürte ich dieses Glück, hell und strahlend und warm.

Mit einem Ruck wachte ich schließlich auf und merkte, dass Colin mir über die Wange strich. Es war schon hell draußen, der Himmel hatte das tiefe, durchscheinende Blau des ersten Lichts. »Chaz und Kerrie sind schon wach, die kommen garantiert gleich aus dem Zelt«, flüsterte er und widerstrebend lösten wir uns voneinander. »Was hast du geträumt?«

»Nichts«, sagte ich und staunte darüber.

RACHE

Am Sonntagabend hockten wir wieder auf dem Rücksitz, zwischen Stapeln von Ausrüstung, durch das halb heruntergekurbelte Fenster traf ein Strom kühler Luft unsere verschwitzte Haut. Colins Arm lag über meinen Schultern. Kerrie hatte sich auf dem Beifahrersitz zusammengerollt wie eine Katze und schlief, ohne sich am Röhren des Jeepmotors zu stören. Wir redeten wenig. Sonnensatt und zufrieden fühlte ich mich und wahrscheinlich ging es den anderen genauso.

Der erste Hinweis darauf, dass etwas nicht stimmte, war, dass wir an der kleinen Polizeistation von Cooroy vorbeikamen und mehrere Streifenwagen parken sahen. »Na, was haben die denn für 'ne Versammlung«, brummte Chaz. Doch dann näherten wir uns dem Wildlife Park … und wir spürten, dass etwas nicht stimmte. Ein unangenehmes Kribbeln durchlief mich.

Als wir den Wildlife Park erreicht hatten, trat Chaz hart auf die Bremse und stieß einen Fluch aus. Schlaftrunken richtete sich Kerrie auf und dann starrten wir alle ungläubig auf die Verwüstung.

Das Emugehege am Eingang sah aus, als wäre ein Bulldozer darüber hinweggewalzt, und von den Vögeln war keiner in Sicht. Der Rasen zwischen den Gehegen existierte nicht mehr, die Erde war aufgerissen und wurde von Rusty, Lars, Caroline und Noah in Schubkarren geschaufelt und weggefahren. Der hoch aufragende Eukalyptusbaum, der vor Kurzem im Sturm Äste abgeworfen hatte, krümmte sich wie ein schwarzes Skelett; ein paar Büsche waren völlig verkohlt.

Die Tiere! Was war mit den Tieren?

Hastig stiegen wir aus und im Laufschritt eilten Chaz und Colin auf die anderen zu. »Was ist passiert?«, rief Colin.

»Hatten ein paar *Yobbos* zu Besuch, Typen, die auf Ärger aus waren«, sagte Noah verärgert. »Die haben die Emus dermaßen in Panik versetzt, dass sie den Zaun niedergebrochen haben.«

»... und dann haben die Kerle Feuer gelegt.« Auch Caroline blickte grimmig drein.

»Aber warum schaufelt ihr die Erde weg?«, fragte Chaz verständnislos.

»Da haben sie aus 'nem Kanister Diesel draufgekippt«, antwortete Noah angewidert. »Vielleicht hatten sie vor, das auch in Brand zu stecken. Hat natürlich nicht geklappt, Diesel brennt nicht so einfach. Aber wegschaffen müssen wir das Dreckszeug trotzdem. Hat die ganze Erde verseucht.«

Ich stöhnte auf und Colin stieß hervor: »Habt ihr die

Emus wieder einfangen können? Was ist mit den anderen Tieren?«

Noah stieß seine Schaufel in die Erde. »Eins der Emuweibchen hat sich verletzt, Maryann kümmert sich drum. Die anderen sehen ein bisschen zerzaust aus, wir haben sie zu den Kängurus gesteckt.«

Ich atmete erleichtert aus und warf einen Seitenblick auf Colin. Sein Gesicht war unnatürlich ruhig, als er fragte: »Wann ist es passiert – heute Nacht? Hattet ihr keine Wachen aufgestellt?«

»Doch«, sagte Rusty, der wie immer seinen Rucksack mit dem Kängurukind trug. Er sah furchtbar müde aus und seine Wange war rußverschmiert. »Aber ich war dabei, Arnold zu füttern, und als ich gemerkt habe, was draußen los ist, hatten die Kerle schon einigen Schaden angerichtet. Immerhin, wir konnten rechtzeitig löschen, das Feuer hat sich nicht ausgebreitet. Sonst …« Er beendete den Satz nicht und wischte sich erschöpft über die Stirn. Ja, sonst. Ich konnte es mir denken. Ein Brand hätte sämtliche Tiere des Parks das Leben gekostet. Bei diesem Gedanken überlief mich ein kalter Schauder.

»Hast du gesehen, wer es war? Oder waren sie maskiert? Wie viele Leute waren es? Hat die Polizei sie erwischt?« Chaz und Kerrie hatten tausend Fragen.

Colin sagte nichts mehr. Er schritt davon, in Richtung des Parkplatzes, und ging eine Zeit lang umher, den Blick auf den Boden gerichtet. »Die Reifenspuren da kommen mir bekannt vor«, sagte er bitter. »Und sie sehen frisch aus.«

»Du meinst ... es war vielleicht dein Bruder?« Ich starrte auf den Boden und sah doch nur ein wildes Zickzack von Reifenabdrücken im sandigen Boden, das mir nichts verriet.

»Angekündigt hat er es ja«, sagte Colin und dann schwieg er; es war ein tiefes, trauriges Schweigen. Als wir uns zu Rusty, Chaz und Caroline gesellten, wirkte Colin, als wäre er gar nicht richtig da, obwohl er mitten unter uns stand. Ich hätte ihn gerne an mich gedrückt, ihn weg von diesem Ort geholt, an den er sich zurückgezogen hatte, doch etwas ließ mich innehalten ... ich traute mich nicht, ihn vor allen anderen zu umarmen oder einfach so seine Hand zu nehmen.

Hätten er und ich all diese Zerstörung verhindern können, wenn wir Don neulich das Geld gegeben hätten? Dann hätte er keinen Grund gehabt, sich an Colin zu rächen. Aber wäre er dann nicht immer wieder gekommen, wäre es dann nicht immer schlimmer geworden?

Am Emugehege sah ich Noah und Caroline hitzig mit einem Fremden diskutieren, einem Mann im karierten Hemd und mit Lederhut. Er hatte die Hände in den Taschen versenkt und sagte wenig, schüttelte immer wieder mit einer knappen Geste den Kopf. Wer war das, jemand von der Polizei?

Schließlich ging der Fremde und Noah und Caroline stapften auf uns zu.

»Es gibt leider noch mehr schlechte Nachrichten«, verkündete Noah grimmig. »In zehn Minuten treffen wir uns alle im Hauptgebäude, dann erfahrt ihr alles.«

Colin blickte mich an und ich sah, dass er genauso ratlos war wie ich. Ein paar Minuten standen und saßen wir alle im Aufenthaltsraum des Hauptgebäudes, in dem ich so oft meine Tütensuppen gelöffelt hatte; es war rappelvoll, da Wanda und ein paar andere Unterstützer aus Cooroy von dem Anschlag gehört hatten und zum Helfen gekommen waren. Lars lehnte in der Küchentür, die eckigen Ellenbogen an den Körper gezogen, damit er niemanden damit in die Seite rammte.

Es war heiß und stickig und roch schnell nach zu vielen Menschen auf zu engem Raum. Aber niemand achtete darauf, wir alle blickten Noah und Caroline an, die eng beieinanderstanden. Marina, Riley und Brittany hockten auf dem alten Sofa und sahen verschreckt aus.

»Ihr wisst, dass das Land, auf dem The Ark steht, uns nicht gehört«, begann Noah. »Wir haben es lediglich gepachtet – von einem meiner Bekannten. Gerade hat er mir eröffnet, dass er den Pachtvertrag kündigen wird.«

Das schockierte Schweigen dauerte nur ein paar Sekunden. Dann begann Rusty eine Schimpftirade, in der von einem »fruit loop« und von »kangaroos loose in the top paddock« die Rede war. Ich verstand kaum ein Wort und war froh, als mir Wanda zuflüsterte, dass ein »fruit loop« ein Idiot sei und Kängurus im Oberstübchen kein wirkliches Zeichen von geistiger Gesundheit.

Maryann blieb ruhig. »Hat das irgendetwas mit dem Zwischenfall heute zu tun?«, fragte sie nüchtern. »Oder hatte unser Pächter sich das schon vorher überlegt?«

»In unserer Gegend wird doch gebaut wie blöd!«, brüllte Rusty. »Der Mistkerl hat wahrscheinlich ein Angebot von einer Baufirma bekommen, die ein paar schicke Eigenheime hochziehen will. Du wirst sehen, sobald wir abgezogen sind, rücken die Baumaschinen an und die Kerle sind so schwer beschäftigt wie eine Katze, die ihre Scheiße vergräbt!«

»Ich fürchte, das stimmt«, erklang Colins ruhige Stimme neben mir. »Meine Großeltern haben auch ein Angebot bekommen, ihr Land zu verkaufen.«

»Wann müssen wir raus?«, fragte Chaz eingeschüchtert. »Müssen wir sofort anfangen, ein neues Gelände zu suchen?«

»In drei Monaten läuft der Pachtvertrag aus«, erklärte Caroline und legte die Arme um Marina, die auf ihren Schoß gekrochen war. »Wenn wir nicht bald ein neues Gelände finden, dann müssen wir die Tiere, die wir nicht auswildern können – zum Beispiel George oder Mamanduru –, erst mal auf andere Zoos verteilen. Und versuchen, neu anzufangen.«

Das klang danach, als würde es The Ark in Zukunft vielleicht nicht mehr geben. Und obwohl ich erst seit zwei Wochen Teil des Teams war, fühlte ich mich bei diesem Gedanken genauso betäubt und erschüttert wie die anderen.

»Auf andere Zoos verteilen?« Kerrie wurde laut. »Mach dir nichts vor, Caroline! Welcher Zoo ist denn an alten oder behinderten Tieren wie Derek oder Koakangi interessiert? Die müssten eingeschläfert werden. Und was ist mit den Jungtieren, die wir aufziehen und die an uns gewöhnt sind? Die gehen todsicher am Stress ein, wenn sie auch ihre neuen Mütter verlieren!«

»Die könnten wir vorerst in Privathäusern weiterpflegen«, versuchte Noah, seine aufgebrachten Mitarbeiter zu beruhigen. »Regt euch ab, Leute. No worries. Alles wird gut. Ich mache mich sofort auf die Suche nach einem neuen Grundstück.«

Sofort hakte Caroline ein. »Im Grunde ist ein neues Grundstück – eins, das uns gehört – sowieso das, was wir brauchen. Das alte Gelände platzte aus allen Nähten!«

»Ein Grundstück, das uns gehört?«, trompetete Rusty und schlug mit der Faust gegen die Wand. »Woher bitte soll das Geld dafür kommen? Die Spenden und Eintrittsgelder reichen knapp für den laufenden Betrieb, das weißt du selbst!«

»Tja«, sagte Caroline, lächelte erschöpft und strich ihrer Tochter eine Haarsträhne aus der Stirn. »Diese Frage kann ich beantworten. Vor zwei Wochen ist meine Tante gestorben und sie hat mir ein bisschen was hinterlassen.«

»Es ist nicht so viel, dass wir uns eine Kroko-Arena hinstellen können wie der Australia Zoo«, meinte Noah und erlaubte sich ein kurzes Grinsen. »Aber vielleicht finden wir etwas, was erschwinglich ist und genau für uns passt.«

Würde ausgerechnet eine tote Tante The Ark retten? Ganz schön seltsam. Trotzdem war ich ein bisschen beruhigt und auch Wanda schnaufte erleichtert, es klang wie ein auftauchendes Walross. Rusty rieb sich schweigend die Hand, die er gegen die Wand gedonnert hatte, sein Gesicht nahm langsam wieder eine etwas normalere Färbung an.

»Es muss leider alles sehr schnell gehen«, erklärte Noah. »Den Umzug zu organisieren und die Gehege zu bauen, wird Monate dauern – wir müssen also mehr oder weniger innerhalb einer Woche eine neue Bleibe finden, sonst schaffen wir das alles nicht, bis wir in Cooroy rausfliegen.«

Eine Woche! Ich war entsetzt. War das nicht völlig unmöglich? Ja. In Deutschland schon, dort tummelten sich zu viele Behörden und Beamten. Aber vielleicht war so was in Australien nicht ganz so kompliziert?

Die Versammlung löste sich in Grüppchen heftig diskutierender Tierpfleger und Helfer auf. Ich stellte fest, dass Colin nicht mehr neben mir war, und drängte mich durch die Menge, suchte nach ihm. Ach, da war er ja, er redete mit Rusty …

Plötzlich stand mir Lars gegenüber. »Hi, Juli«, sagte er und lächelte schief. Es war das Erste, was er seit unserem großen Streit zu mir sagte, und ich war so verblüfft, dass ich stehen blieb und ihn anblickte.

»Können wir irgendwo in Ruhe reden?«, fragte er, ich nickte reflexartig und schließlich gingen wir nach draußen auf die Veranda. Der Blick war allerdings nicht sonderlich schön, weil der Teich anscheinend Diesel abgekriegt hatte und meine Kollegen die Schwarzen Schwäne evakuiert hatten. Auch das noch! Colins Bruder hatte so viel angerichtet, wie er konnte.

»Also, Juli«, begann Lars und räusperte sich. »Ich weiß, wir waren meistens verschiedener Meinung, aber wollen wir das nicht endlich mal vergessen? The Ark zu helfen, ist wichtiger, findest du nicht?«

»Hast recht«, sagte ich, angenehm überrascht davon, dass er den ersten Schritt zur Versöhnung tat. »Den blöden Streit neulich, den haken wir ab, okay? Aber es wäre natürlich nett, wenn du in Zukunft ...«

»Moment mal, wir reden nicht nur von mir«, unterbrach mich Lars spitz. »Kann ja sein, dass ich mich zu Anfang im Wildpark ein bisschen, äh, vorgedrängt habe, aber ist doch jetzt wirklich eine Weile her ... kalter Kaffee ... und übrigens, ich wäre ganz gerne mitgefahren nach Fraser Island, weißt du?«

Was sollte das denn heißen? Dass wir quitt waren? »In den Jeep passen leider bloß vier Leute – vielleicht könnt ihr nächstes Wochenende noch mal fahren«, wich ich aus, aber eigentlich sprach nichts dagegen, ihm die Wahrheit zu sagen. »Außerdem wollte ich nicht so gerne mit einem Erpress...«

»Okay, okay, ist ja gut!« Lars zuckte die knochigen

Schultern und verzog das Gesicht zu etwas, was wohl ein Lächeln sein sollte. »Also, kürzen wir das Ganze ein bisschen ab – hiermit bitte ich dich ganz offiziell um Verzeihung für alles.«

Ungläubig sah ich, dass er mitten auf der Veranda vor mir auf die Knie sank und die Hände verschränkte. Was sollte denn das, machte er sich über mich lustig? Hastig zog ich ihn hoch, bevor unsere Kollegen sich fragten, ob diese Deutschen noch alle Kängurus im Gehege hatten. »Ja, ja, okay, los, steh auf ...«

Dann sah ich zu, dass ich ihn los wurde, und ging Colin suchen. Ich sehnte mich nach ihm. Trotz all der Katastrophen musste ich immer wieder an Fraser Island denken, daran, wie herrlich es sich angefühlt hatte, Colin so nah zu sein, seine Lippen auf meinen zu spüren. Außerdem machte es mir Sorgen, wie bedrückt er eben gewirkt hatte. Fühlte er sich dafür verantwortlich, was geschehen war?

Zuerst sah ich auf dem Parkplatz nach – wahrscheinlich würde Colin seinen Bruder möglichst bald suchen und zur Rede stellen wollen! Doch Colins alter blauer Ute war noch da. Auch beim zerstörten Emugehege fand ich Jarro nicht, dort waren Rusty und Noah dabei, den Zaun zu flicken.

»Hast du Colin gesehen?«, fragte ich Rusty und er antwortete: »Der wollte mal schauen gehen, ob die Emus den Umzug gut überstanden haben.« Dann griff er sich eine Rolle Maschendraht und begann, sie abzuwickeln. »Halt mal da fest«, brummte er und ehe ich mich versah, war ich Teil des Reparaturteams.

Erst als es bereits dämmerte, konnte ich mich wieder auf die Suche nach Colin machen.

Ich fand ihn schließlich bei den Dingos und um ein Haar hätte ich ihn übersehen, da er völlig regungslos dastand; das schwache Abendlicht ließ die Umrisse seiner Gestalt verschwimmen. Er lehnte an der Umzäunung und beobachtete die Wildhunde, die dabei waren, sich eine gemütliche Schlafkuhle im Sand zu graben. Ich stützte mich neben ihm an den Zaun und wartete darauf, dass er einen Arm um meine Schultern legen oder zumindest meine Hand nehmen würde. Stattdessen wandte er sich mir zu und musterte mich mit einem Blick, aus dem ich nicht schlau wurde.

Und plötzlich war ich es, die sich schuldig fühlte. »Vielleicht hätten wir nicht nach Fraser Island fahren sollen«, sagte ich leise. Wir hatten gewusst, dass Dons Drohung ernst gemeint war – warum waren wir trotzdem weggefahren? Wenn Rusty nicht allein Wache gehalten hätte, wären die Eindringlinge sicher früher bemerkt worden!

»Diese zwei Tage … die waren etwas ganz Besonderes«, erwiderte Colin und holte tief Luft. »Aber ich hätte dich viel mehr fragen sollen, das war auch mein Fehler.«

Das klang seltsam – was meinte er damit? »Das kannst du doch immer noch tun«, sagte ich sofort. »Mich fragen, meine ich.«

Doch Colin hatte sich aufgerichtet. »Es tut mir leid ... ich wollte mich dir nicht aufdrängen«, sagte er und beunruhigt wollte ich ihm versichern, dass er sich mir nicht aufgedrängt hatte, dass er meine Bemerkung über Fraser Island falsch verstanden hatte. Doch ich kam gar nicht erst zu Wort. »Ich muss los«, sagte er. »Bei meinen Großeltern nach dem Rechten sehen.«

»Lerne ich sie irgendwann mal kennen?«, fragte ich und versuchte es mit einem Lächeln. »Ich würde das wirklich gerne.«

»Falls es sich mal ergibt«, meinte Colin und lächelte zurück. Es war ein seltsames Lächeln – traurig. »Bis morgen dann, Juli.«

»Bis morgen«, erwiderte ich und nichts in der Welt wünschte ich mir mehr, als dass er mich an sich zog und küsste.

Doch Colin hob nur kurz die Hand und ging in Richtung Ausgang davon.

Völlig verständnislos blickte ich ihm nach.

MAUER AUS GLAS, ZAUN AUS DRAHT

Sich den Kopf zu zergrübeln, ist das beste Mittel gegen Albträume. Einfach weil man nicht dazu kommt einzuschlafen. Was war los mit Colin? Hatte ich etwas falsch gemacht? Gab es irgendetwas, was ich dagegen tun konnte, außer ihn möglichst schnell wieder zu vergessen, wie ich es ja praktischerweise immer vorgehabt hatte?

Todmüde schleppte ich mich zum Frühstück und dann zur Arbeit im Wildpark. Und das hieß im Moment als Allererstes zu Emily.

Emily war die ungekrönte Königin von The Ark. Auf den ersten Blick wirkte ihr Körper wie eine riesige schwarze Langhaarperücke, die auf zwei langen, hornigen Beinen unterwegs war. Emilys Hals war mehr als doppelt so lang wie meiner und leuchtend blau gefärbt. Weil das als Dekoration offenbar nicht reichte, schmückten ihre Kehle ein paar knallrote Hautlappen.

Als ich zum ersten Mal mit ihr zu tun hatte, spürte ich sofort, dass diese Lady aus dem Regenwald Nordaustraliens mir keinen Fehler durchgehen lassen würde. Sie war älter als meine Mutter und so groß, dass sie mir auf gleicher Höhe in die Augen blicken konnte. Mit dem strengen, etwas verkniffenen Blick einer Schuldirektorin musterte sie ihre Umgebung. Der Knochenkamm auf ihrem Kopf betonte, dass sie von den Dinosauriern abstammte und die langen, scharfen Krallen an ihren Füßen machten deutlich, dass Emily dich problemlos aufschlitzen konnte, wenn du ihr gegenüber unhöflich warst. Ihr Gatte jedenfalls riskierte das lieber nicht, er ging ihr die meiste Zeit aus dem Weg.

Und jetzt durfte ich sie, nach einer gründlichen Einweisung durch Rusty, eine Woche lang pflegen. »Good Morning, Queen Emily!«, rief ich mit gespielter Fröhlichkeit, als ich zu ihrer Betreuung anrückte. Emily schritt heran, bemerkte, dass ich einen Eimer mit ihrer Lieblingsspeise – etwas überreifen Früchten – trug und ließ sich gemeinsam mit ihrem Gefährten Dazzer willig in die Falle locken.

»... und tschüss.« Ich schloss das Gittertor des abtrennbaren Bereichs hinter ihnen. Das Königspaar musste leider im Nebenzimmer warten, bis ihre Gemächer fertig geputzt waren. Misstrauisch stolzierten die beiden Helmkasuare im kleinen abgeteilten Bereich herum, pickten die von mir servierte Vorspeise auf und beobachteten, wie ich ihr dicht bewachsenes, dschungelartiges Gehege inklusive Badeteich säuberte. Dazzer, der etwas kleinere Vogel, hockte sich mit dem gefiederten Hintern auf den Boden und streckte die Beine nach vorne weg, das sah witzig aus.

Doch ich schaffte nicht mal ein Schmunzeln, meine Gedanken waren ein düsterer Sumpf, in dem jede Heiterkeit sofort versank. Inzwischen war es Dienstag. Am Montag hatte ich Colin kaum gesehen, weil er auf einer Rettungsfahrt unterwegs gewesen war und ein angefahrenes Känguru plus einen verletzten Flughund aus Noosa eingesammelt hatte. Immerhin hatten wir unsere Nachmittagspause zusammen verbracht, aber nicht wirklich offen reden können, weil Caroline, Chaz und Lars dazugekommen waren. Natürlich gab es nur ein einziges Gesprächsthema: wie wir es schaffen konnten, in so furchtbar kurzer Zeit ein neues Gelände zu finden. Was mit den Tieren geschehen würde, wenn es nicht gelang …

Richtig angenehm fand ich es nicht, wenn Lars neben mir saß, obwohl er netter zu mir war als jemals zuvor und mir seit Neustem bei jeder Gelegenheit mit einem verständnisvoll-sympathischen Blick in die Augen sah. Er hatte mir sogar das Salz gereicht, bevor ich darum bitten konnte. Anscheinend war seine Entschuldigung ernst gemeint gewesen, denn er zeigte sich von seiner besten Seite. Was für eine Überraschung, dass er die überhaupt hatte. Einmal schaffte ich es sogar zurückzulächeln.

Aber es brachte mich beinahe um, nicht mit Colin reden zu können. Er war freundlich zu mir, aber das war er zu allen. Es fühlte sich an, als stünde eine Mauer aus Glas zwischen uns. Am liebsten wäre ich auf diese Mauer losgegangen, mit bloßen Fäusten, wenn nötig, am besten mit einer Spitzhacke. Was war mit diesem Abend am Strand, als wir uns umarmt hatten? Dieser Kuss, hatte er nichts bedeutet? War ich ein Urlaubsflirt für Colin – einer, den er bereits bereute, und wenn ja, warum? Okay, diese Bemerkung über Fraser Island war dämlich gewesen, aber konnte er wirklich so empfindlich sein, dass er dafür all das aufgab, was zwischen uns war? Oder hatte ich mir das eingebildet, hatte er mich nur getröstet auf der Insel? Vielleicht hätte ich ihm nicht von Gideon erzählen sollen?

Ich wusste, dass Colin heute nicht zur Tierrettung eingeteilt war, sondern bei den Koalas. Würde er vorbeikommen, um mit mir die Frühstückspause zu verbringen?

Ich hatte inzwischen die letzten Kasuarköttel auf meine Schaufel gekehrt und ging den Gartenschlauch holen, als ich ein eigenartiges Geräusch hörte. Ein Rascheln in den trockenen Blättern, die ich zusammengerecht hatte. War das ein kleines Beuteltier, das sich in Emilys und Dazzers Gehege verirrt hatte? Wenn ja, dann machte es sich besser aus dem Staub, denn Kasuare fraßen neben Früchten eigentlich alles, was sie kriegen konnten, auch gerne mal eine Ratte oder einen Jungvogel.

Ich blickte mich um – und sah mich einem Helmkasuar gegenüber, der keine zwei Meter von mir entfernt stand und mich mit wildem, strengem Blick beobachtete. Emily! Der Schreck fuhr mir in die Knochen. Was war passiert, wie war die denn freigekommen? Hatte ich, weil ich völlig übermüdet war, einen Fehler gemacht und das Absperrgitter nicht richtig verriegelt? Vorsichtig bewegte ich mich rückwärts und schaute mich dabei nach einem Gegenstand um, mit dem ich mich verteidigen konnte. Die Schaufel, ein Besen? Lagen beide zu weit weg. Der Gartenschlauch? Da ich nicht an den Wasserhahn herankam, nützte der mir nicht viel. Da konnte man sich ja gleich mit einer gekochten Nudel verteidigen.

Beide Kasuare waren frei. Einer von ihnen – Dazzer – interessierte sich vor allem für den Futtereimer, doch den hatte ich außerhalb des Geheges abgestellt. Mäßig enttäuscht tappte Dazzer auf seinen üblichen Pfaden durchs Gehege, Blick und Schnabel auf den Boden gerichtet, jederzeit bereit, eine abgefallene Frucht aufzupicken und in einem Stück herunterzuschlucken. Doch Emily war aus einem anderen Holz geschnitzt. Ich war in ihrem Revier und ich hatte die Frechheit besessen, sie einzusperren und von einem erfrischenden Bad in ihrem Teich abzuhalten.

»Emily, zisch ab«, sagte ich zu ihr, versuchte ganz bewusst, selbstsicher aufzutreten. Tiere spüren es sofort, wenn du unsicher bist, und dann machen sie mit dir, was sie wollen. Und Emily war ein spezieller Fall. Normalerweise waren Helmkasuare scheue Dschungelvögel, doch Emily war von Touristen auf einem Campingplatz angefüttert worden und hatte sich an diese Gaben gewöhnt. Als sie dann einmal ausblieben, weil den Campern die Kasuardame unheimlich wurde, reagierte Emily gereizt und griff eine Gruppe von Jugendlichen an. Die hatten sich in einen Campingwagen gerettet und waren zum Glück unverletzt geblieben. Doch Emily war nun offiziell ein Problemvogel und als dann ein zerfetztes Zelt auf ihr Konto ging, hatte man beschlossen, sie in einen Zoo umzusiedeln.

Und nun erinnerte sich Emily mal wieder daran, was für jämmerliche und unverschämte Wichte Menschen waren.

Langsam zog ich mich in Richtung Ausgang zurück, ignorierte Emily und tat dabei so, als sei alles bestens. Kasuare konnten schneller rennen, als ein Auto in der Stadt fährt. Aber der Ausgang war nur etwa zehn Meter entfernt, vielleicht schaffte ich es trotzdem …

Ohne jede Mühe schnitt Emily mir den Weg ab.

»Lass mich doch einfach raus, dann bist du mich los«, redete ich ihr gut zu und versuchte festzustellen, ob einer der anderen Pfleger in Sicht- oder Hörweite war. Es war zwar peinlich, um Hilfe rufen zu müssen, aber manchmal ging es nicht anders. Wo blieb Colin? Er war doch in den ersten beiden Wochen immer dort aufgetaucht, wo ich arbeitete. Das war genau der richtige

Moment für den Helden, sich durch Errettung der Heldin ein paar Lorbeeren zu verdienen. Leider waren weder Colin noch ein anderer Mitarbeiter von The Ark in Sicht. Bloß zwei etwa sechsjährige Jungen, die auf der anderen Seite des zweieinhalb Meter hohen Zauns standen, ein Eis lutschten und mich beobachteten.

»Kämpfst du mit dem Vogel?«, fragte der eine gespannt.

»Nicht, wenn ich es vermeiden kann«, sagte ich, versuchte, dem Kasuar seitlich auszuweichen und mich vorsichtig am Zaun entlangzubewegen.

»Warum?«, fragte der andere Junge.

»Na ja, ich bin keine Gladiatorin oder so.« In meiner Tasche befand sich ein halbes Sandwich von heute früh; ich warf es zur Seite und hoffte, dass Emilys Appetit größer war als ihre Angriffslust. Doch Emily wandte nur ganz kurz den hornigen Kopf, dann richteten sich ihre harten braunen Augen wieder auf mich.

»Könntet ihr bitte mal schauen, ob ihr einen anderen Pfleger findet, und ihm sagen, er soll herkommen?«

Keine Antwort. Dem einen Jungen war gerade ein Stück von seinem schmelzenden Eis heruntergebrochen. Er war schwer damit beschäftigt, den Rest zu retten, und der andere gab hochkonzentriert gute Tipps dazu. Ich war nicht mehr interessant. Wahrscheinlich hatten die beiden die Hoffnung auf einen richtigen Kampf aufgegeben.

Dabei ging die Action nun erst richtig los. Emily begann, mir zu drohen, indem sie ihr dichtes schwarzes Gefieder sträubte und den blauen Hals bog. Ihr kräftiger Schnabel schoss nach vorn und ich machte ein paar schnelle Schritte zurück. Die Jungen vergaßen ihr Eis und glotzten. Ich war nicht ganz sicher, ob sie gleich mich anfeuern würden oder doch eher Emily.

Erleichtert sah ich, dass eine schmale, schwarz gekleidete Gestalt mit einer Schubkarre frischer grüner Zweige für die Kängurus vorbeiging. »He, Kerrie, hast du einen Moment Zeit?«, rief ich. »Ich habe ein kleines Problem mit Emily.«

»Was denn für eins?«, rief Kerrie zurück, warf mir durch ihre runden Brillengläser einen fragenden Blick zu … und sah Emily. Ich brauchte nicht mehr zu antworten.

Kerrie ließ ihre Schubkarre fallen und rannte zum Eingang des Geheges – was hatte sie vor? Fast im gleichen Moment hatte Emily endgültig genug und ging mit voller Wucht auf mich los. Ich drehte mich um und sprintete Richtung Ausgang, das Kasuarweibchen mir dicht auf den Fersen. Verdammt, ich hatte garantiert keine Zeit mehr, das Tor des Geheges erst aufzupfriemeln und dann hinter mir zu schließen! Wenn ich es nicht wieder zubekam, war Emily zu allem Übel frei und konnte im Wildpark anstellen, was sie wollte. Nein, manche Tiere zu befreien, war ganz und gar keine gute Idee!

Der Drahtzaun sah auf den ersten Blick so hoch aus

wie die Chinesische Mauer, ich hatte keine Ahnung, ob ich da drüberkam. Aber anders ging's nicht. Im vollen Lauf warf ich mich gegen den Zaun und zerrte mich daran hoch. Der Schwung trug mich ein ganzes Stück weit nach oben.

Ein Wasserstrahl schoss an mir vorbei, ich hörte ein empörtes Zischen und das Getrappel von Vogelfüßen, dann wälzte ich mich über die Oberkante des Zaunes und prallte auf der anderen Seite so hart auf den Boden, dass mir die Luft wegblieb.

»Sie hat mit der Zehenkralle nach dir geschlagen, um ein Haar hätte sie dich aufgeschlitzt«, berichtete Kerrie gut gelaunt, legte den Gartenschlauch hin und ging zum Wasserhahn, um den Strahl wieder abzudrehen. »Ein paar Zentimeter waren aber noch dazwischen.«

»Das war cool«, sagte der eine Junge.

»Yeah!«, sagte der andere.

Dann gingen sie weiter.

Mühsam, mit schmerzenden Knochen, rappelte ich mich auf ... und starrte auf zwei Männerbeine, die in staubigen Wanderschuhen steckten und direkt vor mir aufragten. Einen Moment lang schoss mein Puls in die Höhe – und sackte genauso schnell wieder ab. Nicht Colin. Falsche Hautfarbe. Es war Noah, mein Chef.

Gerade wollte ich anfangen, die Situation zu erklären, da wandte sich Noah der Verriegelung des Außengeheges zu. »Crikey«, sagte er und rüttelte an einem halb herunterhängenden Riegel. »Anscheinend durchgerostet, der Mist. Wir brauchen wirklich dringend neue Anlagen. Alles okay mit dir, Juli?«

Nein, mit mir war nicht alles okay. Ich sehnte mich so sehr nach Colin, dass es fast wehtat. »Nichts passiert«, sagte ich. »No worries.«

Echt rührend, wie sehr sich mein Chef darüber freute. Auf Noahs rauem Gesicht lag ein breites Grinsen. »Übrigens – wir haben vielleicht eine Lösung«, sagte er.

Ach so. Weitgehend unbeachtet rappelte ich mich auf, während Noah Kerrie erzählte, dass er den ganzen Montag und Dienstagmorgen am Telefon verbracht hatte, ohne den geringsten Erfolg. Doch nun gab es eine kleine Chance auf ein erschwingliches und passendes Gelände – in der Umgebung der Stadt Gayndah, die ein wenig abgelegener und kleiner war als Cooroy. »Sie verlangen zu viel Geld dafür, mehr, als wir uns leisten können, aber vielleicht schaffen wir es, sie runterzuhandeln«, erklärte Noah mit blitzenden Augen.

»Klingt gut, Boss«, sagte Kerrie und ich nickte.

Noah erzählte uns, dass in der Umgebung von Gayndah Zitrusfrüchte und Erdnüsse angebaut wurden – und im gleichen Moment sah ich Colin um die Ecke kommen. Mein Herz machte einen Sprung. Besorgt blickte Colin mich an und ich hoffte, dass er mich fragen würde, was passiert war oder ob ich verletzt war. Doch er kam nicht einmal zu Wort, Noah überfiel ihn sofort mit den Neuigkeiten und Colin schien sich zu freuen. Er lächelte breit und einen Moment hielten sich unsere Blicke fest, einen Moment lang sah er mich an wie der Mann, den ich auf Fraser Island geküsst hatte. Dann ergriff Noah wieder das Wort.

»Wenn ihr alle mit den wichtigsten Jobs für heute durch seid, dann fahren wir los und schauen uns das Gelände an«, verkündete er. »Eure Meinung ist mir wichtig, mates. Alles klar?«

Und so kam es, dass wir zwei Stunden später dicht gedrängt in Noahs Ute saßen. Neben Noah selbst waren Colin, Rusty – inklusive Arnold –, Caroline und ich mit an Bord. Chaz und Lars waren dazu abkommandiert worden, im Wildlife Park die Stellung zu halten, und Kerrie musste los, um ihre Schicht im Werkzeug- und Haushaltsladen anzutreten.

Durch Zufall saß ich neben Colin. Meine Schultern waren keine Handbreit von seinen entfernt. Es war eine Qual, ihm so nahe zu sein und ihn doch nicht zu berühren. Doch ich wollte es nicht riskieren, den ersten Schritt zu tun, denn ich spürte, dass ich das ihm überlassen musste.

»Hab gehört, du hattest eine kleine Auseinandersetzung mit Emily?« Seine Stimme war leise und vertraut.

Ich erzählte ihm, was passiert war, und Colin sog erschrocken die Luft ein. »Bloody hell. Wenn dir etwas passiert wäre …« Er schluckte das, was er hatte sagen wollen, wieder herunter und starrte einen Moment lang auf Rustys Hinterkopf. Caroline mischte sich ein: »Weißt du, wer am besten mit Emily klarkommt, Juli?

Wanda. Sie kann sogar zu ihr ins Gehege gehen und Emily benimmt sich wie eine brave kleine Legehenne vom Bauernhof nebenan.«

»Wanda hat eben eine natürliche Autorität – das sieht man daran, wie ihre Collies spuren«, entgegnete ich. Vielleicht sollte ich Wanda mal wieder um Rat fragen, womöglich wusste sie, was mit Colin los war.

Nach zwei Stunden im Auto waren wir alle müde und hungrig. Wir machten an einem kleinen Pub halt, der gleichzeitig als Tankstelle diente. Während Noah volltankte, gingen wir anderen in den Gastraum, um eine Kleinigkeit zu essen und etwas Kühles zu trinken. Caroline und Rusty mussten aufs Klo, Colin und ich setzten uns schon mal. Es waren nicht viele Gäste da – ein älteres Ehepaar, das sich leise unterhielt, und ein vierschrötiger Aussie mit Bierbauch und tätowierten Oberarmen; er soff Bier direkt aus der Flasche. »Na, Blackfella?«, schickte er zu uns herüber.

Ich brauchte einen Moment, um zu kapieren, dass er Colin meinte. Entgeistert starrte ich den Typen an.

Colin blieb völlig ruhig, ignorierte den Kerl und bestellte sich einen Kaffee.

»Bist selber 'n Kaffee mit viel Milch, scheint mir«, sagte der Mann laut und grinste, sodass man ein paar dunkle Zahnstummel sah.

Diesmal wandte Colin sich um. »Das liegt daran, dass es bei weißen Männern früher üblich war, unsere Frauen zu vergewaltigen.«

Das ältere Paar blickte schockiert drein, schob schnell ein paar Dollarnoten über den Tisch und floh. Mir hatte es die Sprache verschlagen.

In diesem Moment kam Rusty zurück und kurz darauf Caroline. Rusty hatte anscheinend gehört, was gesagt worden war, denn er lief vor Wut rot an und einen Moment lang war ich nicht sicher, ob es gleich eine Schlägerei geben würde. Doch Colin ließ sich so wenig anmerken, dass sich alle wieder beruhigten. Wir aßen hastig zu Mittag und waren froh, wieder auf der Straße zu sein.

»Hörst du so was öfter?«, fragte ich Colin, als wir wieder im Auto saßen.

»Nicht in Brisbane, aber im Hinterland regelmäßig«, sagte er und kniff die Lippen zusammen. Doch – solche Bemerkungen machten ihm sehr wohl etwas aus, das spürte ich. Ich überlegte, ob das mit den Vergewaltigungen stimmte. Vermutlich.

In gedrückter Stimmung kamen wir bei dem Grundstück an, doch als wir es sahen, besserte sich unsere Laune schlagartig. Mit leuchtenden Augen blickten sich Rusty und Noah um. Das Gelände war ein subtropisch bewachsenes Wäldchen, durch das sich ein kleiner Wasserlauf schlängelte. Hier und dort erhoben sich Sandsteinfelsen neben dem Bach; ich sah eine Eidechse, die sich darauf sonnte. Wilde Banksien wuchsen verstreut, ihre roten Blüten sahen aus wie riesige Pfeifenputzer.

»Schaut mal, diese Papierrindenbäume, die sind bestimmt uralt!«, schwärmte Caroline.

»An diesem Ort werden wir alles besser machen«, verkündete Rusty sichtlich begeistert. »Keine hässlichen Drahtzäune, sondern nur Wassergräben und andere natürliche Grenzen. Es gäbe genug Platz, um die Kängurus, die Emus und einige der anderen Tiere in einem gemeinsamen Gehege zu halten, bis sie ausgewildert werden können ... die werden sich fühlen, als wären sie schon fast frei ...«

Vielleicht wollte Arnold einen Blick auf all das werfen, denn er steckte das graue Köpfchen aus dem Rucksack, dunkle Knopfaugen blickten neugierig in die Gegend. Ob ihm gefiel, was er sah?

Bei Noah jedenfalls war das so. »Die Koalas könnten in das Gemeinschaftsgehege«, griff er Rustys Vorschlag auf. »Die meisten der Eukalypten sind Red River Gums, das ist perfekt, die schmecken den Koalas!«

Nach ein paar Minuten fiel mir auf, dass Colin nichts gesagt hatte. Er lehnte an einem Sandsteinfelsen und blickte seltsam drein; eher düster als begeistert. Ich ging auf ihn zu, wollte ihn fragen, was los war – doch Noah kam mir zuvor.

»Und? Ist das nicht ein großartiger Ort?«, fragte er ihn mit einem breiten Lächeln.

»Doch, das ist er«, sagte Colin. »Leider ist es ein *Tjati Wapar*, ein Eidechsen-Dreaming. Genau durch dieses Gelände verläuft eine Songline.«

WALKABOUT

Ich fühlte mich, als hätte mir jemand einen Kübel kalten Wassers in den Nacken gegossen, und wahrscheinlich ging es den anderen genauso. Noah, Caroline und Rusty begannen, mit Colin zu diskutieren, aber ich verstand kaum, worum es ging. Ich sah bloß, dass Colin immer wieder den Kopf schüttelte. Nein. Nein. Nein. An diesem Ort durfte man nichts bauen, auch keinen Wildpark.

Auf einen Schlag war die Hoffnung auf einen neuen, besseren Anfang verflogen. Die Heimfahrt verlief in düsterem Schweigen. Diesmal saß Colin auf der anderen Seite des Wagens, es war schwer, mit ihm zu reden, weil Rusty zwischen uns war. Doch kaum waren wir wieder im Wildlife Park angekommen, ging ich neben Colin her. »Was ist das denn überhaupt, ein Dreaming? Und eine Songline? Ich kapiere nichts ...«

»Es ist wirklich schwer zu erklären.« Colin schien rastlos. Er ging sofort wieder an die Arbeit und überprüfte die Zäune in den Gehegen, sah sich jede Verriegelung genau an. Ich blieb ihm auf den Fersen. »In der

Tjukurrpa, der Traumzeit, waren die Tiere wie Menschen ... und sie erlebten viele Dinge ... es gibt Hunderte von Geschichten über diese Zeit. Die Spuren dieser Ereignisse sind bis heute in der Landschaft zu sehen. Und genau dort, an diesem Ort, den wir heute gesehen haben, hat einst der Eidechsenmann singend einen Teil der Welt erschaffen, deswegen nennen wir diesen Ort ein Eidechsen-Dreaming ...«

»Aber sind das nicht Geschichten? Legenden?«, fragte ich verzweifelt. »Glaubst du wirklich an all das? So, als ob es wirklich passiert wäre?«

Colin richtete sich auf und blickte mich mit zusammengekniffenen Augen an. »Hast du mal die Bibel gelesen? Ich schon, dafür hat meine Mutter gesorgt. Auch die Bibel besteht aus Geschichten. Glaubst du, dass all das wirklich passiert ist, was darin beschrieben wird?«

»Vielleicht nicht gerade, dass die Welt in sieben Tagen erschaffen wurde«, versuchte ich auszuweichen. »Oder dass Gott Eva aus Adams Rippe gemacht hat und so weiter ... na ja, das klingt einfach zu seltsam.«

Er verschränkte die Arme vor der Brust. »Okay. Aber was ist mit den ganzen Orten, die in der Bibel erwähnt werden? Der See Genezareth? Bethlehem? Gibt's alles noch heute!«

»Ja, das sind besondere Orte, klar, aber auch dort stehen heute Häuser, leben Menschen, Touristen kommen dorthin und so weiter«, wehrte ich mich. »Wäre es denn so schlimm, wenn wir um dieses Eidechsen-Dreaming herum die neue Arche anlegen würden? In der sich bestimmt sogar die eine oder andere Eidechse von ihren Verletzungen erholen könnte …«

»Du wolltest wissen, was eine Songline ist«, unterbrach mich Colin und rüttelte an einem weiteren Riegel, untersuchte ihn auf Roststellen. »Es sind unsichtbare Pfade, die durch ganz Australien führen. An denen sind die Schöpferwesen damals entlanggegangen, haben gesungen und damit die Welt erschaffen. Wenn wir ihre Lieder kennen, dann können wir diesen Pfaden folgen, auch heute …«

Die Welt gesungen? Unsichtbare Pfade? Ich verstand das alles nicht und das machte mich halb wahnsinnig, denn vielleicht war dieses Gelände bei Gayndah die letzte Chance für den Wildpark, für die Tiere, für uns.

Colin blickte mich niedergeschlagen an. »Du verstehst es nicht, oder?«

Er hatte recht und das machte mir Angst, weil der eigenartige Riss zwischen Colin und mir immer tiefer wurde.

Jemand rief meinen Namen. »Juli?« Es kam vom Hauptgebäude. Lars. Auf Deutsch fügte er hinzu: »Da ist jemand für dich am Apparat! Aus München.«

Aus Deutschland? »Komme gleich!«, rief ich – ebenfalls auf Deutsch – zurück. Ich wollte bei Colin bleiben in diesem Moment, doch meine Gedanken eilten fort, zu meiner Mutter, zu Sarah, zu meinen Freunden im

Tierpark Hellabrunn, zu meinem Leben auf der anderen Seite der Welt.

Natürlich spürte er es. Ganz ruhig, ohne ein weiteres Wort, drehte Colin sich weg, sodass meine Hand von seinem Arm abglitt.

»Sehen wir uns später?«, rief ich ihm beunruhigt hinterher, aber meine Füße trugen mich zum Hauptgebäude, zum Büro, in dem das Telefon stand, und Sarahs warme Stimme fragte, ob es mir gut ging oder ob ich von der australischen Sonne gegrillt wurde. Sosehr ich mich darauf gefreut hatte, mit ihr zu sprechen, diesmal war ich unkonzentriert und einsilbig und als sie vom Skifahren mit ihrem Sohn Philipp und den fünf neuen Hunden aus Griechenland berichtete, war ich nicht richtig bei der Sache. Denn vom Parkplatz her erklang das unverwechselbare Motorgeräusch von Colins Wagen.

Ich konnte ihr nicht von Colin erzählen, denn nebenan werkelte Lars in der Küche, wahrscheinlich experimentierte er mit seinem Brau-dir-dein-eigenes-Bier-Bausatz aus dem Supermarkt. Und so blieb alles, was mir wichtig war, ungesagt und ballte sich in mir zu einem schmerzenden Klumpen zusammen, der mir Tränen in die Augen trieb. Schließlich musste ich auflegen, bevor meine Stimme zu zittern anfing.

Morgen wollte ich als Allererstes mit Colin reden! Ich musste einen Weg durch diese gläserne Mauer finden ... irgendwie.

Plötzlich erinnerte ich mich an etwas, das Colin über meine Mutter gesagt hatte. *Bist du ihr einmal gefolgt?*

Nein, war ich nicht. Und ich hatte sie erst ein Mal angerufen, nachdem ich in Cooroy angekommen war.

Ich stellte mir den Wecker auf vier Uhr früh. Um diese Zeit war es acht Uhr abends in München, sie würde gerade zurück von der Arbeit und daheim sein und sich Abendbrot machen, bevor sie nach einer Stunde Fernsehen todmüde ins Bett fiel.

Wie von selbst tippten meine Finger früh am nächsten Morgen die vertraute Nummer. »Mama«, sagte ich und hörte, wie etwas zu Boden polterte.

»Juliane! Mensch …« Sie freute sich und wie gut das tat.

»Ich wollte mal deine Stimme hören.«

»Ach, Juli. Gerade habe ich an dich gedacht.«

»Mama … wann warst du eigentlich zuletzt verliebt?«

Sie musste lachen. »Ach, das ist gar nicht so lange her. Einer unserer Kunden, ich glaube, er ist geschieden. Ein nachdenklicher Mann und sehr höflich. Er brachte mir jedes Mal eine Blume mit, wenn er zum Einkaufen kam. Immer eine und an jedem Tag eine andere Farbe. Ich hatte extra eine kleine Vase mitgebracht und die Blume stand dann den ganzen Tag lang neben meiner Kasse.«

Das hatte sie mir nie erzählt. Ich lächelte in die Dunkelheit. »Wie schön.« Dann fiel mir auf, dass sie in der

Vergangenheitsform gesprochen hatte. »Aber jetzt bringt er dir keine mehr?«

»Nein. Irgendwann ist er nicht mehr gekommen. Vielleicht ist er tot. Oder umgezogen. Wahrscheinlich werde ich es nie erfahren.«

»Er ist nicht umgezogen. Das hätte er dir gesagt.«

»Ach, Juli. « Ein kurzes Schweigen. »Erzähl doch ein bisschen von dir. Wir haben uns ja schon lange nicht mehr gehört … Wie geht's dir? Gefällt dir die Arbeit? Sind deine Kollegen nett?«

Kurz schwieg ich und versuchte, dem Gefühl nachzuspüren, von ihren Fragen überrollt zu werden. Woher kam das? Ich verstand mich selbst nicht. Schließlich hatte ich doch mit ihr telefonieren wollen und war dafür extra um vier Uhr aufgestanden.

»Es ist wirklich toll hier«, sagte ich zögernd und fing an, etwas über die Tiere zu erzählen. Die Kängurus, Emily, die Dingos. Wenn ich über die Tiere redete, fühlte ich mich sicher. Doch nach einer Weile hakte meine Mutter ein: »Und deine Kollegen?«

»Sind super. Ich habe schon irre viel gelernt von ihnen, besonders von …« Plötzlich war meine Kehle wie zugeschnürt. Colin. Sein Name echote in meinem Kopf, aber ich wusste, dass ich anfangen würde zu heulen, wenn ich ihn aussprach.

»Ich erzähle dir bald mal mehr, ja?«, brachte ich heraus. »Hab einen schönen Abend, Mama.«

Auch auf der anderen Seite des Telefons herrschte

ein kurzes Schweigen, das mir klarmachte, wie weit meine Mutter und ich voneinander entfernt waren. Die Distanz zwischen Australien und Deutschland war nichts dagegen.

»Okay, Juli, wie du möchtest. Danke für deinen Anruf.« Ihre Stimme klang dünn und leise und hallte noch eine Weile in mir nach, während ich auf meinem Bett liegend auf den Sonnenaufgang wartete.

»Colin – Koalas« stand auf dem Dienstplan, unmöglich, es falsch zu verstehen. Ich ging am Vormittag bei den Koalas vorbei, fand Colin nicht und musste zu meiner Arbeit zurückkehren, ohne ihn gesehen zu haben. Ungeduldig wartete ich auf die Mittagspause, wenn er sicher mit uns anderen auf der Veranda des Haupthauses sitzen würde. Aber als er nicht auftauchte, wurde ich wirklich unruhig. Und bekam durch Zufall mit, wie meine Kollegen, die in dem Moment aus der Küche kamen, über ihn sprachen.

»... hätte nicht gedacht, dass auch Colin das machen würde«, meinte Kerrie, sie klang enttäuscht.

»Warten wir mal ab, vielleicht taucht er ja wieder auf«, erwiderte Caroline. »Wie jammerschade. Ausgerechnet Colin! Ich hätte nicht damit gerechnet, weißt du. Heute habe ich die Koalas übernommen, für morgen teile ich die Dienste neu ein.«

»Alles klar – soll ich mich um die Reptilien kümmern?« Kerrie biss in ihr Sandwich.

Caroline schüttelte den Kopf.

Dass auch er es machen würde? Was meinten sie damit? Ich musste mehr darüber erfahren. Ich setzte mich mit meinem Sandwich neben Caroline und zwang mich zu ein bisschen Small Talk, bis ich endlich das ansprechen konnte, was mich interessierte: »Ähm, hat Colin irgendetwas gesagt – wann er zurückkommen wird?«

Caroline hatte freundlich mit mir geplaudert, doch jetzt meinte sie kurz angebunden: »Nein, ich fürchte nicht.«

Ich konnte nicht fassen, dass sie das so einfach akzeptierte. »Aber was ist, wenn ihm etwas passiert ist?«

Caroline sah mich von der Seite an. »Juli ... es ist ein bisschen schwer zu erklären. Wir hatten öfter Aboriginal-Jungs, die mitgeholfen haben.«

»Ja, und?« Colin war nicht irgendein »Aboriginal-Junge«, er war ein Mann – dass sie überhaupt so von ihm redete, regte mich auf!

»Die meisten von ihnen sind eines Tages einfach verschwunden, wenn ihnen die Arbeit zu viel wurde oder ihnen etwas nicht gefiel.« Caroline seufzte.

»Verschwunden?« Ich fühlte mich, als hätte mich jemand mit einem Hammer am Kopf getroffen. »Wohin?«

»Einige von ihnen sind sicher auf Walkabout gegangen – in den Busch. Das ist für sie eine spirituelle Sache, weißt du.«

Wie betäubt machte ich mich daran, im Gehege der Wombats die Büsche zurückzuschneiden. Walkabout.

Ja, das Wort hatte ich mal gelesen, in einem Artikel über Australien. Wörtlich hieß es so etwas wie »Umhergehen«. Plötzlich erinnerte ich mich an Colins gesprochenes Tagebuch. *Ich glaube, Freiheit ist für mich, einer Songline zu folgen, losgehen zu können, ohne zurückzublicken ...*

Und da wusste ich, dass Caroline recht hatte, dass Colin auf Walkabout gegangen war. Was bedeutete das? Dass ich ihn gestern zum letzten Mal gesehen hatte? Dass ich ihm nicht mal mehr »Auf Wiedersehen« sagen konnte? Der Gedanke fühlte sich an, als durchbohrte jemand mit einer langen Nadel mein Herz. Und warum war Colin überhaupt gegangen? Hatte es mit dem zu tun, was ich gesagt hatte? Oder hatte er diese Freiheit gebraucht, hatte er sie sich genommen, ohne zu fragen oder Bescheid zu geben?

Nebenan kümmerte sich Rusty um die Echidnas. Einmal in der Woche bekamen die Schnabeligel ein völlig von Termiten zerfressenes Stück Baumstamm, das von Insekten wimmelte, und machten sich sofort über dieses Festmahl her. Gerade wuchtete Rusty das große Holzstück keuchend von der Ladefläche.

»Warte, ich helfe dir!«, rief ich zu ihm hinüber, zog mir schnell Handschuhe über und packte mit an. Das Ding war ganz schön schwer.

»Damit sind die Langnasen wieder eine Weile beschäftigt«, grunzte Rusty.

Die Echidnas waren mir an diesem Tag herzlich

gleichgültig. »Sag mal, hast du von Colin gehört?« Wenn jemand bei The Ark Colins Freund war, dann Rusty Allison!

Rusty blickte grimmig drein. »Ich hoffe, er ist nicht wirklich auf Walkabout gegangen. Um ehrlich zu sein, ich mache mir verdammt Sorgen. In etwas über einer Woche fängt sein Semester wieder an und wenn er dann nicht wieder in Brisbane aufkreuzt ... dann geht sein ganzes Leben den Bach runter. Es war schwer genug für ihn, diesen Studienplatz überhaupt zu kriegen.«

Ein eisiges Kribbeln überlief mich und daran waren nicht die Termiten schuld. *Dann geht sein ganzes Leben den Bach runter.* »Du meinst wirklich, er bleibt so lange weg?«

»Ja, klar. Ich kannte mal einen Kabi Kabi, der blieb monatelang verschwunden und kreuzte dann wieder auf, als wäre nichts gewesen.«

Monatelang?! Oje. Dann konnte er sein Studium wirklich vergessen. »Gehört Colin zu den Kabi Kabi?«

»Nee, soweit ich weiß, ist er durch seine Großmutter ein Djakunda. Aber in der Familie wird Yakunytjatjara gesprochen, das ist die Sprache seines Großvaters.« Rusty pustete eine Termite von seinem Arm.

»Was ist, wenn ihm etwas passiert ist?« Ich konnte nicht glauben, dass Colin wirklich ganz ohne Abschied gegangen war.

»Davon hätten wir inzwischen bestimmt gehört.« Rusty schüttelte den Kopf. »Ich glaube eher, dass er wegmusste. Da ist ganz viel zusammengekommen. Zu viel. Das mit Don zum Beispiel war der Hammer. Colin redet nicht gern darüber, wenn's ihm nicht gut geht. Aber es hilft ja nichts, so was in sich reinzufressen.«

Ich nickte und erinnerte mich daran, wie ich ihn in der Hütte gesehen hatte – wie erschöpft er über den Büchern gehockt und versucht hatte zu lernen. »Vielleicht läuft es in seinem Studium nicht gut ...«

Rusty seufzte. »Mich könntest du nicht hineinprügeln in so 'nen Hörsaal. Bloody boring. Aber ich glaub, für ihn ist es eigentlich das Richtige. Colin hat was in der Birne. Der kann's weit bringen. Wenn er keine Scheiße baut.«

Wir trugen den Stamm ins Gehege und suchten einen guten Platz dafür. Die Echidnas kannten Rusty, sie rollten sich nicht zusammen, sondern watschelten ohne Angst heran. Um ein Haar wäre ich über einen von ihnen gestolpert.

»So, hier. Runter damit.« Hart setzte Rusty den Stamm auf dem Boden ab, wischte sich ein paar Termiten ab und nahm mich ins Visier. »Willst du wissen, was ich glaube? Ich glaube, das Ganze könnte was mit dir zu tun haben.«

Ich spürte, wie mein Gesicht heiß wurde. »Mit mir?«

»Du weißt, dass er dich verdammt gernhat, oder?«

Es fiel mir schwer, Rusty in die Augen zu sehen. »Das dachte ich auch ... aber seit Montag war er so seltsam. Ich weiß nicht, was mit ihm los war ...«

Rusty zog eine Augenbraue hoch. »Na ja, es hat ihn ziemlich hart getroffen, dass du dich mit Lars wieder versöhnt hast. Da hat er natürlich 'nen Rückzieher gemacht. Bist ja nicht mehr frei.«

Mit Lars versöhnt? Im ersten Moment verstand ich gar nichts. Ja, klar, Lars und ich redeten wieder miteinander, aber was hatte das mit Colin zu tun? Doch dann dämmerte mir etwas und ich blieb stehen wie festgenagelt. »Colin denkt, dass ich und Lars ...?«

»Well, so hab ich Lars jedenfalls verstanden. Dass ihr euch gestritten hattet und jetzt wieder alles okay und lovey-dovey ist zwischen euch und ihr vielleicht zusammenzieht, wenn ihr wieder zurück seid in Good Old Germany.«

Ich glaube, mein Mund blieb offen stehen. Plötzlich ergab alles einen Sinn. Ja, Lars hatte mitbekommen, dass da etwas zwischen mir und Colin geschah ... was für eine wunderbare Gelegenheit, mir eins auszuwischen, zum Beispiel dafür, dass wir ihn nicht mitgenommen hatten auf unseren Fraser-Island-Ausflug. Deswegen die wohlinszenierte Versöhnung inklusive Kniefall. Diese miese Kanalratte! Ich wollte ihm den Hals umdrehen, am liebsten sofort!

»Erst wollte Colin es nicht glauben«, brummte Rusty. »Aber dann ist uns eingefallen, wie du dich dafür eingesetzt hast.«

»Wofür?«, fragte ich schwach, aber im Grunde wusste ich die Antwort.

»Na, dass Mr Lars mit nach Australien kann. Und ehrlich gesagt ...« Rusty kratzte sich am Kopf und verzog das Gesicht. »Na ja, ich kenn nettere Leute als deinen Freund. Kann gut Joeys verarzten und ist echt 'n Champion beim Armdrücken, aber geht einem manchmal schrecklich auf den Keks. Uns fiel kein anderer Grund ein, warum du ihn unbedingt hierhaben wolltest als 'ne rosa Brille.«

Ich zerrte mir die Handschuhe herunter und warf sie auf die Ladefläche. Wahrscheinlich sah Rusty, dass ich zitterte, aber das war mir egal. Wieso hatte ich mich erpressen lassen? Alles machte mir das kaputt, selbst jetzt noch. Es war nicht nur Lars' Schuld, es war auch meine. »Es gibt keine rosa Brille«, presste ich hervor. »Es stimmt nicht, was Lars erzählt hat. Nichts davon stimmt.«

Rusty beobachtete mich genau. »Was wirst du tun?«

»Außer loszugehen und Lars in Scheiben zu schneiden, meinst du?« Eine Termite krabbelte über meinen Arm, aber ich bemerkte es kaum. »Ich muss Colin suchen.«

Rusty wusste ja nicht mal, was für einen Mist ich Colin gestern gesagt hatte. Dass er das Gefühl hatte, ich verstand ihn nicht. Was geschehen war, war längst nicht allein Lars' Schuld. Auf einmal begriff ich mich selbst nicht mehr – die ganze Zeit über hatte ich darüber nachgedacht, was es mit *mir* anstellen würde, mich in Australien zu verlieben. Kein einziges Mal hatte ich mir Gedanken darüber gemacht, was es für Colin bedeuten könnte. Wie egoistisch kann man eigentlich sein? Immer wieder hatte Colin mir geholfen, mich unterstützt ... jetzt war ich dran. Es durfte nicht sein, dass wegen mir sein Leben zersplitterte!

Jedes Mal, wenn ich an Colin dachte, schlug mein Herz so heftig, dass es wahrscheinlich sogar Rusty hören konnte. Es hatte keinen Zweck mehr, dass ich mich weiterhin belog. Ich wollte mit Colin zusammen sein, jede Minute des Tages und der Nacht.

»Ihn zu suchen, klingt nach 'ner guten Idee«, meinte Rusty. »Ich kann leider nicht mit, sonst haben die Koalas 'nen knurrenden Magen – ich bin dran mit Futterbeschaffung. Warte mal ...« Er kramte in seiner Hosentasche und brachte seinen Autoschlüssel mit dem Krokodilanhänger zum Vorschein. »Hier. Wirst du brauchen.«

Reflexartig fing ich den Schlüssel auf, den er mir zuwarf. »Aber ich ...«

Ein breites Grinsen. »Wusstest du, dass dieses Outfit dich älter macht? Man denkt ja sofort, dass du seit Ewigkeiten den Führerschein hast.«

Mein Outfit? Ich blickte an meinem Top und meinen Shorts hinunter bis zu den von Caroline geliehenen Stahlkappenschuhen. Rusty lachte sich halb tot. »Hey, no worries, du siehst bestens aus. Wie 'ne richtige australische Braut aus dem Busch. Sieh zu, dass du ihn findest, okay?«

»Okay«, sagte ich.

Und rannte los.

FAMILIE

Hätte Caroline versucht, mich von meinem Plan abzubringen? Ich ließ es gar nicht darauf ankommen und wartete, bis das Büro leer war. Noah telefonierte auf der Veranda, er war wieder auf der Suche nach einem neuen Grundstück für seine Arche. Anscheinend respektierte er das Eidechsen-Dreaming, so schwer es ihm fiel. Aber die Zeit wurde knapp. Was war, wenn Colins Einwände tatsächlich das Ende des Wildlife Parks bedeuteten?

Hastig blätterte ich das zerfledderte, mit Zetteln und Visitenkarten vollgestopfte Adressbuch von The Ark durch. Da war er: »COLIN FARLEY«. Wie viele Leute wussten wohl, dass er einen weiteren Namen hatte? Von mir würden sie es jedenfalls nicht erfahren.

Als Erstes wollte ich bei seiner Familie vorbei und sehen, was ich herausbekam. Wie der Computer mir verriet, wohnten die Farleys lediglich ein paar Meilen außerhalb von Cooroy. Trotzdem nahm ich die volle Ausrüstung mit und schnappte mir Rucksack, Wasserflasche, ein paar Vorräte aus dem Kühlschrank, eine

Isomatte und Autan, für alle Fälle. Vielleicht musste ich schnell sein, um Colin zu folgen, und gleich loswandern.

Hätte ich nicht in Deutschland ein paar Fahrstunden gehabt, wäre ich wahrscheinlich mit Rustys mintgrünem Mustang nicht mal bis auf die Straße gekommen. Zum Glück hatte das Ding Automatik, man musste den Schalthebel nur auf »D« wie Drive stellen und dann fuhr die Karre los. So, immer schön links bleiben, schärfte ich mir ein. Mir liefen Schweißtropfen über die Nase.

Gleich würde ich ankommen. Bei Colins Familie. Beim Gedanken daran zog sich mein Magen zusammen wie eine Faust.

Auf den ersten Blick war an dem Haus nichts besonders, es war ein flaches Gebäude aus braun gestrichenen Holzbrettern, das auf etwa hüfthohen Stelzen stand. Doch auf den zweiten Blick wirkte alles ein wenig schäbiger als bei den Eigenheimen in Cooroy – ein Stapel alter Autoreifen, eine mit einer Plastikfolie notdürftig geflickte Fensterscheibe, das verdorrte Gras und der rostige Grill im Garten. Im Gestrüpp neben dem Haus waren mit einer Plane abgedeckte Holzlatten gestapelt. Neben der Einfahrt stand ein Auto, das der TÜV in Deutschland nach einem Blick zur Schrottpresse verdammt hätte. Es würde in nächster Zeit nirgendwohin mehr fahren, ihm fehlten nämlich die Hinterreifen.

Ich parkte Rustys Auto vor dem Haus und ging zur Vordertür. Zwei schwarze Kinder spielten zwischen den Holzlatten, versteckten sich, als sie mich sahen, und beobachteten mich verschmitzt. Eine kleine Gruppe junger Männer saß auf einem quer liegenden Baumstamm, sie tranken Bier aus Dosen. Don war nicht dabei. Saßen dort auch einige der Jungs, die Colin auf dem Parkplatz von The Ark angepöbelt hatten? Schwer zu sagen. Ihre Blicke folgten mir, schienen auf meiner Haut zu kribbeln. Ich riss mich zusammen und grüßte freundlich; immerhin hob einer die Hand und grüßte zurück.

Ein rötlich brauner Hund, der wie ein Schäferhund-Dingo-Mischling aussah, schoss mir entgegen und nahm mich misstrauisch in Augenschein. »Hi, bist du etwa Red?«, fragte ich und stand ganz still, während er mich mit aufgestellten Nackenhaaren beschnupperte. Vielleicht erkannte der Hund den von Colin vertrauten Zoogeruch an mir, denn er beruhigte sich schnell und eskortierte mich bis zum Eingang des Hauses.

Die Tür stand offen, ein Fliegengitter ließ frische Luft ins Innere des Hauses. Ein Stimmengewirr drang mir entgegen – auf Englisch, ich verstand sogar ein paar Worte.

Vorsichtig klopfte ich gegen die hölzerne Seite der Tür und rief laut: »G'day!«

Sofort verstummte das Stimmengewirr. Ein älterer Mann mit einer breiten, flachen Nase und zerfurchtem

Gesicht hinkte zur Tür und öffnete mir. Noch nie zuvor hatte ich einen Menschen mit so dunkler Haut gesehen. Abwartend blieb er im Türrahmen stehen. »Kann ich Ihnen helfen?«

»Ich bin ... wegen Jarro gekommen«, sagte ich und spürte sofort, dass ich das Richtige gesagt hatte. Der Ausdruck des Mannes wurde milder und die Fliegengittertür öffnete sich vor mir. »Mein Name ist Bob Farley, ich bin sein Großvater.«

Im Wohnzimmer war es brütend heiß und ziemlich düster, da sämtliche Rollläden heruntergelassen waren. Eine Frau drückte mir ein Glas Leitungswasser in die Hand, ein Stuhl wurde mir entgegengeschoben, dann stellte der alte Mann mir sämtliche Anwesenden einen nach dem anderen vor. Ich zuckte beinahe zusammen, als ich erfuhr, dass einer der Jungen draußen Colins jüngerer Bruder Ethan war und zwei der jungen Frauen in Jeans und T-Shirt – Deanna und Elea – Colins Schwestern. Ich hatte nicht mal gewusst, dass er so viele Geschwister hatte. Es war immer leichter gewesen, über Tiere zu sprechen als über uns. Bei Deanna hätte ich mir eigentlich denken können, dass sie mit Colin verwandt war, so ähnlich sah sie ihm.

Die anderen Leute auf dem Grundstück schienen Onkel, Tanten, Cousins und Cousinen zu sein, die zu Besuch waren. Sehr sorgfältig erklärte mir der Mann sämtliche Verwandtschaftsverhältnisse der Anwesenden, die aus meinem löchrigen Gedächtnis sofort wieder heraussickerten. Es war nicht ganz leicht, das Englisch von Colins Großvater zu verstehen, anscheinend war es auch für ihn eine Fremdsprache.

»Juliane Birkhofer, from Germany«, stellte ich mich schließlich selbst vor und ein paar der Leute lächelten überrascht. Eins war klar, in diesem Haus hatte Colin niemandem von mir erzählt!

Plötzlich wurde meine Kehle eng und meine Augen begannen zu brennen. Natürlich nicht. Warum hätte er es auch tun sollen? Viel war ja nicht passiert zwischen uns. Hätte ich ... wäre ich nur ... ach, verdammt, Schluss mit dem Gejammer!

»Wir haben Jarro vermisst im Wildpark«, begann ich vorsichtig. »Könnten Sie mir sagen, wann er wiederkommen wollte?« O Mann, war das alles peinlich. »Ich versuche, ihn zu finden, und ich ...«

»Der Sinn eines Walkabouts ist, dass man sich selbst wiederfindet«, brummte Bob Farley. »Aber nicht, dass man gefunden wird. Und dieser Wildpark – dort verschwendet er seine Zeit.«

Am liebsten hätte ich etwas Bissiges entgegnet, nur knapp konnte ich es hinunterschlucken. »Wir schützen und bewahren die Tiere Australiens. Ist das sinnlos?«

»Das meinte ich nicht. Ich sagte, dass Jarro damit seine Zeit verschwendet.« Auf Bob Farleys Stirn zogen Gewitterwolken auf. »Ich habe ihm wieder und wieder gesagt, er braucht eine vernünftige Ausbildung. Unsere Familie hat eine Schreinerei, er hätte jederzeit hier anfangen können. Aber Brisbane! Es hat meiner Frau Daisy das Herz gebrochen, dass er nach Brisbane gegangen ist. Er hätte bei der Familie bleiben sollen.«

»Ein Studium ist doch auch sehr praktisch«, sagte ich lahm. Allmählich wurde mir klar, dass Colin der Erste in dieser Familie war, der studierte. Und dass es schwer sein musste, so was ohne die Unterstützung aus der Verwandtschaft durchzuziehen. Wo war eigentlich seine Mutter?

Eine ältere Frau im geblümten Kleid, mit sorgfältig frisierten Locken, war hereingekommen; sie trug einen Korb voll feuchter Wäsche. Ich wettete, dass ich Colins Großmutter Daisy vor mir hatte. Anscheinend hatte sie gehört, was gesagt worden war, denn sie meinte: »Natürlich ist ein Studium praktisch.« Sie lächelte mich an; dafür, dass Colin ihr angeblich das Herz gebrochen hatte, schien sie ziemlich munter. »Er ist sehr stolz darauf, dass er es an die Uni geschafft hat. Wir sind alle sehr stolz.«

»Er sollte heimkommen zu *walytja*, zu seiner Familie«, brummte Bob Farley. »Und verdammt noch mal Don mitbringen, dem tut es nicht gut, dass er sich in Brizzie herumtreibt.«

Ich öffnete den Mund und schloss ihn wieder. Anscheinend hatte Colins Verwandtschaft nicht mitbekommen, dass Don sehr wohl in der Gegend war ... und dass wahrscheinlich er es gewesen war, der versucht hatte, The Ark zu verwüsten. Doch das sollte Colin ihnen selbst sagen. »Es ist wichtig, dass Colin … äh, Jarro … bald zurückkommt«, sagte ich eindringlich. »Sonst verpasst er das nächste Semester an der Hochschule. Könnten Sie ihm das bitte sagen?«

»Wir wissen nicht genau, wo er ist«, mischte sich eine der Schwestern, Elea, ein und betrachtete mich mit herausforderndem Blick. Sie war ein hübsches Mädchen, etwa siebzehn, und trug an einer Kette ein kleines Kreuz um den Hals.

Das brachte mich völlig durcheinander. Ich hatte gedacht, dass sie wissen würden, wo ein Walkabout hinführte. Oder war es so, dass man einfach irgendwo entlangging? Nein, Colin hatte damals auf Band gesprochen, dass er einer Songline folgen wollte. Ich musste herauskriegen, wo die verlief.

Als ich meine nächsten Fragen stellen wollte, schlurfte aus einem Hinterzimmer eine rundliche Frau in einem Morgenmantel herein, ihr dunkelbraunes Haar war wirr und ihre Augen blutunterlaufen. Sofort sprang Deanna auf und stützte sie. »Hey, Mom. Willst du was essen? Hast du Hunger?«

Ach du Schreck, das war Colins Mutter. Diejenige, die dafür gesorgt hatte, dass Colin die Bibel las. Sie starrte mich einen Moment lang an. »*Pau!* Wer ist das?«, fragte sie, machte einen Schritt vorwärts und wäre beinahe über die Kante des Teppichs gestürzt. Das alles kam mir furchtbar bekannt vor, so hatte ich meinen Vater oft gesehen. Diese Frau war sturzbetrunken.

Ich stellte mich vor, doch eine Minute später fragte sie wieder: »Wer ist das?«

»Ein Mädchen, das Jarro sucht«, erklärte ihr Daisy ruhig und freundlich. »Warte, ich mache dir einen Tee, der wird dir guttun, Cynthia.«

»Fängt das wieder an? Hat er denn gar nichts gelernt?« Diesmal war die Stimme von Colins Mutter feindselig. »Wissen deine Eltern es, Mädchen? Wann wirst du es ihnen sagen?«

Hastig schoben Deana und Elea ihre Mutter in die Küche.

Ich hatte das Gefühl, keine Luft mehr zu bekommen. Am liebsten hätte ich das Fenster aufgerissen, nein, lieber wäre ich aufgestanden und gegangen. Ich konnte mir denken, warum es Colin so schlecht ging ... und warum er ganz gerne einmal im Wildlife Park übernachtete. Er kannte das also, genau wie ich. Wie das ist, wenn die eigenen Eltern zu unberechenbaren Fremden werden. Wenn sie nur noch eins im Sinn haben: wie sie an die nächste Flasche herankommen.

Niemand sagte etwas. Niemand erklärte mir, was die eigenartigen Worte von Colins Mutter zu bedeuten hatten. Was fing wieder an? Was hatte er nicht gelernt?

Schließlich brach Daisy das lastende Schweigen. »Du solltest Jarro wirklich mal im Wildpark besuchen, Bob«, sagte sie und blickte ihren Mann missbilligend an. Doch Bob Farley schnaubte bloß.

Ungläubig blickte ich ihn an. Konnte es sein, dass er

kein einziges Mal bei The Ark gewesen war, obwohl er nur ein paar Meilen davon entfernt wohnte? Obwohl die Arbeit seinem Enkel so wichtig war?

»Vielleicht ... wenn Sie mir sagen könnten, wo die Songlines in der Gegend verlaufen ...? Das würde mir helfen«, traute ich mich zu fragen, doch der Blick, mit dem mich die versammelten Farleys anschauten, war nicht sehr vielversprechend. Verblüfft, entgeistert, das traf es am ehesten. Oje, das sah nach einem Fettnäpfchen aus. Oder wussten viele Aboriginals gar nicht mehr, wo die Songlines waren? Vielleicht interessierte sich die junge Generation nicht mehr dafür. Schließlich schienen die Farleys Christen zu sein, womöglich wollten sie vergessen, dass ihre Vorfahren etwas mit solch heidnischen Dingen zu tun gehabt hatten. Aber woher kannte sich dann Colin damit aus?

Daisy stand auf, ging im Raum umher, richtete hier ein Kissen, dort eine Tasse in einem Regal. »Du musst entschuldigen, Juliane«, sagte sie. »Es kommt nicht häufig vor, dass überhaupt jemand danach fragt. Es ist so, dass wir ...« Sie hielt inne und blickte zu ihrem Mann hinüber. »Es ist zwar kein geheimes Wissen, aber darüber zu sprechen, ist nicht üblich.«

»Ich will nur versuchen, Colin zu helfen«, sagte ich verzweifelt und Bob Farley starrte mich mit gerunzelter Stirn an. Mist, mir war wieder Colins »weißer« Name rausgerutscht.

Wieder diese Stille. Sie machte mich fertig. Vielleicht

war es besser, ich verabschiedete mich … aber was dann? Ich hatte nicht den geringsten Anhaltspunkt, wo ich Colin suchen sollte!

Ich brauchte dringend ein paar Momente zum Nachdenken. »Darf ich mal Ihre Toilette benutzen?«

»Natürlich. Den Gang entlang, die Tür auf der linken Seite.« Colins Großmutter lächelte mich an.

Im Korridor war mit Reißzwecken eine ausgeblichene Karte der Gegend befestigt; eins der Kinder der Familie hatte die Ränder mit kleinen Bildern und Ornamenten in Wasserfarben verziert. Ich warf einen kurzen Blick darauf und biss dann die Zähne zusammen. Yurol State Forest, Ringtail State Forest, Great Sandy National Park, Toolara State Forest … Wildnis gab es reichlich in der Nähe. Wenn er eingetaucht war in diese Wälder, dann würde ich Colin ohne Hilfe niemals finden.

Das Bad bestand aus einem alten Porzellanwaschplatz, einem Klo und einer Dusche ohne Vorhang. Der Linoleumboden wellte sich, an ein paar Ecken kam das Holz darunter zum Vorschein. Ich drehte den rostigen Kaltwasserhahn auf – er quietschte wie ein ängstlicher junger Wombat – und klatschte mir das Wasser, das leider nicht kalt, sondern lauwarm war, ins Gesicht. Vielleicht sollte ich durch die Gegend fahren und nach Colins Ute Ausschau halten? Wenn ich ihn am Straßenrand sah, war es ein Anhaltspunkt, dass er von dort losgegangen war … aber würde ich es überhaupt schaffen, ihm querfeldein zu folgen? Er mochte ein hervorragender Spurenleser sein – ich konnte im Busch Kuh und Gnu nicht auseinanderhalten.

Als ich aus dem Bad herauskam, begegnete mir Colins Schwester Deanna im Flur. Sie beugte sich zu mir hinüber und flüsterte: »Das, was meine Mutter gesagt hat … nimm's ihr nicht übel. Colin hatte auf der Highschool eine weiße Freundin. Als ihre Eltern mitgekriegt haben, dass sie mit einem Aboriginal zusammen ist, haben sie sie von der Schule genommen und auf eine andere geschickt.«

»Ach du Scheiße!«, war das Einzige, was mir dazu einfiel.

»An der Uni hat er's auch nicht leicht, aber es wäre besser, wenn er weitermacht, finde ich.« Deanna blickte mich auf eine seltsam eindringliche Weise an und stützte sich an der Wand ab … nein, sie fuhr mit den Fingern über die Landkarte, die festgemacht war … begriffsstutzig sah ich ihr einen Moment dabei zu und fragte mich, was das sollte. Dann kapierte ich es endlich. Wortlos verriet sie mir, was ich wissen wollte. Ihre Finger tanzten nördlich vom Lake Cooloola durch den Great Sandy National Park, streiften den State Forest, glitten weiter nach Norden. Angestrengt versuchte ich, mir alles einzuprägen – diesmal durfte mich mein Gedächtnis nicht im Stich lassen!

»Viel Glück«, murmelte Deanna und schlenderte raus auf die Veranda, die Fliegengittertür schlug hinter ihr zu.

Ich stand wieder im dämmrigen Wohnzimmer, das nach dem alten Stoffsofa, Tee und Rauch roch. Letzterer drang aus der Küche, da anscheinend der Elektroherd kaputt war – seine Platte war mit uralten Küchengeräten vollgestapelt – und die Farleys auf einem Holzofen kochten.

»Vielleicht wird Jarro nicht mehr lange seine Zeit im Wildpark verschwenden«, sagte ich zu Bob Farley und ich fürchte, es kam ziemlich schroff heraus. »Wahrscheinlich gibt es The Ark nicht mehr lange. Uns ist der Pachtvertrag gekündigt worden.«

Düster starrte Colins Großvater mich an und ich hatte keine Ahnung, was ihm durch den Kopf ging.

Daisy geleitete mich nach draußen. »*Uns* hast du gesagt. Du bist bereits ein Teil davon, scheint mir. Aber wie lange bist du denn überhaupt in Queensland?«

Viel zu kurz, wollte ich antworten. Dann traf mich der Gedanke, dass es nur noch zehn Tage waren, voll in den Magen. Wenn ich etwas gesagt hätte, wären mir die Augen übergelaufen. Also lächelte ich bloß und hob die Hand.

Einen Moment lang blickte Colins Großmutter mir nach, dann nahm sie ihren Korb und machte sich daran, im hinteren Teil des Gartens die Wäsche aufzuhängen.

Ich ging zu Rustys Ford Mustang zurück … und sah ein anderes Auto in die Einfahrt schwenken. Ein alter roter Sportwagen. Darin: ein junger Typ mit ärmellosem T-Shirt. Ich erkannte ihn sofort. Don, Colins Bruder!

Instinktiv duckte ich mich über das Lenkrad, während ich den Wagen anließ. Dann setzte ich zurück, versuchte, aus der Einfahrt auf die Straße zu kommen. Aber das war gar nicht so einfach, das Wenden hatte ich mit meinem Fahrlehrer nicht geübt und ich manövrierte eine Weile hilflos hin und her, beobachtet von einem Dutzend Augenpaaren. Als ich den Motor abwürgte, hörte ich durch das halb offene Fenster ein paar der Kinder kichern. Zwei der Jungs, die vor dem Haus saßen, standen auf und kamen grinsend auf mich zu, vielleicht wollten sie mir ein paar gute Tipps geben.

Don beobachtete mich ebenfalls. Hatte er mich als die Sheila erkannt, die neulich neben Colin gestanden hatte? Jedenfalls stieg er nicht aus, sondern blieb im Auto sitzen. Was hatte er vor?

Endlich hatte ich es geschafft. Die Karre stand wieder in Fahrtrichtung – nichts wie weg! Ich trat aufs Gas und heftig ruckend schoss der Ford auf die Straße hinaus.

Im Rückspiegel sah ich, dass der rote Sportwagen mir folgte.

AUF DER FÄHRTE

Mir brach der Schweiß aus. Langsam steuerte ich den Ford durch alle Kreisel im Ort, geriet kurz auf die rechte Straßenseite und umrundete den einen Kreisel versehentlich zweimal. Der Sportwagen blieb hinter mir, selbst bei der Doppelrunde. Ja, klarer Fall, Don hatte mich erkannt. Cool bleiben. Ich musste cool bleiben. Er war kein Terrorist, sondern nur einer von Colins Brüdern. Wenn ich weiter so nervös fuhr, kam ich nirgendwohin, weil ich gleich jemandem auf der Stoßstange klebte.

Am besten, ich fuhr zum Wildpark zurück. Dort waren Rusty, der sich von niemandem etwas bieten ließ, Chaz mit seiner Möbelpackerstatur, und Noah, der wahrscheinlich Lust hatte, Don wegen des Angriffs auf seinen Wildpark mit bloßen Händen in Stücke zu reißen. Im Wildpark war ich in Sicherheit!

Aber wenn ich mich bei The Ark verkroch … was war dann mit Colin? Colin, der gerade alles wegwarf, was er erreicht hatte.

Wütend trat ich aufs Gas und der Mustang schoss

voran. Ich machte mich auf den Weg nach Norden und der Sportwagen blieb hinter mir.

Es gab nicht so furchtbar viele Straßen in der Umgebung – Gelegenheiten, abzubiegen und Don abzuschütteln, hatte ich kaum. Und der Sportwagen war vermutlich viel, viel schneller als der Mustang, es hatte keinen Sinn, sich auf eine Verfolgungsjagd einzulassen. Die hätte ich ohne Führerschein sowieso nicht riskiert.

Einmal hielt ich am Straßenrand, um auf der Landkarte nachzusehen, wo ich langfahren musste. Don hielt ebenfalls und hockte, ohne auszusteigen, in seinem Wagen. Ich konnte sein Gesicht kaum erkennen, es war lediglich ein Fleck hinter der Windschutzscheibe. Nervös schaute ich alle paar Momente in den Rückspiegel, bevor ich mich wieder traute, einen Blick in die Karte zu werfen. Mein Nacken kribbelte, ich fühlte mich beobachtet. Irgendwie war es noch schlimmer, dass er nichts tat, dass er im Auto blieb. So konnte ich ihn nicht mal fragen, was er überhaupt von mir wollte. Einen Moment überlegte ich, ob ich aussteigen, zu ihm gehen und ihn zur Rede stellen sollte. Immerhin war Don diesmal allein, nicht in Begleitung seiner vier Kumpels, Cousins oder was auch immer sie waren. Er war dünn und sah nicht besonders kräftig aus, eher ein Junge als ein Mann. Und ich war durch die letzten zwei Jahre Arbeit im Zoo so fit, wie ich wahrscheinlich jemals sein würde. Nee, ein leichtes Opfer war ich nicht.

Aber dann ließ ich es doch sein. Ich hatte keine Lust

auf dieses unverschämte Grinsen, auf diese anzüglichen Sprüche – und womöglich war der Typ bewaffnet. In Neuperlach gab es Jungs, die nie ohne ihr Butterflymesser unterwegs waren. Was wohl Dons Totem war – auch die Schlange, wie bei Colin? Musste es immer etwas sein, das zu jemandem passte? Aber Colin war so klug und warmherzig. Vielleicht war Dons heiliges Tier das niedliche Wallaby. Der Gedanke brachte mich zum Grinsen und ich entspannte mich wieder ein bisschen.

Ich durchquerte den kleinen Ort Tewantin, der nicht viel größer als Cooroy sein konnte, und fuhr auf dem McKinnon Drive nach Norden. Streckenweise ging es durch Waldgebiete, in Richtung Lake Cootharaba. Ein fettes weißes Wohnmobil bog aus einer Seitenstraße auf unseren Weg ab und setzte sich zwischen uns. Don hupte wütend und der Fahrer beugte sich brüllend aus dem Fenster.

Ich nutzte die Chance und witschte über eine Ampel, die gerade dabei war, rot zu werden. Natürlich hielt das Wohnmobil an und Don musste ebenfalls bremsen. Bei meinem nächsten Blick in den Rückspiegel entdeckte ich ihn nicht mehr. Na also! Ich trat das Gaspedal durch. Es gab zwei Straßen, die nach Norden führten – wenn ich mich beeilte, konnte ich ihn abschütteln. Wenn er die falsche nahm, dann war ich weg.

Doch dann wurde mir klar, dass ich es bis zur Abzweigung nicht rechtzeitig schaffen würde. Nicht ohne das Speed Limit böse zu missachten und mir Ärger einzuhandeln. Vielleicht konnte ich das Auto verstecken? Spontan bog ich bei einem Geschäft, das Landmaschinen verkaufte, ein, rumpelte über den unebenen Boden und über eine Metallplatte. Hinter der Scheune, außer Sichtweite der Straße, stellte ich den Motor ab. Ich blieb steif sitzen und fühlte mich mehr und mehr wie ein Auflauf im Backofen, da mit der Zündung die Klimaanlage ausgegangen war. Doch das war mir egal, mein Blick klebte am Rückspiegel. Leider konnte ich nur ein winziges Stück Straße erkennen.

Jemand klopfte an meine Seitenscheibe. Ich zuckte zusammen.

»G'day«, sagte ein älterer Mann mit Stirnglatze und Blaumann. »Interessieren Sie sich wirklich für Traktoren oder mögen Sie meine Scheune?«

Ich hätte natürlich »Ich werde verfolgt!« rufen können, aber das klang nach einem sehr schlechten Krimi, und außerdem rief der Kerl dann garantiert die Bullen, mit denen ich mich nicht wirklich unterhalten wollte.

»Fürchte, ich habe mich ein bisschen verfahren.« Ich lächelte den Typ an.

Der Mann blickte sich um, kratzte sich am Kopf und grinste dann. »Ach so. Schlechtes Navi, was?«

»Höllenschlecht«, sagte ich und seufzte. Im Rückspiegel sah ich einen roten Blitz vorbeizischen. Don? Zur Sicherheit ließ ich mir von dem freundlichen Aussie ein paar Minuten lang erklären, wie ich nach Boreen Point kam. Dann verabschiedete ich mich, ließ den Motor wieder an und machte, dass ich wegkam. Um sicher zu sein, dass ich Don wirklich abgehängt hatte, fuhr ich einen Umweg, bevor ich mich wieder nach Norden wandte.

Erleichtert ließ ich den Mustang die Landstraße entlangschnurren und versuchte, mich daran zu erinnern, wo genau sich Deannas Finger über die Landstraße bewegt hatten. Eine halbe Stunde lang passierte gar nichts, außer dass ich mein T-Shirt durchschwitzte und einmal an der Straßenseite halten musste, weil mir die Karte in den Fußraum gerutscht war. Doch dann merkte ich auf einmal, dass ich mich unwohl fühlte. Etwas in meinem Unterbewusstsein juckte wie ein unsichtbarer Mückenstich.

Ich hielt am Straßenrand an und versuchte festzustellen, was los war. Dann wendete ich und fuhr zurück. Und diesmal erkannte ich deutlich, was ich im Vorbeifahren aus dem Augenwinkel gesehen hatte. In einem kleinen Seitenweg, einer Schotterstraße, parkte – halb von Bäumen verborgen – Colins verbeulter blauer Wagen!

Im ersten Moment konnte ich es kaum glauben. Das war mehr als Glück ... das musste Schicksal sein! Hastig fuhr ich Rustys Auto ebenfalls in den Schotterweg, parkte es so, dass man es von der Straße aus nicht sehen konnte, sprang hinaus und ging hinüber zu dem Ute. Er war nicht abgeschlossen, aber das war nichts Besonderes, mir war im Wildpark und auf unserer gemeinsamen Tierrettungstour aufgefallen, dass Colin seinen Wagen nie abschloss. Ich warf einen Blick ins Innere und sah die Ökologie-und Biologie-Lehrbücher, die letztes Mal darin gelegen hatten, eine verkratzte CD von Green Day und eine halb leere Packung Beef Jerky. Hinter der Windschutzscheibe klebte ein Zettel, auf dem »BACK SOON« stand. Bin bald zurück. Zum ersten Mal sah ich Colins Handschrift: kantig und eigenwillig, die Buchstaben sahen aus, als hätte jeder ein eigenes Ziel.

Einen Moment lang fühlte ich mich Colin sehr nahe. Das waren die Spuren seines Lebens. Vor ganz kurzer Zeit war er an diesem Ort gewesen. Ich ließ meine Finger über die staubige Windschutzscheibe gleiten, hätte am liebsten etwas hineingezeichnet, ein Muster oder eine Botschaft. Aber jemand war mir zuvorgekommen. Auf dem Seitenfenster erkannte ich das stilisierte Bild einer Schlange, die zusammengerollt auf dem Boden lag, den Kopf erhoben. War das Colins ... Jarros ... Zeichen?

Um den Ute herum waren die Abdrücke von Wanderschuhen, wahrscheinlich Colins; ich prägte mir ihr Muster ein.

Ich blickte den Weg entlang; er endete an einer Absperrung, dahinter begann das offene Buschland des Nationalparks. Von hier aus konnte ich ihm folgen. Er hatte einen riesigen Vorsprung und vielleicht würde ich seine Spur wieder verlieren ... aber ich musste es zumindest versuchen.

Ich schulterte meinen Rucksack mit der Wasserflasche und der Landkarte und ging mit langen Schritten auf die Absperrung zu. Vielleicht verirrte ich mich in diesem gewaltigen Naturschutzgebiet, doch der Gedanke daran machte mir keine Angst. Einen Moment lang wusste ich, was Freiheit für Colin bedeutete.

Ein schmaler Pfad führte hinein in eine Heidelandschaft aus niedrigem Gestrüpp, Büschen und vereinzelten Eukalyptusbäumen. Viele der Bäume sahen aus, als hätte jemand auf ihnen Zeichnen geübt, über ihre hellen Stämme zogen sich dunkelbraune, gewundene Linien. Ich trat näher heran und betrachtete sie. Waren das Spuren der Aboriginals, geheime Zeichen, die man lesen konnte, wenn man sich auskannte? Nein, nach einem genauen Blick wurde mir klar, dass kein Mensch diese Zeichen geschaffen hatte. Es waren zu viele. Sie zogen sich den ganzen Stamm hinauf.

Während ich ging, hielt ich den Blick auf den sandigen Boden geheftet und hin und wieder sah ich einen Abdruck von Colins Schuhen.

Colins Gesicht schwebte vor mir und in Gedanken war ich bei ihm. Es war alles da, tief in mir, jede Erinnerung, jede einzelne Kleinigkeit. Zusammen beim Auswildern. Auf Schlangenfang. Bei der Geburt des kleinen Kängurus. Wieso hatte ich mich so lange gegen diese Gefühle gewehrt?

Vielleicht ließ ich mein Herz in Australien zurück, es tat jetzt schon schrecklich weh. Aber war es nicht wichtiger, zu *leben* statt wie ein Zombie durch die Welt zu stolpern und vor allem zurückzuschrecken, was nach einem tieferen Gefühl aussah? Mir tat eins leid: dass ich so viel Zeit verschwendet hatte; Zeit, die ich mit ihm hätte verbringen können. Wann hatte Colin sich in mich verliebt? Bereits ganz zu Anfang, als wir zusammen George gefüttert oder das jedenfalls versucht hatten? Es gab so vieles, was ich ihn fragen wollte ... es durfte nicht sein, dass ich ihn nie wiedersah!

»Wenn du nicht gefunden werden willst, dann solltest du deine Karre besser tarnen«, sagte eine Stimme und ich erschrak so sehr, dass ich über einen Stein stolperte und fast zu Boden gefallen wäre. Es war Don. Mit verschränkten Armen lehnte er an einem Baumstamm neben dem Pfad, auf dem Gesicht ein eigenartiges Lächeln. Er trug ein schwarzes ärmelloses T-Shirt, Jeans und wieder diesen Gürtel mit der großen Silberschnalle. Eine Sonnenbrille verbarg seine Augen.

Mein Atem ging stoßweise. Na wunderbar. Mitten in der Wildnis. Allein mit ihm. Es wäre besser gewesen, wir hätten gleich beim Haus der Farleys miteinander gesprochen oder am Straßenrand! Dort, wo andere Leute waren. »Ich habe gar nicht versucht, sie zu tarnen«, sagte ich trotzig und wusste, dass er mir das in tausend Jahren nicht abnahm.

»Wieso bist du überhaupt so schnell gefahren?« Er schüttelte den Kopf. »Hattest es ja richtig eilig.«

»Ja, und ich hab es immer noch eilig.« Ich ging weiter, ohne ihn zu beachten. Doch er stieß sich von seinem Baumstamm ab und versperrte mir den Weg. »Weißt du überhaupt, was du tust?«, knurrte er.

»Lass mich vorbei!«, schleuderte ich zurück. Was sollte ich machen, wenn er mich angriff? Treten? Um mich schlagen? Ihm meine Wasserflasche über den Kopf ziehen?

Don schien zu spüren, wie entschlossen ich war. Er kam nicht weiter auf mich zu. Aber auch so war er mir näher, als es mir recht war, kaum eine Armlänge entfernt.

»Es ist ziemlich dämlich, was du da abziehst«, sagte er.

Diesmal war ich es, die zögerte. »Weißt du, wo Colin ist?«

Don schüttelte den Kopf. »Aber du weißt es auch nicht. Jarro kann auf sich selbst aufpassen. Er braucht niemanden, der ihm das Händchen hält.«

»Ach, wirklich?«, sagte ich so ätzend, wie ich es schaffte. »Du findest es also gut, dass er wahrscheinlich dabei ist, sein Studium hinzuschmeißen?«

In Dons Augen geschah etwas – und dieser gehässige Funke, der mir bei der Begegnung im Wildpark aufgefallen war, kehrte zurück. »Ist doch sein Problem, oder etwa nicht? Er soll mal zeigen, ob er wirklich alles so viel besser hinkriegt. Mein großer Bruder, der denkt, er kann wie 'n Weißer sein.«

Ich erinnerte mich an das, was Colin mir über Don erzählt hatte. »Er hat versucht, auf dich aufzupassen, in Cooroy und in Brisbane ... ich meine ja nicht, dass du ihm etwas schuldest oder so, aber verdammt, er gehört zu deiner Familie!«

Irrte ich mich oder war Don kurz zusammengezuckt? Wahrscheinlich hatte ich mich getäuscht, denn er schüttelte verkniffen den Kopf. »*Muntawa!* Schon klar! Mann, du weißt ja gar nicht, wie nervig es ist, wenn jemand immer an deinen Fersen klebt und um dich besorgt ist. Deanna ist genauso. Alles managen. Sich um alle kümmern. Verzichte dankend, klar?«

»Okay«, sagte ich grimmig. »Dann kannst du ja abhauen. Tschüss. Grüß deine Verwandtschaft von mir.«

Mit ein paar schnellen Schritten war ich seitlich an ihm vorbei und gleich wieder zurück auf dem schmalen Pfad. Was würde Don tun?

Er sagte nichts mehr und ich hörte nicht, dass er mir folgte. Stand er da und blickte mir nach? Ich hatte keine Lust, mich umzudrehen und es herauszufinden, vielleicht hätte er das als Aufforderung verstanden.

Mein ganzer Körper war angespannt und meine Schultermuskeln waren so verkrampft, dass sie schmerzten. Doch mit jedem Schritt, den ich mich von Don entfernte, wurde mir leichter ums Herz. Gleich war ich weg. Mir war nichts passiert. Er würde mir nichts tun, ganz sicher nicht.

Doch dann hörte ich wieder Dons Stimme, sie klang spöttisch. »Falsch. Bist du blind? Siehst du sie nicht, die *tjina?*«

»Tjina was?« Irritiert blieb ich stehen.

»Spuren. Dort, wo du eben vorbeigegangen bist, hat mein großer Bruder den Pfad verlassen und ist zwischen den Scribbly Gums weitergegangen.«

Oh. Instinktiv blickte ich auf den Boden – und sah nichts. Kein Schuhabdruck wies darauf hin, dass Don recht hatte. Log er mich an? Nein, ich spürte, dass er es nicht tat. Hier war kaum offener Sandboden und dafür viel Fels, es hatte kaum etwas zu bedeuten, dass ich die Fährte nicht entdeckt hatte. Und ich hatte erlebt, wie gut Colin als Spurenleser war. Vielleicht reichte Don ein einzelner geknickter Grashalm oder so etwas als Hinweis.

»Danke für den Tipp«, sagte ich kurz, bog vom Pfad ab und ging in die Richtung weiter, die Don mir gewiesen hatte. Dann hielt ich an. Einen Moment lang stand ich da. Ein paar Fliegen summten um mich herum, doch ich achtete nicht auf sie. Ich atmete tief, fühlte, wie die Luft aus meinen Lungen hinausströmte und kämpfte mit mir selbst.

Don schwieg; wahrscheinlich stand er an derselben Stelle wie zuvor.

Zumindest wenn er sich nicht lautlos aus dem Staub gemacht hatte. Ich musste mich umdrehen – jetzt!

Ja, Don war noch da. Mürrisch erwiderte er meinen Blick und ich wusste, dass er meine Gedanken erriet. »Was ist?«, knurrte er und hob das Kinn. »Geh doch. Los, such ihn.«

Ich bewegte mich nicht – und dann gab ich mir einen Ruck. »Kommst du mit?«

»Ach, auf einmal!«

Okay. Er wollte, dass ich vor ihm im Staub kroch. Vielleicht wegen der Moralpredigt vorhin. »Du könntest ihn finden, wenn du wolltest, oder?«, fragte ich ihn. Ganz ruhig bleiben, Juli!

»Ja, könnte ich«, sagte er, ohne zu zögern. Und ausgerechnet in dem Moment drehte sich Don um und begann davonzugehen. Ich presste die Lippen zusammen. Damit hatte er seine Rache! Wahrscheinlich wollte er es mir noch mal so richtig reinreiben, dass ich eine dämliche Weiße war. Ganz schön billig!

»Willst du das wirklich?«, brüllte ich ihm hinterher. »Endlich könnte dein großer Bruder *dir* mal dankbar sein.«

Ohne sich umzudrehen, meinte er: »Ach. Wieso sollte er dankbar sein, dass irgendjemand ihn findet, wenn er auf Walkabout gegangen ist?«

Und plötzlich war die Traurigkeit in mir wieder da. Es dauerte einen Moment, bis ich Worte dafür gefunden hatte. »Weil ich für ihn nicht irgendjemand bin.«

Diesmal war es Don, der auf dem Pfad stehen blieb. Dann spuckte er in den Sand. »Dieser blöde Idiot«, sagte er, warf mir einen gehässigen Blick zu und ging an mir vorbei, ohne mich weiter zu beachten. In die Richtung, die er mir gewiesen hatte. Auf Colins Spur.

DINGO UND SCHLANGE

Don hatte die gleiche beiläufige, geschmeidige Art wie Colin, sich durch den Busch zu bewegen. Er ging so schnell, dass ich Mühe hatte mitzuhalten, und beachtete mich nicht im Geringsten. Eigentlich hätte ich darüber froh sein sollen, denn mein Instinkt sagte mir weiterhin, dass ich vor ihm auf der Hut sein musste. Doch nach etwa einer halben Stunde hielt ich es nicht mehr aus, ihm schweigend zu folgen. »Was ist eigentlich dein Totem?«

»*Papa inura*«, erwiderte er, ohne sich umzuwenden. »Dingo.«

»Komisch, ich hatte gedacht, es wäre das Wallaby«, sagte ich eher zu mir selbst. Diesmal schaute er tatsächlich kurz in meine Richtung. Er schüttelte den Kopf und ein Grinsen huschte über sein Gesicht.

In diesem Moment kamen wir wieder an einem der Eukalyptusbäume mit den seltsamen Zeichen vorbei und ich blieb einen kurzen Moment stehen und fuhr die Linien mit den Fingern nach. »Wer … oder was … macht das eigentlich?«

O Wunder, diesmal blieb er sogar einen Moment lang stehen, ich musste nicht hinterherhetzen, um ihn wieder einzuholen. »Mottenlarven unter der Rinde«, brummte Don mit einem kurzen Blick auf die Linien. »Siehst du – erst etwas dünner, dann immer dicker. So, wie die Larve gewachsen ist. Dann hören die Linien auf. Hier hat sich die Larve verpuppt.«

»Woher kennst du dich damit so gut aus?«

»Campingtrips mit *tjamu*«, erwiderte er einsilbig und ich ließ ihn wieder eine Weile in Ruhe. Dabei gab es so vieles, was ich ihn gerne gefragt hätte. Vor allem, was er und seine Kumpels sich bei diesem Angriff auf den Wildpark gedacht hatten. Hatte er Colin eins auswischen wollen? Hatten sie vorgehabt, alles anzuzünden, oder war der Plan gewesen, den Boden zu verseuchen? Während ich darüber nachdachte, wurde ich immer wütender, bis es mir vorkam, als würde ich jeden Moment explodieren. Die Erinnerung an diese furchtbare Rückkehr von Fraser Island war so stark, dass es mir vorkam, als hätte ich wieder den Rauchgestank in der Nase. Doch wenn ich ihn all das fragte, würde er wahrscheinlich wütend werden. Sich vielleicht weigern, mich weiterhin zu führen …

Plötzlich blieb Don stehen. Er hakte die Daumen in seinen Gürtel und deutete mit dem Kinn auf den Boden. »Er hat einen Moment Rast gemacht, siehst du? Hat sich vielleicht was angeschaut.«

An einer Stelle war das Gras ein wenig platt gedrückt,

mehr war nicht zu sehen. Reste oder sogar Müll hätte Colin natürlich nie hinterlassen. Mein Herz klopfte. Hier war Colin gewesen, vor ganz kurzer Zeit! »Was meinst du, wie viel Vorsprung hat er?«

»Noch 'ne Stunde, schätze ich.« Don schaute mit gerunzelter Stirn zum Himmel und drehte sich einmal um die eigene Achse. Ich hatte keine Ahnung, was das sollte. Der Himmel war wolkenlos blau.

»Eine Stunde! Das heißt, wir haben ihn vielleicht bald eingeholt, oder?«

Don setzte die Sonnenbrille ab und wandte sich zu mir um. Einen Moment lang blickten wir uns an. In seinen dunklen Augen stand ein eigenartiger Ausdruck, einen Moment lang sah er fast erschrocken aus. »Ich kehre vorher um«, kündigte er an.

»Hast du etwa Angst, mit Colin zu reden?«, entfuhr es mir. Hatte Don vielleicht ein schlechtes Gewissen?

Wütend funkelte Don mich an. »Angst?« Er versenkte die Hände in den Taschen und stapfte wieder voran. Mit langen Schritten folgte ich ihm, damit er nicht außer Sicht geriet. Erst jetzt fiel mir auf, dass ich länger nicht mehr auf Kompass und Karte geschaut hatte. Wie blöd kann man eigentlich sein? Ich wusste nicht mehr, wo ich war, und hatte keine Chance, ohne Don wieder zurückzufinden.

Meine Gedanken wandten sich der schmalen Gestalt zu, die vor mir durch das niedrige Gebüsch wanderte, und die Wut brodelte wieder in mir hoch. »Wer sind eigentlich deine Kumpels? Die sind in der gleichen Gang wie du in Brisbane, oder?«

»Wir sind nicht irgendeine Gang, wir sind die Mavericks, Mann«, wies er mich zurecht. Dann veränderte sich der Klang seiner Stimme, wurde fast weich. »Andrian gehört dazu. Shane Nguyen. Mark. Und Marks Cousin Harry. Das sind meine mates. Die würden mich nie hängen lassen. Nicht so wie Colin. Den interessiert es doch im Grunde einen Dreck, was ich mache.«

Mir fiel auf, dass er seinen Bruder diesmal nicht »Jarro« genannt hatte. Wollte er betonen, wie groß die Distanz zwischen ihnen war?

»Warum sagst du das? Weil er dir kein Geld geben wollte?« Ich musste ein paar Schritte rennen, um wieder ein bisschen aufzuholen und den Anschluss nicht zu verlieren. »Mir ist es so vorgekommen, als würde es ihn interessieren, wie es dir geht. Er hat mir von dir erzählt und ich hatte eher den Eindruck, er ist traurig …«

»Weswegen?«, spuckte Don aus. »Weil ich nur knapp überhaupt 'nen Abschluss geschafft hab und Zeitungen austrage in Brizzie? Dabei hat er selbst ganz schön oft geschwänzt früher. Aber die Lehrer mochten ihn, die haben ihm alles durchgehen lassen und mir haben sie die Scheißnoten reingedrückt.«

»Ja, klar, es sind immer die anderen schuld!«, schrie ich zurück. Leute, die sich nur als Opfer sehen, nerven mich zu Tode!

Don blieb stehen und wandte sich mir zu. »Was bist

du eigentlich für 'ne verdammte Sheila, was willst du von ihm? Seit wann biste denn in Oz, ein paar Wochen doch höchstens? Du kennst Jarro doch überhaupt nicht!«

Darauf hatte ich keine Antwort, weil ich wusste, dass er recht hatte. »Ja. Ich weiß«, sagte ich und wandte den Kopf ab. Diesmal war es Don, der einen wunden Punkt getroffen hatte. »Er ... ist immer so beherrscht. So gelassen. Über sich zu reden, ist nicht seine Stärke, glaube ich.«

Schweigend, mit hochgezogenen Augenbrauen, musterte mich Don. Nach einem Moment drehte er sich wieder um und ging weiter, als sei nichts geschehen. Mit gleichmäßigen Schritten. Ich war überrascht, als ich plötzlich seine Stimme hörte. Es klang ein bisschen, als redete er mit sich selbst. »Streitet nicht gerne, ja. Behält viel für sich. Das war nicht immer so. Er war zwölf und ich zehn. Weiß ich noch genau. Mom war besoffen – mal wieder – und hat rumgejammert über die Männer, die sie im Stich lassen. Colin hat sie angebrüllt, sie soll doch aufhören, aufhören mit der Sauferei und all dem Scheiß. Er war richtig wütend, Deanna hatte sogar Angst, er würde Mom gleich schlagen oder so was. Mom war so sauer auf ihn, zwei Wochen hat sie nicht mit ihm gesprochen.«

Ich lauschte mit angehaltenem Atem. Was für eine furchtbare Strafe für ein Kind! Ich versuchte, mir vorzustellen, wie einsam Colin gewesen sein musste.

»Aber wir anderen haben natürlich mit ihm geredet«,

fuhr Don fort. »Deanna und er, die haben sich immer auf den großen Mangobaum hinter dem Haus verzogen – sind hochgeklettert, bis man sie kaum noch gesehen hat, und haben geschwatzt wie zwei Sittiche. Und selbst *kami* – Großmutter – war auf Jarros Seite, klar war sie das, schon immer.«

Ich nickte, obwohl Don mich sowieso nicht anschaute. Wieso schenkte er mir diese Geschichten? Ich wagte nicht, auch nur ein Wort zu sagen, vielleicht hätte das den Zauber gebrochen, vielleicht wäre Don dann wieder verstummt.

»Hunde können ihn nicht leiden. Ist oft so, wenn jemand Schlange ist. Die meisten Hunde greifen Schlangen an.« Einen Moment lang war Dons Stimme nüchtern, er berichtete ganz sachlich. Dann veränderte sich sein Ton wieder und ich spürte erneut die Wut in ihm. »Jarro war mal mit 'nem weißen Mädchen zusammen. Zuerst versuchten sie's geheim zu halten, aber irgendwann ging das nicht mehr. Als er zum ersten Mal bei ihrer Familie zu Besuch war, knurrte der blöde Köter der Familie ihn an. Die Eltern sagten ›Der mag doch sonst jeden‹ und meinten, das sei ein schlechtes Zeichen.« Don schnaubte. »Aber das war 'n Vorwand, die mochten ihn sowieso von Anfang an nicht, das war 'ne Whitefella-Familie, die dachten, wir sind alle faul und dreckig und so was in der Art.«

»Aber nicht alle Weißen sind so, oder?« Ich konnte den Mund nicht mehr halten.

»Du selber hast keine Vorurteile, was?« Ein verächtliches Lachen.

»Doch, die aus einem Bildband über Australien«, gab ich zu.

»Good on ya«, sagte er sarkastisch. »Freut mich für dich.«

Er nahm mich überhaupt nicht ernst und das regte mich auf. Aber mir fiel keine Antwort mehr ein und so schwieg ich und stapfte grimmig hinter ihm her.

Bis Don plötzlich herumfuhr. »Die Wahrheit ist doch, dass du Angst vor mir hast, stimmt's?«

»Und da bildest du dir was drauf ein? Dass die Leute Angst vor dir haben?« Ich hatte keine Lust, vor ihm zu kuschen. Genau darauf wartete er.

»Wofür hälst 'n du mich eigentlich? Für 'nen *Yobbo*?« Seine Augen hatten einen eigenartigen Glanz, der mir nicht sonderlich gefiel.

Ich hatte keine Ahnung, was genau ein Yobbo war. Vielleicht so was wie ein Rowdy? Ohne es zu wollen, zögerte ich mit der Antwort und ich sah, wie Dons Körper sich anspannte. Scheiße! Vielleicht war das der richtige Moment, um wegzulaufen. Doch vor Raubtieren sollte man nie wegrennen, außer man legt Wert darauf, dass sie dich als Beute betrachten. Ich blieb stehen … aber Don hatte die Spielregeln geändert, mit zusammengezogenen Brauen kam er auf mich zu.

»Weißt du, was er gemacht hat, mein toller großer Bruder?« Seine Stimme dröhnte mir in den Ohren.

»Wir war'n in Cairns mit Mom, elf war ich. Ne Lady hat sich vor 'nem Laden mit Jarro unterhalten, ich war 'n Stück weg, und was höre ich da? Er sagt, seine Familie käm aus Amerika! Und die ganze Zeit über hat er dabei so getan, als gehörten ich und die anderen gar nicht zu ihm.«

Erschrocken blickte ich Don an. Das hatte Colin getan? Oder log sein Bruder? Nein. Ich spürte, dass es nicht so war. »Hat er ... sich denn später dafür entschuldigt?«

»Nein, verdammt! Hat er nicht!« Jetzt brüllte Don. »So was hat er nicht nötig, schließlich ist er fast weiß und wir sind ...«

»Juli?«

Das war nicht Dons Stimme gewesen. Ich zuckte zusammen und fuhr herum, mein Herz hämmerte so heftig, als versuchte es, aus meinem Körper auszubrechen.

Colin! Er hockte im Schneidersitz unter einem Papierrindenbaum, war mit den Schatten verschmolzen, sodass keiner von uns ihn bemerkt hatte. Ich vergaß, was Don erzählt hatte, und mir wurden die Knie weich – vor Erleichterung und Freude. Colin war hier. Alles war gut. Ich konnte nicht anders, ich strahlte über das ganze Gesicht und fast wie von selbst bewegten sich meine Füße zu ihm hin.

Doch dann fiel mir auf, wie verblüfft Colin aussah. Als wäre er eben erst aus einem Traum erwacht und nicht ganz in der wirklichen Welt angekommen.

Langsam richtete er sich auf und sah zu mir herüber, dann zu seinem Bruder. Bis auf meinen Namen hatte er kein Wort gesagt. Es fühlte sich an, als hätte er eine unsichtbare Grenze um sich gezogen, die ich nicht überwinden konnte. Instinktiv blieb ich stehen. Da war sie wieder, die Mauer aus Glas! Wieso hatte ich mir eingebildet, dass er sich freuen würde, mich zu sehen?

Wir standen keinen Meter mehr voneinander entfernt und ich sah die Frage in seinen Augen.

»Ich hab dich gesucht und Don hat mir dabei geholfen«, beantwortete ich sie und meine Stimme klang heiser dabei. Nein, ich durfte seinem Blick nicht ausweichen. Stattdessen öffnete ich mich ganz für ihn, senkte meine Barrieren, vertraute mich ihm an. Es kostete mich meinen ganzen Mut, ihm so viel Macht über mich zu geben. Gideon hätte es sicher Spaß gemacht, ein paar scharfe, spöttische Worte auf mich abzuschießen, einfach um zu sehen, wie ich blutete.

Colin sagte nichts. Doch ganz langsam veränderte sich etwas in seinem Gesicht, es wirkte nicht mehr so fern und kühl. Ich durfte auf ihn zugehen.

Wir standen uns ganz nah gegenüber, so nah, dass mir sein Geruch nach Rauch und Erde in die Nase stieg. Colin ließ mein Gesicht keinen Moment lang aus den Augen; er streckte die Hand aus und strich über meine Wange. »Wieso hast du mich gesucht?«

Die Erklärungen quollen in mir hoch, ein endloser Strom von Worten, doch er versickerte, bevor er meine

Lippen erreicht hatte. »Weißt du das nicht?«, fragte ich zurück und dachte daran, wie wir uns auf Fraser Island in den Armen gehalten hatten. Hatte er denn nicht gespürt, dass Lars log, hätte er es nicht wissen müssen, wenn er an diesen Abend zurückdachte?

Und Colin nickte. Ganz langsam begann er zu lächeln. Es war ein Lächeln, das allein mir gehörte, das so zärtlich war wie seine Fingerspitzen auf meiner Wange.

Ich hatte Don völlig vergessen und er fiel mir erst wieder ein, als ich plötzlich seine Stimme hörte. »Ich geh dann mal«, murmelte er und als ich mich umdrehte, sah ich, dass er sich wieder auf den Rückweg durch den Busch gemacht hatte.

»*Wiya!* Nein! Du gehst nicht!« Colins Stimme war plötzlich so scharf, dass ich zusammenzuckte.

Don wandte sich um und verschränkte die Arme. »Haste was zu sagen, *tjuu?* Mach's kurz. Gibt 'nen besseren Zeitvertreib, als euch beiden beim Flirten zuzusehen.«

Mir fiel ein, dass ich mich nicht mal für seine Hilfe bedankt hatte. Wie peinlich. Ohne ihn hätte ich es in tausend Jahren nicht geschafft, Colin in diesem riesigen Gebiet zu finden. »Richtig nett von dir, dass du mitgekommen bist«, sagte ich verlegen zu ihm. »Thanks.«

Keine Antwort. Die beiden Männer starrten sich an. Colin musste gehört haben, was Don alles gesagt hatte, und einen Moment schien er kurz davor, den Blick zu senken. Was ihm wohl durch den Kopf ging?

Dann sah ich, wie Colin die Schultern straffte. »Don, war es deine Idee, den Wildpark mal eben ein bisschen aufzumischen?«, fragte er gepresst. »Oder die von Andrian? Wenn ja, dann kannst du ihm ausrichten, dass es geklappt hat. Und dass es eine einzige große Scheiße war!«

Don schien nicht sonderlich beeindruckt, er hob die Augenbrauen. »Das waren doch nur ein paar verdammte Emus, oder nicht? Und 'n angekokelter Eukalyptus?«

Vielleicht hätte der Ton von Colins Stimme vorhin uns warnen sollen. Doch ich hatte ihn nie wirklich wütend gesehen – und Don anscheinend auch sehr lange nicht mehr. Er starrte Colin an wie eine Erscheinung und machte keine Anstalten auszuweichen, als sein Bruder mit langen Schritten auf ihn zuging, ihn vorne am T-Shirt packte und ihn an sich heranzog. »Bloody hell, wenn du mit mir abrechnen willst, dann mach's verdammt noch mal jetzt, aber lass es nicht an Tieren aus, die dir nichts getan haben!«

Colin war größer als sein Bruder, doch Don hatte offensichtlich Erfahrung als Straßenkämpfer. Sein Gesicht verzerrte sich vor Hass, bis er die Zähne zu blecken schien. Mit einem Ruck riss er sich los und rammte seinen Ellenbogen in Colins Gesicht. Blut strömte aus Colins Nase, durchtränkte die Vorderseite seines Kakihemdes. Don schien über das, was er getan hatte, nicht zu erschrecken, eher im Gegenteil, das Blut schien ihn anzustacheln.

Nach der ersten Schrecksekunde rannte ich auf die beiden zu, schrie auf sie ein, doch keiner hörte zu. Don zielte mit einem Faustschlag auf Colins Magen, doch Colin wich behände aus, war im nächsten Moment hinter Don und versuchte, ihn in den Schwitzkasten zu nehmen.

Hilflos sah ich zu – was sollte ich tun? Mich zwischen die beiden werfen, versuchen, sie auseinanderzuzerren? Aber vielleicht durfte ich sie gar nicht daran hindern, aufeinander loszugehen. Schließlich hatte sich die Wut zwischen ihnen seit Jahren aufgestaut, vielleicht musste sie raus und danach konnten sie sich gegenseitig den Staub abklopfen und grinsen oder so was. Männer, die unbekannten Wesen.

Doch dann sah ich, dass Don an seinem Gürtel herumtastete und etwas herauszog. Etwas blinkte im Sonnenlicht – eine Klinge!

SCHWARZE WOLKEN

Scheiße, der hatte die ganze Zeit ein Messer mit sich herumgeschleppt! Verzweifelt sah ich mich nach einer Waffe um, einem abgefallenen Ast, einem Stein, irgendetwas. Doch der einzige Ast, der herumlag, war ziemlich groß – ich versuchte, ihn hochzureißen, und stellte fest, dass ich ihn kaum heben konnte. Ansonsten gab es nicht viel außer ein paar Büschen oder dünnen Grasbüscheln im sandigen Boden. Hundert Meter weiter begann ein Eukalyptuswald, da lag reichlich Holz herum, aber das war zu weit, viel zu weit! Fahrig versuchte ich, eine Dornenranke abzuknicken, doch das zerstach mir die Hände, ich bekam das zähe Ding nicht mal los. Mir kamen fast die Tränen vor hilfloser Wut. Was war, wenn Don Colin das Messer in die Brust rammte, während ich nach einer Waffe suchte?

Und dann hatte ich endlich eine Idee. Ich grub meine Hand in den Boden, raffte eine Faust voll Sand zusammen und rannte damit zu den beiden Farleys zurück.

Don keuchte vor Aufregung und Anstrengung, doch in seinen Augen leuchtete der Triumph. Leicht geduckt stand er Colin gegenüber und hielt die Klinge fest und sicher in der Hand, als machte sie ihn unbesiegbar.

»Don, hör auf!« Colins Gesicht sah furchterregend aus, verschwitzt und blutverschmiert, aber seine Stimme klang viel ruhiger als vorhin. »Hey, *tjuu,* wir sind eine Familie, denk mal einen Moment nach ...«

Sein Bruder antwortete nicht, ließ lediglich die Hand mit dem Messer vorschießen – doch Colin hatte unglaublich gute Reaktionen, er konnte rechtzeitig ausweichen.

Und dann schleuderte ich den Sand auf Don. Colins Bruder hatte mich bemerkt und versuchte, den Kopf wegzudrehen, aber das Zeug traf ihn trotzdem mitten ins Gesicht. Don stieß einen Fluch aus und rieb sich die Augen. Sofort warf sich Colin auf seinen Bruder, das Messer schlug er beiseite. Beide Männer gingen zu Boden und einen Moment lang rangen sie miteinander.

Vor Angst um Colin konnte ich mich nicht rühren, nicht mal mehr schreien. Nein, das war keine einfache Schlägerei mehr und ich musste einschreiten ... Hilfe holen? Was sollte ich machen, wenn Colin schwer verletzt wurde, ich hatte nicht mal einen Verband dabei!

Komischerweise fiel mir in diesem Moment zum ersten Mal auf, wie stark es nach Rauch roch. Es war, als stände ich direkt neben einem Lagerfeuer; aber wir hatten natürlich keins gemacht, der Busch war knochentrocken im australischen Sommer, das wäre viel zu gefährlich gewesen. Woher kam dann dieser Gestank? Ich riss den Kopf hoch, sah mich um – und bemerkte die schwarzen Wolken am Horizont. Auf den ersten Blick sah es aus wie ein Gewitter, das näher kam, doch ich wusste, was es in Wirklichkeit war. Ein Albtraum.

»Es brennt!«, brüllte ich Don und Colin an. »Feuer! Ein Buschfeuer!«

Don rollte sich zur Seite, war blitzschnell auf den Füßen. Colin kam etwas langsamer auf die Beine. Ich sah Blut an seinem Unterarm, doch zum Glück wirkte die Wunde nicht tief.

Wir blickten alle zum Himmel und auf die Wolken, die immer dichter wurden.

»Holy shit«, sagte Don, auf einmal klang er eingeschüchtert. Er blickte sich um, an seiner Wange klebte Sand. »Bewegt sich Richtung Westen, scheint mir.«

Colin testete die Windrichtung – auf die ganz klassische Art, mit einem angefeuchteten Finger –, dann nickte er mit gerunzelter Stirn. »Zum Glück ist's heute nicht so windig. Deswegen frisst es sich langsam voran. Sieht aber schon ziemlich groß aus.«

Ich nickte. Eukalyptus brannte wie Zunder, weil die Blätter so viel Öl enthielten. »Was meint ihr, wie weit ist das entfernt?«

»Noch 'n paar Meilen.« Ungläubig sah ich, dass Don in seinen Hosentaschen kramte und ein Handy hervorzog. Der war ja richtig gut ausgerüstet – fragte sich nur, ob er überhaupt Empfang bekam. Anscheinend schon, denn er begann, eine Nummer zu tippen. »Wahrscheinlich haben sie's mitgekriegt, aber sicher ist sicher.« Ich bekam kaum mit, was er in sein Handy sprach, weil ich wieder Colin anblickte.

»Hast du etwa auch eins dabei?«, fragte ich ihn.

»Spinnst du?« Er grinste mich an, ein bisschen schief sah es aus, ich konnte sehen, dass ihm der Kampf mit Don in den Knochen saß. »Walkabout heißt, dass man ganz weit weg ist von allem. Ich wusste ja nicht, dass mir so viele Leute auf der Spur bleiben würden.«

Und dann zog er mich an sich, sein Körper war so wunderbar warm und lebendig. Ich presste mich an ihn und schlang meine Arme um ihn. Liebevoll küsste Colin die kleine Kuhle an meinem Schlüsselbein und wühlte mit der Hand in meinen Haaren, dann seufzte er tief – und ließ mich wieder los. »Wir müssen The Ark Bescheid geben. Ein Feuer im Naturschutzgebiet … kannst dir ja denken, was das für die Tiere bedeutet. Wir müssen versuchen, wenigstens ein paar von ihnen zu retten.«

Er streckte die Hand nach dem Handy aus, das Don einstecken wollte, und mit einem mürrischen Blick gab sein Bruder es ihm. Mit halbem Ohr lauschte ich, was Colin mit Noah besprach, und versuchte gleichzeitig auszuloten, was Don durch den Kopf gehen mochte. Ausdruckslos blickte er mich an und wischte sich die letzten Sandreste aus dem Gesicht. Mir fiel auf, dass sich Colin zwischen ihm und mir hielt – war das Absicht? Im Nachhinein wurde mir ganz flau bei dem Gedanken, dass ich stundenlang allein mit Don durch den Busch marschiert war.

»Und was jetzt? Fliehen?« Ich konnte Feuer nicht leiden. Hatte es nie gemocht, seit meine Haare an meinem fünften Geburtstag an einer Kerze auf dem Geburtstagskuchen Feuer gefangen hatten. Jahrelang hatte ich bei offener Zimmertür geschlafen, weil ich Angst gehabt hatte, über Nacht könnte unsere Wohnung in Brand geraten und ich würde es zu spät mitkriegen, wenn ich die Tür schloss. Wenn es darum ging, an Silvester oder wann auch immer mit Feuerzeugen zu hantieren, dann überließ ich das gerne jemand anderem.

»Yeah«, sagte Don. »Wir sollten langsam mal in die Gänge kommen.« Er und Colin schienen unruhig.

Don schlug einen bestimmten Weg ein, wahrscheinlich führte er uns zur nächsten Straße. Wir gingen hintereinander – Don voran, dann ich und hinter mir Colin. Lediglich ab und an gingen wir gleichauf und unterhielten uns leise. Colins Nase blutete nicht mehr. Er zog die Augenbrauen hoch, als ich ihm erzählte, dass Deanna mir den Verlauf der Songline verraten hatte. »Sie ist genau wie ich. Hat immer das Gefühl, dass sie auf ihre Geschwister aufpassen muss. Wahrscheinlich hat sie gespürt, dass es gut wäre, wenn du mich finden würdest.«

Ich musste nicht mehr fragen, ob es tatsächlich gut für ihn gewesen war. Die Art, wie er mich von der Seite ansah, wie wir uns ab und zu halb zufällig berührten, sagte es mir.

»Was für Dreamings liegen denn in der Nähe?«, fragte ich Colin.

»Der Weg führt entlang einiger heiliger Orte, zum Beispiel einem der Sumpfwallaby-Frau«, sagte er, doch wir waren beide viel zu nervös, um weiter darüber zu reden. Nach und nach wurden die Rauchschwaden immer dichter, sie färbten die Luft mit einem dunstigen Bläulichgrau. Die Sonne sah man nur als schwachen hellen Fleck. Immer wieder hielt ich die Luft an, um diesen erstickenden Qualmgestank nicht einatmen zu müssen. Schließlich stoppte Colin kurz, kramte ein T-Shirt aus seinem Rucksack und zerriss es. Ich opferte Wasser aus meiner Trinkflasche, um die Fetzen damit zu tränken, dann banden Colin, Don und ich sie uns um Mund und Nase. Das Atmen wurde wieder etwas leichter. Noch immer hatte ich keine einzige Flamme gesehen, aber das machte es fast unheimlicher. Es war ein unsichtbares Feuer, das uns verfolgte – ich spürte, dass es nicht mehr weit entfernt war, hatte aber keine Ahnung, aus welcher Richtung es herankroch. Doch Don und Colin schienen es zu wissen und ich vertraute ihnen.

Über uns flohen zwei vom Rauch alarmierte Possums durch die Baumwipfel und am Boden raschelte es überall im Gebüsch. Ich sah einen Goanna und mehrere Rotnackenwallabys flüchten – die Wallabys würden es schaffen, sie waren flink. Fast schwerelos federten die kleinen rotbraunen Kängurus über den Boden, ohne auf uns zu achten. Aber was war mit denen, die nicht so schnell waren? Goannas – Reptilien, die riesigen Eidechsen ähnlich sahen – konnten zwar über kurze Strecken sprinten, doch längere Strecken hielten ihre Körper bestimmt nicht durch. Und was war mit den Beuteltieren, die überhaupt nicht gut zu Fuß waren? Ich legte den Kopf in den Nacken, hielt in den Eukalyptusbäumen Ausschau nach Koalas.

Wie aufs Stichwort entdeckte ich kurz darauf eine kleine Familie in einer Astgabel. Ein Weibchen mit einem Jungen, das sich am Rücken seiner Mutter festhielt, und zwei andere Tiere. Völlig verschreckt klammerten sie sich an ihre Äste und machten nicht einmal den Versuch, von ihren Bäumen herabzusteigen, auf denen sie sich anscheinend am sichersten fühlten. Und auf denen sie in kurzer Zeit zu kleinen, verkohlten Leichen werden würden.

»Wir müssen die da runterholen!«, rief ich Colin zu.

Er spähte mit halb zusammengekniffenen Augen nach oben. »Wir haben keine Fangstöcke oder Transportkisten, nichts. Ich fürchte, wir müssen auf Rusty und die anderen warten, dann gehen wir zurück und holen die Koalas ab.«

Ohne Kommentar beschleunigte Don seinen Schritt und wir hasteten hinter ihm her.

Feine Ascheflöckchen schwebten auf uns herab und

als ich mich schnäuzen musste, war das Taschentuch an dieser Stelle schwarz, anscheinend hatte ich einiges von dem Zeug eingeatmet.

Kurz darauf hörten wir das Geräusch eines niedrig fliegenden Hubschraubers, sahen die Maschine aber nicht. Colin rief wieder bei The Ark an und sprach mit ihnen einen Treffpunkt ab. Zwanzig Minuten später endete der Wald und wir stießen unvermittelt auf eine Straße. Hin und wieder tauchten Autos aus dem Rauch auf, fuhren langsam an uns vorbei. Erstaunte Blicke trafen uns, als die Fahrer uns bemerkten, und fast sofort hielt einer von ihnen am Randstreifen. Ein Vater mit seinem Sohn, der Rücksitz voll mit bunten Strandhandtüchern und Wassersportkram. »Seid ihr in Schwierigkeiten, mates? Braucht ihr 'ne Mitfahrgelegenheit?«

Colin zog sich das feuchte Tuch herunter und wandte sich mit fragendem Blick zu Don um. »Was ist, willst du mitfahren? Sie könnten dich zumindest zu deinem Auto bringen.«

Einen Moment lang zögerte Don, er vergrub die Hände in den Hosentaschen. Dann schüttelte er den Kopf. »Nicht der Mühe wert.«

»Was ist mit dir?« Colin sah mich an, sein Blick war besorgt. »Ist vielleicht besser, du fährst zurück zum Wildpark, der liegt außerhalb der Gefahrenzone.«

All meine Instinkte schrien mir zu, Ja zu sagen, so weit wie möglich wegzukommen von diesen Flammen, die sich immer näher an uns heranfraßen. Aber das ging nicht. Denn das hätte bedeutet, dass ich Colin im Stich lassen musste, und das würde ich nie wieder tun. Ich würde hierbleiben, genau hier, wo er war. Außerdem ging mir der Gedanke an die Koalas, die sich hilflos an ihren Baum klammerten und ohne unsere Hilfe sterben würden, nicht aus dem Kopf. Also winkte ich ab. Der Autofahrer blickte uns skeptisch an, wünschte uns viel Glück und fuhr weiter.

O Mann, hoffentlich erfuhren Mama oder Sarah nie, dass ich mich wegen ein paar Koalas einem Buschfeuer in den Weg geworfen hatte – die würden mich ohne jeden Zweifel lynchen! Da konnte ich noch so sehr argumentieren, dass Koalas immer seltener wurden, dass jedes einzelne Tier zählte.

Es war seltsam. Jetzt, wo ich mich entschieden hatte, fühlte ich mich richtig gut – die Angst war geblieben, doch diese seltsame Hochstimmung war stärker. Es fühlte sich an, als wäre ich high. Lag es daran, dass ich diesmal nicht klein beigegeben hatte, dass ich mich ausnahmsweise mal nicht vor mir selbst schämen musste? Bei Lars' Erpressung hatte ich das Falsche getan, das wusste ich nun. Ich hätte ihm nicht nachgeben dürfen – dann wäre ich wenigstens mit mir selbst im Reinen gewesen. Maryann hätte sich an meiner Vergangenheit sicher nicht gestört, nach Australien wäre ich trotzdem gekommen – und der Zoo? Scheiß drauf, die Stellen für junge Tierpfleger waren doch sowieso immer befristet, ich hätte nach meiner Ausbildung etwas anderes gefunden … und mich stark gefühlt. Vielleicht wären mir dann sogar diese Träume erspart geblieben, in denen mich Gideon fertigmachte.

Colin blieb dicht neben mir, während wir am Straßenrand auf unsere Kollegen warteten. »Es geht dir gut, oder?«, sagte er plötzlich.

»Ja«, antwortete ich mit einem schiefen Lächeln und ganz spontan küsste ich ihn. Ich musste daran denken, wie wir uns zum ersten Mal begegnet waren, am Gehege von George, dem Krokodil. Schon damals hatte Colin mir gefallen, doch nie hätte ich mir träumen lassen, dass wir einmal zusammen sein würden!

Don hatte sich abgewandt, er stand ein Stück von uns entfernt. Auf einmal tat er mir leid. Selbst in seiner eigenen Familie war er ein Außenseiter. Vielleicht überall außer in seiner Gang in Brisbane. Was hatte er eigentlich gemeint mit diesem »Nicht der Mühe wert«? Es hatte ein bisschen so geklungen, als spräche er über sich selbst und das, was er anderen bedeutete.

»Wie lange dauert es eigentlich, bis die Firefighters auftauchen?«, fragte ich Colin.

»Halbe Stunde, schätze ich«, meinte er und ich bekam einen Schreck. »Eine halbe Stunde? So lange?«

»Was glaubst'n du?«, knurrte Don, der anscheinend mitgehört hatte. »Die reißen sich kein Bein aus, wenn's in einem Naturschutzgebiet brennt und keine Häuser in Flammen stehen. So 'n verdammtes Feuer ist hier was Normales.«

»Das stimmt«, meinte Colin grimmig. »Banksien zum Beispiel haben so harte Samen, dass sie von selbst nicht keimen können – erst ein Feuer knackt sie auf. Aber für die Tiere ... für die ist es immer das Ende der Welt.«

Drei Autos, der Kleinlaster von The Ark an der Spitze, tauchten aus dem bläulichen Dunst auf. Knirschend kamen sie neben uns zum Stehen. Rusty, Chaz, Kerrie und ein paar andere Helfer sprangen heraus.

»Hey, was ist denn mit dir passiert?«, fragte Kerrie mit einem Blick auf Colins T-Shirt. »Blut spenden geht anders, weißt du?«

»Ich übe halt noch«, sagte Colin trocken; er schaute nicht zu Don hinüber. Besser, ich hielt den Mund. Niemand achtete wirklich auf Don, auch Rusty nicht, der ihn ja anscheinend bereits gesehen hatte. Wahrscheinlich kreisten all ihre Gedanken um das Buschfeuer.

Hastig begannen wir, Ausrüstung auszuladen und auf einen großen Haufen zu schichten. »Noah und Caroline sind etwas weiter nach Westen gefahren, die tun, was sie können«, berichtete Rusty und teilte etwas ramponiert wirkende feuerfeste Jacken aus. Nervös schlüpfte ich hinein, der dicke Stoff war steif und roch ein bisschen modrig. Jeder bekam eine einfache Atemschutzmaske, das weiße Ding bedeckte Nase und Mund. Außerdem drückte Rusty uns drei graue Decken in die Hand, wofür sollten die denn gut sein?

Chaz und zwei andere Männer machten sich daran,

Quads von den Ladeflächen ihrer Utes auf die Straße zu fahren. Gute Idee, die mitzubringen, mit diesen vierrädrigen Motorrädern würden sie dort weiterkommen, wo es keine Straße gab! Zwei andere Helfer begannen, mit ihren Trucks querfeldein zu fahren. Mit den schweren Stahlbalken vor ihrem Kühler konnten sie Gebüsch, das ihnen im Weg war, niederwalzen. Fragte sich nur, ob sie dabei nicht mehr Tiere überfuhren, als sie retteten!

»Hab gehört, die Rangers machen weiter im Osten mit Bulldozern 'ne Schneise«, berichtete Chaz. »Sie wollen das Feuer dort stoppen.«

Colin nickte. »Okay. Aber wir haben weiter nördlich Koalas gesehen. Juli und ich gehen zu Fuß los.«

»Geht klar«, sagte Rusty. Er blickte, offensichtlich zufrieden, zwischen ihm und mir hin und her, dann tätschelte er Colin aufmunternd die Schulter und drückte ihm ein Walkie-Talkie in die Hand. »Meld dich, wenn was ist. Und geh nicht so nah ran, klar? Einer unserer Leute bleibt mit den Wagen hier, damit ihr die Tiere, die ihr erwischt, absetzen könnt.«

Ich fragte mich, wie viel wir überhaupt ausrichten konnten. Es war später Nachmittag, bald würde die Dämmerung hereinbrechen. Zur Sicherheit steckte ich eine starke Taschenlampe ein.

Colin hob die Hand zum Abschied, dann gingen wir mit schnellen Schritten zurück in den Busch und machten uns auf den Weg zu dem Eukalyptuswald, in dem wir die Koalas gesehen hatten. Verblüfft merkte ich, dass Don bei uns blieb – was versprach er sich davon? Tiere interessierten ihn anscheinend einen Dreck. Und doch war er hier. Obwohl Colin Don kaum beachtete, spürte ich, dass es ihn nicht kaltließ, dass sein Bruder mitkam. Bei uns war.

Die Atemschutzmasken waren eine feine Sache, doch trotzdem schmeckte die Luft trocken und bitter, immer wieder musste ich husten. Es kam mir vor, als wären wir eine Ewigkeit gegangen, da stießen wir endlich auf die Koalas. Sie waren an genau der gleichen Stelle. Und, wie mir schlagartig klar wurde, zu hoch, um sie mit den Stangen zu erreichen. Auch das noch!

»So, wer klettert?« Wir blickten uns an.

»Ich fange an.« Colin hangelte sich geschickt am Stamm hoch und ich reichte ihm eine Stange mit Fangschlinge. Wie gut, dass wir das mit Scruffy geübt hatten, dadurch konnte ich ihn wirklich unterstützen und musste nicht ständig fragen, was als Nächstes kam und was ich tun sollte.

Don fragte nicht, ob er etwas helfen konnte. Aus dem Augenwinkel sah ich, dass er sich einen Sack geschnappt hatte und sich durchs Unterholz bewegte. Dann achtete ich nicht mehr auf ihn, sondern fokussierte mich auf Colin. Er saß rittlings auf einem Ast, die Beine darumgeklammert, und lehnte sich weit nach hinten, damit er die Schlinge um den Hals eines jungen Koalas bekam. Am liebsten hätte ich mir die Augen zugehalten. Waren

Aboriginals eigentlich schwindelfrei, so wie angeblich die indigenen Menschen Nordamerikas?

Beunruhigt bewegten sich die anderen Tiere höher, weg von uns. Ich stöhnte. Anscheinend hatten die keinerlei Lust, gerettet zu werden – und allmählich wurde die Zeit knapp.

»No worries, die kriegen wir!«, rief Colin zu mir herunter, doch ich fragte mich, ob er damit wirklich recht hatte. »Warte, ich komme hoch«, sagte ich und zog mich ebenfalls am Stamm des Eukalyptus empor, setzte meine Füße in die Astgabeln.

Ich legte den Kopf in den Nacken, sah zu Colin nach oben, blickte mich dann kurz um ... und sah eine flackernde helle Linie. Strömendes, wirbelndes, zuckendes Orange vor dem Hintergrund des Himmels, der immer dunkler wurde. Völlig fasziniert starrte ich die Flammenlinie an. So nah. Furchtbar nah. An einem Dutzend verschiedener Stellen flackerte und loderte es, und die Bäume zeichneten sich als schwarze Silhouetten gegen die Helligkeit ab.

In diesem Moment rief Colin: »Gotcha!« Ich nahm ihm den Stab mit dem Koala ab und reichte ihn weiter an Don, der das Tier am Boden so lange festhielt, bis ich zu ihm heruntergeklettert war.

»Solche Krallen hätte ich gerne«, brummte Don und betrachtete den Koala abschätzig. Ich packte das Tier am Nackenfell und befreite es aus der Drahtschlaufe. Es war ein junges Weibchen, höchstens zwei Jahre alt –

und so verängstigt, dass es sich an mich klammerte wie ein erschrockenes Kleinkind. Ich nahm mir kurz die Zeit, ihm über das flaumige Fell zu streicheln, und das Weibchen verbarg die Nase in meinem T-Shirt. Gerührt darüber, dass ein wildes Tier bei mir Schutz suchte, ließ ich es einen Moment dort, doch schließlich musste ich es von mir lösen und in einem der Säcke unterbringen.

Dabei bemerkte ich, dass drei andere zugeknotete Säcke, in denen sich etwas bewegte, im hohen Gras neben dem Baum lagen »Du hast etwas gefangen?«

»Klar.« Don grinste kurz. »Zwei Echidnas. Sind zu langsam, um vor so 'nem Feuer wegzukommen, die würden verbrutzeln. Musste 'ne Weile suchen, bis ich ihren Kleinen gefunden hatte, der war in der Nähe in einem Erdloch versteckt. Dann noch 'nen Pademelon und 'n jungen Goanna.«

Mit offenem Mund blickte ich ihn an. Wie, und all das in der kurzen Zeit?

»Was glotzt'n?«, forderte Don mich heraus. »Soll ich noch mehr fangen?«

»Ich fürchte, mehr können wir leider nicht tragen«, sagte ich und wünschte, wir wären mit einem dieser Wagen mit großer Ladefläche in den Busch gefahren.

Colin hatte das zweite Tier, ein Männchen, erwischt. Übrig blieben das Muttertier mit dem Joey. Verbissen kletterte Colin ihm hinterher. So schnell ich konnte, folgte ich ihm. Ich musste ein Stück nach oben, damit ich die Stange von ihm übernehmen konnte.

»Wir sollten langsam mal weg!«, brüllte Don zu uns hoch.

»*Palya!*«, rief Colin zurück, er warf einen kurzen Blick auf die Flammenwand und konzentrierte sich dann wieder auf das Weibchen mit dem Joey.

»*Wai!* Lass doch das Vieh!« Don spuckte aus und blickte zu Colin hoch. »Los, kommt runter da, alle können wir sowieso nicht retten.«

»Moment, ich habe sie gleich!«

Das Warten war fast unerträglich. Jede Sekunde zog sich wie Sirup. Ich blickte hinunter zu Don, der am Fuß des Eukalyptusbaumes stand, und unsere Blicke trafen sich. Es war nicht nötig, etwas zu sagen. Ja, er hatte genauso viel Angst wie ich, er musste sich genauso beherrschen, um nicht einfach loszurennen.

Aber er rannte nicht.

Und dann hatte Colin das Weibchen mit dem Joey erwischt. Endlich! In höchstens einer Minute würden wir den Koala verpackt haben und konnten los. Noch war das Feuer weit genug weg. Jetzt der Fußmarsch bis zur Straße und dann zurück in den Wildlife Park, damit die Tiere sich erholen konnten, bevor wir sie wieder auswilderten. No worries! Das war doch ein toller Ausdruck, den würde ich in München bestimmt öfter benutzen und wahrscheinlich würden mich alle anschauen, als hätte ich nicht mehr alle Tassen im Schrank.

Ich war dabei, Colin die Stange mit dem gefangenen Koala abzunehmen, als ich das Knacken hörte … und eine Sekunde später brach der Ast, auf dem Colin stand, ab. Krachte aus mehr als zehn Metern Höhe nach unten – und mit ihm stürzte Colin in die Tiefe. Die Fangstange wurde mir aus der Hand gerissen, um ein Haar hätte ich ebenfalls den Halt verloren, doch ich klammerte mich mit Armen und Beinen fest und schaffte es, oben zu bleiben.

Colin! Nein! Gott, nein!

So schnell ich konnte, kletterte ich nach unten und rannte zu der Stelle, wo er aufgekommen war. Wie wahnsinnig krallte ich Zweige und Laub beiseite, bis ich mich endlich neben ihn knien konnte. Tränen drängten in meine Augen. Colin lag flach auf dem Boden, zusammengekrümmt vor Schmerzen. Don war neben ihm, tastete seinen Körper ab, suchte nach Knochenbrüchen. Ich legte die Hand auf Colins Schulter, strich über seine Haare, rief seinen Namen. Doch er wirkte benommen und reagierte kaum.

»Diesmal hast du's ganz schön versaut, Jarro«, knurrte Don. »'n Blackfella, der so schlecht klettern kann – echt 'ne Schande. Kannst du 'n Kopf heben?«

Mühsam versuchte sich Colin aufzurichten; langsam wurde sein Blick wieder klarer. »Hab's zu spät gemerkt, dass der verdammte Baum kurz davor war, diesen Ast abzuwerfen ... es ist die Trockenheit ...« Er schrie auf und Don lockerte den Griff um sein Bein wieder. »Dein Schienbein ist gebrochen, *tjuu.* Hoffentlich nicht auch die Hüfte. Schöne Scheiße.«

Dem Koalaweibchen ging es im Vergleich zu ihm blendend, sie und das Joey waren auf dem Astwerk gelandet, das ihren Sturz abgefedert hatte. Nachdem ich die beiden in einem Transportsack verstaut hatte, trugen Don und ich Colin auf ein Stück ebenen Boden, wo er sich ausstrecken konnte.

Dann blickten wir alle drei schweigend in Richtung der Flammen, deren Gluthauch uns entgegenwehte.

FLAMMEN

Don zog seine feuerfeste Jacke aus und dann sein T-Shirt. Verblüfft sah ich ihm zu und fragte mich, was er vorhatte. Doch als er begann, das T-Shirt in Streifen zu reißen, begriff ich es. Schnell suchte ich nach einem geraden Aststück in der richtigen Größe und gemeinsam schienten wir Colins Bein damit und banden das Ganze mit Stoffstreifen fest.

»Ich kann bestimmt gehen, wenn ihr mich stützt«, sagte Colin und machte sich verbissen daran aufzustehen. Seine Stirn glänzte schweißfeucht und seine dunklen Haare waren wirr und staubig.

Don schnaubte. »Wirst du wohl müssen, ich hab nämlich nicht vor, mich grillen zu lassen!«

Wir holten das Funkgerät und Colin gab einen Notruf durch. Jemand antwortete, eine blecherne Stimme drang aus dem Gerät, doch ich verstand kein Wort. »Anscheinend ist keins der Teams in unserer Nähe, aber sie tun, was sie können«, berichtete Colin. »Leider liegt die Feuerschneise in einer anderen Richtung und zu weit weg. Fürchte, wir müssen es bis zu den Autos schaffen.«

Wir halfen Colin auf die Füße und ich legte mir seinen Arm über die Schultern. Schwer stützte er sich auf mich, ich spürte die Wärme seines Körpers und konnte einen Moment lang daran glauben, dass alles gut werden würde. Gerade erst hatten wir unsere Liebe entdeckt, und was wir gemeinsam durchstanden, würde uns umso stärker zusammenschweißen! Ja, genau, so naiv war ich.

Doch auf einem Bein über den grasbewachsenen Sandboden entlangzuhumpeln, ging entsetzlich langsam. Immer intensiver wurde die Hitze, die ich am Rücken spürte. Der Wind hatte aufgefrischt und es rauschte jedes Mal, wenn wieder eine Böe in die Kronen der Bäume fuhr. Was für ein unheimliches Geräusch das auf einmal war, ich bekam eine Gänsehaut davon – denn der Wind war es, der das Feuer auf uns zutrieb. Als ich mich umwandte, sah ich, dass er die Flammen zerzauste und umherwirbelte wie die Mähne eines Pferdes.

Don hatte die Säcke mit den Tieren genommen, die Schnabeligel und Koalas zappelten unruhig darin herum. Im Laufschritt ging er voraus, hielt dann wieder an, wartete ungeduldig auf uns. Zehn Minuten später machte ich den Fehler, mich kurz umzublicken. Jeder der Eukalyptusbäume war eine einzige Fackel aus gleißendem Orangegelb, gierig fraß sich das Feuer voran, züngelte an immer neuen Bäumen und Büschen hoch. Sengende Hitze schlug gegen mein Gesicht, obwohl die

Flammen ungefähr fünfzig Meter entfernt waren. Es gab keinen Himmel mehr, die ganze Welt war grau und orangefarben geworden.

»Weiter! Weiter!«, brüllte Don und ich zog Colin voran. Wir stolperten weiter. Traten in den Bau eines Wombats, brachen auf die Knie. Colin hatte Tränen in den Augen vor Schmerzen und auch ich heulte vor Erschöpfung und Verzweiflung.

Wir schütteten uns den Inhalt unserer Trinkflaschen über den Kopf, damit unsere Haare nicht ansengten, doch das Wasser reichte nicht einmal, um unsere Sachen ganz zu durchtränken.

»Ist ein Bach in der Nähe? Ein Fluss oder ein See?« Ich suchte noch immer nach einem Ausweg.

»Kin Kin Creek«, keuchte Colin. »Leider in der falschen Richtung.«

Irgendwann konnte ich nicht mehr, mein ganzer Körper fühlte sich an wie Blei. Don übernahm es, Colin zu stützen, ich nahm die Tiere. Sollte ich sie zurücklassen, damit wir schneller vorankamen? Nein, nein, das würde ich nicht tun, nicht nachdem wir so viel riskiert hatten, um sie zu holen! Und wie verzweifelt sich dieser junge Koala an mich geklammert hatte ... nein, ich würde ihn und die anderen erst dann im Stich lassen, wenn es gar nicht mehr anders ging.

Es war inzwischen ganz dunkel, nur der geisterhafte Schein des Feuers erhellte unseren Weg. Warum bekamen wir keine Hilfe? Wo waren die heldenhaften

Feuerwehrleute, die uns rauspaukten? Aber das war kein Film, die Firefighters waren leider anderswo beschäftigt und wir waren selbst schuld, dass wir uns in eine solche Klemme gebracht hatten.

Ich tauschte wieder mit Don, er nahm die Tiere, ich half Colin. Keine Ahnung, woher ich die Kraft dafür nahm.

Und dann drehte der Wind. Das Feuer überholte uns seitlich, umzingelte uns. Die Flammen hatten es eilig, sprangen von Wipfel zu Wipfel, viel, viel rascher, als wir fliehen konnten.

»Schnell, hierher!«, schrie Don, winkte uns zu einer Stelle, wo wir vielleicht durchkommen konnten. Doch schon hatte sich die Lücke wieder geschlossen. Ich hätte schreien können vor hilfloser Wut, aber dann tat ich es nicht, ich durfte nicht aufgeben, ich musste Colin stützen, allein kam er nicht voran!

Überall um uns herum begannen Büsche und Bäume zu knistern, sich zu schwärzen, züngelten Flämmchen an den Pflanzen hoch. Funken schwebten in den dunklen Himmel, glitten von der feuerfesten Jacke ab und landeten auf meinen Schuhen, die ein halbes Dutzend Brandlöcher hatten. Ein brennendes Rindenstück fiel auf meine Hand, ein kurzer sengender Schmerz. Ich zuckte zurück und schüttelte es ab, aber immer mehr brennende Teile flogen durch die ofenheiße Luft. Es stank nach verbrannten Haaren. Würde meine Haut schwarz werden und zusammenschrumpeln, zu Asche werden?

Die Säcke mit den Tieren glitten aus meiner Hand, aber darauf kam es wirklich nicht mehr an; alles, woran ich denken konnte, war, dass wir uns verlieren würden, dass es vorbei war. Ich sah, wie Don sich der Feuerwand entgegenstellte, voller Wut und Trotz, die Fäuste geballt. Er brüllte, aber das Prasseln der Flammen war so laut, dass ich kein Wort verstand.

Colin zog mich an sich, nein, er riss mich herum, warf mich zu Boden. Ich landete in einer Erdkuhle, seinen Körper über mir, und plötzlich war die Hitze nicht mehr so heftig, er schirmte mich ab! Auf einen Schlag wurde es völlig dunkel, meine Hand glitt über festen Stoff. Colin hatte eine der Decken über uns gezogen, die uns Rusty gegeben hatte! Konnten wir so überleben, unter den feuerfesten Stoff gekauert, während um uns herum die Hölle tobte? Was war mit Don? Benutzte er eine der anderen Decken?

Ich rollte mich in der Dunkelheit zusammen wie ein Echidna, machte mich ganz klein, damit die Erde mich aufnehmen konnte. Wir lagen so eng beieinander wie siamesische Zwillinge, verwoben uns ineinander. Wo hörte mein Körper auf und wo begann Colins? Ich wusste es nicht. Es gab keine Luft mehr, das Feuer saugte allen Sauerstoff in sich hinein, sog ihn sogar aus unseren Mündern, für uns war nichts übrig. Mir war schwindelig, hoffentlich würde ich ohnmächtig werden, bevor das Feuer über uns hinwegging, dann tat es vielleicht nicht so weh …

Ein eigenartiges Geräusch, ich hörte es ganz schwach. Eine Art Pulsieren in der Luft. Erst wusste ich nicht, was es war, es klang wie ein Klopfen. Doch dann erkannte ich es und mein Herz machte einen Satz. *Ein Hubschrauber!* Das Rettungsteam, das nach uns suchte? Aber würden sie in der Dunkelheit überhaupt sehen, wo wir waren? Nein, jedenfalls nicht, solange wir unter der Decke kauerten!

Ich regte mich, wollte aufspringen, es war unsere einzige Chance. Doch Colins Hand schloss sich um meinen Arm, hielt mich eisern fest. Und dann schwappte ein kalter Schwall über uns hinweg, es war ein Schock, ich schnappte nach Luft, bekam Wasser in die Kehle, hustete. Colin riss die Decke weg, aneinandergeklammert kamen wir auf die Füße. Über uns flirrten die Rotoren zweier Hubschrauber: Einer hing wie eine riesige gelbe Libelle über uns. Die andere Maschine, die uns den Guss verpasst hatte, flog weiter, unter ihrem Bauch schleppte sie eine Art riesigen Löscheimer.

Wie betäubt blickte ich mich um. Wir standen in einem qualmenden, geschwärzten Niemandsland, um uns herum die Skelette von Bäumen. Ein schmaler Streifen Wald schien das Wasser abgekriegt zu haben, dort war das Feuer erloschen, doch keine zwei Baumlängen entfernt loderte es, wir waren noch immer eingeschlossen. Aber ich hatte keine Angst mehr – Colin war da, er lebte, und ein paar Meter weiter stand Don. Allerdings sah er furchtbar aus: Sein Gesicht war von

Asche geschwärzt und an seinem Bein war die Haut rot verbrannt.

Mir tat alles weh und ich hatte schneidende Kopfschmerzen, wahrscheinlich kam das durch den Rauch. Ein Mensch im neongelb-beigen Anzug schwebte vom Hubschrauber zu uns herab, packte mich am Arm, half mir in eine Art Hebegeschirr hinein und gab dem Piloten das Signal, mich hochzuziehen. Colin und ich mussten uns loslassen, ich hielt es kaum aus, und ich sah, dass er mir nachblickte.

An der Tür des Hubschraubers nahm mich jemand im Empfang, machte mich los, drängte mich sanft auf einen Sitz in der Kabine und verabreichte mir über eine Maske Sauerstoff. Tief atmete ich ihn ein und mir war nicht mehr ganz so schwindelig, meine Kopfschmerzen ließen ein bisschen nach. Nur die Übelkeit war nicht besser geworden.

Die Gurte wurden wieder heruntergelassen und als Nächster kam Don hoch. Völlig erschöpft kauerte er sich neben mich. Ich nahm seine Hand, drückte sie wortlos und er erwiderte den Druck. Dann endlich holten sie Colin – aber er kam nicht allein an, hatte sich die rußgeschwärzten Säcke mit den Tieren gepackt und mit nach oben genommen. Auch der Feuerwehrmann brachte ein paar von ihnen mit; ich sah, dass sich darin etwas bewegte. Keine Ahnung, welche der Tiere überlebt hatten. Ich brachte es nicht übers Herz nachzusehen.

Hubschrauberpilot und Helfer riefen sich etwas zu, dann fragte jemand: »Sind das alle? Ist noch jemand da unten?«

»Nein, alle sind hier« sagte ich und merkte, wie mir Tränen über die Wangen liefen, ich konnte es nicht verhindern. Nein, die Feuerwehrleute mussten uns nicht sagen, dass wir enorm viel Glück gehabt hatten. Dass es ein blödsinniges Risiko gewesen war, das wir eingegangen waren. Colin und ich hielten uns in den Armen, während der Hubschrauber abschwenkte und zurückkehrte zu seiner Basis.

Der Feuerwehrmann verpasste Colin einen aufblasbaren Notverband für sein gebrochenes Schienbein und behandelte Dons und meine Verbrennungen.

Don räusperte sich. »Ach ja. Noch was. Hätt ich fast vergessen. Wir waren's übrigens nicht, das mit diesem Anschlag auf euren Tierpark.« Ganz beiläufig sagte er es. Colin und ich wandten uns ihm zu, starrten ihn völlig verblüfft an. Da Colin und ich eng aneinandergeschmiegt dasaßen, spürte ich, wie sein ganzer Körper sich anspannte.

»Aber wer …?«, begann Colin, doch Don sprach weiter. »So 'n paar Kids, die war'n auf Ärger aus. Zwei Jungs, so fünfzehn, sechzehn, schätz ich. Wir ham's zufällig mitgekriegt und sind auf den Parkplatz gefahren, um nachzusehen, was da abgeht. Da sind sie grad getürmt.«

Jungs? Eine Erinnerung stieg in mir hoch. An einen

Jungen, der Steine auf die Dingos werfen wollte. Den ich verscheucht hatte. War er mit einem Kumpel wiedergekommen? Jedenfalls spürte ich, dass Don die Wahrheit sagte. Er hatte es ja nicht nötig zu lügen, sicher hätte ihn Colin nach dieser Feuertaufe nie wieder auf das angesprochen, was in Cooroy geschehen war. Zu unwichtig kam es mir auf einmal vor. Doch unwichtig war es nicht; ich sah es in Colins Augen, an der Art, wie er Don anblickte.

»Weißt du, wir hätten es euch zugetraut«, sagte Colin. »Ein paar von uns hatten sogar richtig Angst.«

Don fletschte die Zähne. »Klar doch. So sollte es sein. Wir sind die Mavericks. Die miesesten, gemeinsten Blackfellas in ganz Queensland. Fast so fies und mies wie du, Bruder.«

Da musste Colin lachen. Aber er wurde schnell wieder ernst und auf einmal blickte er ganz eigenartig drein. »Diese Sache in Cairns ...«, begann er. »Ich glaube ... ich wollte es vergessen. So tun, als wäre es nie passiert. Wahrscheinlich habe ich mich deshalb nicht entschuldigt.«

Don und ich wussten sofort, wovon er sprach.

»Und wieso hast du's überhaupt gemacht?«, knurrte Don. »So einen Mist gesagt?«

Colin stützte den Kopf in die Hände und schloss kurz die Augen. »Ich war erst dreizehn, Mann. Und irgendwie ... wusste ich in dieser Zeit nicht mehr, wer ich war und wer ich sein wollte.« Er öffnete die Augen wieder, hob mühsam den Kopf. Ich merkte, dass er es mit letzter Kraft tat.

»Es tut mir leid, Don«, sagte er.

Einen Moment lang zögerte Don. Dann nickte er schweigend.

Der Hubschrauber legte sich sanft in die Kurve und reine, frische Luft strömte ins Innere. Tief sog ich sie ein und war dankbar, dass wir lebten.

IM LICHT DER SONNE

Dann hatten wir endlich den Mut nachzusehen, welche unserer Tiere überlebt hatten. Wie sich herausstellte, waren die Echidnas wohlauf, sogar das Kleine, das wieder in den Beutel seiner Mama geschlüpft war, obwohl es dafür eigentlich zu groß und stachelig war. Das Pademelon war tot, wahrscheinlich am Stress eingegangen, dafür kam mir der Goanna erstaunlich munter vor. Die Koalas hatten Verbrennungen abbekommen, wir mussten sie schleunigst zu Maryann in die Tierklinik bringen, und das Männchen war so schwer verletzt, dass es wahrscheinlich eingeschläfert werden musste. Es war erstaunlich, wie ruhig die Tiere trotzdem waren. Das Weibchen mit dem Joey kam sogar von sich aus zu Colin und schien etwas zu suchen. Er schüttete sich etwas Wasser in die hohle Hand und das Weibchen trank ohne jede Scheu. Staunend sahen wir zu.

»Ich dachte, Koalas müssen nicht trinken«, flüsterte ich schließlich.

»Na, ich glaube, der Dame war ganz schön heiß, da macht sie wohl mal eine Ausnahme«, meinte Colin, nahm selbst einen tiefen Zug aus der Feldflasche, die ihm der Feuerwehrmann gegeben hatte, und reichte sie dann an mich und Don weiter.

Der Hubschrauber setzte uns am Flugplatz von Noosa ab, wir verabschiedeten uns von unseren Rettern und wurden direkt ins Krankenhaus verfrachtet. Dort wartete Wanda auf uns, um die Tiere zu Maryann in die Tierklinik mitzunehmen. Doch erst einmal galt all ihre Aufmerksamkeit uns.

»Ooooh, you poor darlings! Wir hatten solche Angst um euch!«, rief sie und breitete die Arme aus, als wollte sie uns an ihren ausladenden Busen drücken. Was sie bei mir und Colin schaffte – bei mir, weil ich zu erschöpft war, um ihr auszuweichen, und bei Colin, weil er sich nicht gut bewegen konnte. Don setzte sich rechtzeitig ins Herrenklo ab.

Hastig erzählten wir, was wir erlebt hatten, dann machte sich Wanda mit ihren Schützlingen auf den Weg und um uns kümmerte sich ein Arzt. Wie sich herausstellte, hatten wir alle eine leichte Rauchvergiftung und Verbrennungen, die mit Brandsalbe behandelt werden mussten. Colin erfuhr, dass er Glück gehabt hatte, die Enden des gebrochenen Knochens waren kaum verschoben, er musste nicht operiert werden. Er bekam einen Gips und ein paar Krücken.

»Sie sollten alle drei über Nacht bleiben, zur Beobachtung«, empfahl uns der Arzt.

Ich war so erschöpft, dass ich mir bloß kurz die Haare

wusch, um diesen Waldbrandgestank rauszubekommen, mit meiner Mutter telefonierte und dann sofort in meinem Krankenhausbett wegdämmerte. Doch dass Colin sich über mich beugte und mich sanft auf die Lippen küsste, das bekam ich mit und so schlief ich mit einem Lächeln ein.

Ich träumte nicht vom Feuer, nicht von der Todesangst ... und nicht von Gideon. Sondern von Koalas. Sie raschelten zufrieden zwischen den Zweigen eines Baumes herum und stopften sich mit Eukalyptusblättern voll. Aus irgendeinem Grund waren zu wenige Bäume da und ich musste stocksteif, mit erhobenen Armen, als Kletterbaum aushelfen. Einer der Koalas kletterte an meinem Hosenbein hoch und machte es sich schließlich auf meiner Schulter bequem. Wortlos bot er mir eine besonders zarte Blattspitze an, die ich mit einem Kopfschütteln ablehnte. Ein anderer Koala stopfte sein Joey in die Tasche meines Sweatshirts und schob mir einen Zettel zu, auf dem stand, er müsse zum Arzt, ob er sein Kleines kurz mal hierlassen könne?

Was für ein schöner Traum. Und ich hatte nicht mal einen magischen Zweig dafür gebraucht.

Anscheinend wirkte ein Kuss genauso gut.

Das Buschfeuer hatte es bis ins Fernsehen geschafft, und erleichtert hörten wir beim Frühstück, dass es unter Kontrolle war und langsam ausbrannte. Glück gehabt! Während wir darauf warteten, abgeholt zu werden, telefonierten Colin und Don lange mit ihrer Familie – ich verstand kaum ein Wort, bloß ab und zu redeten sie Englisch. Ich überlegte, ob ich meine Mutter anrufen sollte oder Sarah. Nein, lieber später. Sie machten sich ja sowieso keine Sorgen, sie wussten nicht einmal, was passiert war. Kein Grund, sie aus dem Schlaf zu reißen, ich würde mir eben heute Nacht wieder den Wecker stellen.

Rusty war es, der uns abholte, er hatte sogar daran gedacht, ein paar frische Klamotten für uns mitzubringen. Erleichtert stiegen wir in seinen mintgrünen Ford, dessen Schlüssel ich zum Glück stecken gelassen hatte.

»Wir haben deinen Ute auch zurückgeholt, mate«, sagte er zu Colin und lächelte so breit, dass seine Zahnlücke prima zur Geltung kam. »Ein Sixpack Bier wartet auf euch. Klingt das gut?«

Na ja, ging so. Eigentlich hatte ich eher Lust auf eine eiskalte Limo. Aber Colin und Don grinsten. »Genau das Richtige gegen Rauchvergiftung«, sagte Don und Rusty schien ihn zum ersten Mal richtig zu bemerken. Verdutzt und mit zusammengekniffenen Augen, blickte er Don an. Doch Colin kam Fragen zuvor, indem er einen Arm um die Schultern seines Bruders legte. »Ihr kennt euch schon, oder? Ohne Don hätten wir's gestern nicht geschafft, nachdem ich so blöd war und aus dem Baum gefallen bin.«

Don wurde verlegen. Weder er noch Colin wollten nach Hause und so nahmen wir ihn mit zum Wildparkgelände. In der Klinik herrschte weiterhin Hochbetrieb und die meisten Quarantänegehege waren voll. Gut zehn ziemlich benommen wirkende, an verschiedenen Stellen Verbände tragende Koalas kauerten auf Astgabeln. Ich erkannte unsere neuen Freunde, die wir gestern aus dem Baum gepflückt hatten, das Weibchen mit dem Joey und die Zweijährige. Noah und Caroline hatten ihnen bereits Namen gegeben. Als ich das handgeschriebene Schild las, musste ich mir das Lachen verbeißen. »Ashley + Spark« sowie »Smoky« stand da. Anscheinend wurde bei The Ark immer thematisch passend getauft!

»Wow, ganz schön was los bei euch im Wildpark«, sagte Don, der neugierig in jedes Gehege spähte. Sofort kreuzte sich Colins Blick mit meinem, unsere gute Laune war dahin. »Den gibt es vielleicht nicht mehr lange«, sagte Colin ausdruckslos. »Und das ist nicht zuletzt meine Schuld.«

Don zog die Augenbrauen hoch. »Was hast'n angestellt?«

Colin seufzte tief. »Nicht viel. Ich habe die Wahrheit gesagt.«

Wir erzählten, was für Probleme The Ark hatte, dass der Pachtvertrag gekündigt worden war und dass das neue Gelände wegen des Eidechsen-Dreamings nicht infrage kam.

»Muntawa!«, murmelte Don erstaunt, was Colin mir als »Ah so! Tatsächlich!« übersetzte. Nachdenklich kün-

digte Don an, dass er sich ein bisschen auf dem Gelände umsehen wolle.

Dann nahm Colin meine Hände und blickte mich an. Seine ruhigen dunklen Augen schienen in mich hineinzusehen und tief in ihnen verbarg sich ein Lächeln für mich.

»Kommst du klar, Juli?«

»Logisch – jedenfalls wenn Emily nicht wieder ausbricht«, sagte ich und auch ich hatte mir ein Lächeln ganz für ihn aufgehoben. »Und du ... alles in Ordnung, Jarro?« Ich sah, dass es ihm gefiel, wenn ich ihn so nannte.

»Ich kann dir sagen, wie sich das angefühlt hat in den letzten Tagen«, antwortete er. »Erst hat mich jemand von einer Klippe gestoßen ... und dabei habe ich entdeckt, dass ich Flügel habe.«

In diesem Moment kam Kerrie vorbei. »Hi guys«, sagte sie fröhlich. »Wusstet ihr eigentlich, dass bei den Kängurus nicht ausgemistet ist und die Emus noch kein Futter bekommen haben?«

Der Alltag hatte uns wieder!

»Wir machen uns gleich dran«, versprach Colin, doch Kerrie schaute skeptisch auf sein eingegipstes Bein. »Wir wissen das zu schätzen, wirklich. Aber das Einzige, was mir spontan für dich einfällt, ist, dass du mit deinen Krücken unverschämte Besucher durchs Tor hinausprügeln könntest.«

Colin wirkte ein bisschen geknickt. »Na, dann gehe

ich mal in der Zooklinik vorbei und schaue, ob ich da was helfen kann. Und wenn nicht, tja, dann warten da jede Menge Ökologielehrbücher auf mich.«

Erleichtert blickte ich ihn an. Also hatte er vor, an die Uni zurückzukehren!

»Findest du es sehr schwierig, das Studieren?«, fragte ich, während wir in Richtung Klinik gingen; ich wollte Maryann Guten Tag sagen.

»In den Vorlesungen komme ich gut klar, aber diese ganzen Lehrbücher …« Er verzog das Gesicht. »Ich kann viel besser durch die Ohren aufnehmen, vielleicht deshalb, weil ich von Generationen von Geschichtenerzählern abstamme. Deshalb diktiere ich mir viel auf Band und höre es mir dann wieder an. Aber wenn ich diese Bücher durchackere, fühle ich mich manchmal wie ein dämlicher Blackfella, der an der Uni nichts zu suchen hat.«

Ich ächzte – das klang schrecklich! »Glaub mir, ich kenne aus Deutschland auch viele Leute, die Informationen besser über die Ohren aufnehmen – das ist einfach eine Eigenschaft von dir. Von Jarro.« Kurz suchte ich nach Worten. »Dass nicht so viele Aboriginals studieren wie Weiße, liegt wohl eher daran, dass es ihnen schwer gemacht wird, ihnen die Kohle dafür fehlt, sie niemand fördert, ihnen im Leben anderes wichtig ist …«

»Hm«, murmelte er. »Kann sein.«

»Du wirst es schaffen«, sagte ich. »Ich bin mir da ganz sicher, komisch nicht?« Und es war nicht gelogen.

Wir hatten die Klinik erreicht. Doch im Hauptbehandlungsraum stand nicht nur Maryann ... sondern auch Lars. Er hielt einen betäubten Goanna fest, der gerade eine Schicht Salbe auf den Rücken bekam, und bemerkte mich und Colin erst gar nicht, so konzentriert war er bei der Sache. Wanda assistierte ebenfalls, sie bereitete den Verband vor; zwei ihrer Border Collies hockten neben dem Eingang wie Türsteher und beobachteten die ganze Operation aufmerksam.

Lars! Als ich ihn sah, fegte eine wilde, heiße Wut jeden anderen Gedanken in mir weg. Und Colin sah aus, als fände er das mit dem Mit-Krücken-durchs-Tor-Prügeln doch keine so schlechte Idee.

Wanda schenkte uns ein Lächeln und Maryann blickte kurz auf. »Hi! Na, ihr Helden, geht's euch wieder gut?«

»Geht so«, murmelte ich, ohne den Blick von Lars zu lassen. Und wusste, dass Schluss sein musste mit sämtlichen Geheimnissen und Gerüchten.

»Lars, könnte ich dich kurz sprechen?«, sagte ich ruhig und mit gehetztem Blick sah Lars auf. Wahrscheinlich ahnte er, was nun kommen würde.

»Ja, klar«, krächzte er und obwohl Maryann fragend dreinblickte, sagte keiner von uns etwas. Lars, Colin und ich gingen nach draußen und setzten uns hinter der Hütte im Koalawald ins Gras, außer Sicht neugieriger Wildparkbesucher und -mitarbeiter.

Colin ließ sich vorsichtig auf dem Boden nieder,

streckte das verletzte Bein aus und lehnte sich mit dem Rücken an die Bretterwand der Hütte.

»Vielleicht interessiert es dich, Colin, wieso genau Lars in Australien ist«, sagte ich und versuchte, dabei ganz ruhig und vernünftig zu klingen. »Er wollte, dass ich ihm eine Einladung verschaffe. Um mich zu überzeugen, hat er mir gedroht, dass er der Zooleitung etwas über meine Vergangenheit verrät.«

Lars hatte den Kopf gesenkt. Aber in diesem Moment war nicht er es, der mich interessierte – ich beobachtete Colin. Seine Augen weiteten sich, als er begriff, was ich gesagt hatte. »Du hast sie ... erpresst?«, fragte er Lars fassungslos.

»Ehrlich, ich glaube, das war ein Missverständnis«, murmelte Lars, ohne Colin oder mich anzusehen. Das hatte er ja angekündigt. Dass er versuchen würde, sich herauszureden. Aber so richtig überzeugend war er dabei nicht.

»Was genau hat wer falsch verstanden? Erklär uns das mal!« Am liebsten hätte ich ihn gepackt und durchgeschüttelt.

»Hast du gesagt, du würdest etwas über sie verraten, ja oder nein?« Auch Colin dachte gar nicht daran, lockerzulassen.

Fast ohne hinzusehen, riss Lars Grashalme aus dem Boden und zerpflückte sie.

»Ja. Verdammt, ja.« Lars atmete tief ein. »Es war eine bescheuerte Idee. Ich hätte es nicht machen sollen.«

Es war, als würde sich ein Gewicht von mir heben. Plötzlich fühlte ich mich leicht. Und frei, sehr frei. Er hatte es zugegeben und Colin hatte es gehört. Es gab einen Zeugen. Ich musste nicht mehr alleine damit fertigwerden. »Siehst du? Die verdammte Ratte hat die ganze Zeit ...« Doch Colin legte eine Hand auf meinen Arm, um mich zu bremsen.

Mit verkniffenem Gesicht richtete sich Lars auf und blickte auf uns herab. »So, jetzt könnt ihr zu Caroline und Noah gehen und es ihnen erzählen! Macht nur! Ich sag euch was. Mich hätten sie auswählen sollen für diesen Austausch – wieso ausgerechnet Juli? Das habe ich nicht kapiert, von Anfang an nicht.«

»Lars«, sagte Colin mit harter Stimme. »Setz dich.«

Verblüfft blickte Lars ihn an und dann setzte er sich tatsächlich wieder.

»Erstens wirst du dich bei Juli entschuldigen«, sagte Colin, weiterhin in diesem Ton, der keinen Widerspruch duldete. Nur dieser Blick, den er mir zuwarf, und dieses winzige Lächeln um seine Mundwinkel verrieten, dass er wohl an Don und das Gespräch im Hubschrauber dachte. »Zweitens wirst du uns erklären, was los war. Warum du es getan hast. Und zwar ohne blöde Bemerkungen über Juli. Sie hat dir nichts getan.«

Immerhin sah Lars aus, als wäre ihm die ganze Sache – und sein Ausbruch eben – peinlich. »Also gut. Sorry, Juli. Deswegen und wegen dieser anderen Sache ... äh, dass ich gesagt habe, wir seien zusammen.«

»Ja, und weiter?«, bohrte ich nach. »Warum wolltest du unbedingt nach Australien? Und ach ja, warum hast du eigentlich so getan, als wolltest du Tierarzt werden? Musst du ständig lügen?«

»Es war keine Lüge«, sagte Lars. Auf einmal klang er sehr erschöpft. »Du traust mir nicht besonders viel zu, was? Ich will wirklich Tierarzt werden. Nach der Lehre werde ich nicht in Hellabrunn bleiben, sondern studieren. Das würde mir Spaß machen, glaube ich.«

Plötzlich kam ich mir sehr kleinlich vor; und gemein. »Okay«, sagte ich. »Diesmal bin ich dran. Entschuldige.«

Überrascht hob er den Kopf und unsere Blicke trafen sich. Zum ersten Mal seit Langem sahen wir uns an, ohne Feindschaft. Ich musterte ihn, seine grauen Augen von der Farbe eines Regenhimmels, sein schmales Gesicht mit dem blonden Kinnbart. »Es ist ... manchmal schwer«, sagte er heiser. »Meine Eltern ... erwarten, dass ich der Beste bin. In allen Bereichen. Wenn ich etwas nicht schaffe, dann ... Mann, dieser Blick in ihren Augen, den halte ich nicht aus. Du hättest mal sehen sollen, Juli, was sie gesagt haben, als ich beschlossen habe, Tierpfleger zu werden. Ich hab's durchgekämpft, aber ich habe trotzdem ständig das Gefühl, dass ich mich rechtfertigen muss.«

Respekt. Es gehörte viel Mut dazu, sich bei so etwas gegen seine Eltern zu behaupten. »Und als dann jemand anders für dieses Programm ausgewählt worden ist ...«

»Außerdem ... wollte ich schon immer nach Australien.« Lars sah mich nicht an, während er sprach. »Über meinem Bett ist ein Poster vom Ayers Rock. Habe ich so etwa mit zwölf da aufgehängt.«

Einen Moment schwiegen wir alle. Dann seufzte Colin tief. »Tja, Leute, und was machen wir?«

»Ich buche meinen Flug um«, sagte Lars müde und stand auf. »Es war großartig bei euch ... aber ... es geht nicht mehr, glaube ich. Oder?«

Colin schüttelte den Kopf.

Es gab nichts mehr zu sagen. Lars hob kurz die Hand zum Abschied, dann ging er davon.

Erleichtert blickte ich ihm nach. »Also ehrlich. Ich wäre nie drauf gekommen, dass er ein so armes Schwein ist. Wahrscheinlich war ich zu sehr damit beschäftigt, den Mistkerl in ihm zu sehen.«

»Ich hab ganz zu Anfang gespürt, dass er unter Druck steht«, meinte Colin. »Aber ich wusste nicht, wieso. Richtig unterhalten haben wir uns nie. Schade eigentlich.«

»Schade?« Ich zog die Augenbrauen hoch. »Er hätte dir tausend Dinge über australische Tiere erzählt, die du eh schon weißt.«

Colin musste grinsen. Mir fiel ein, dass ich ihm nie erzählt hatte, was ich getan hatte. Weshalb Lars mich überhaupt hatte erpressen können. Also sagte ich es ihm – wie ich bei einem Spaziergang das Grundstück mit den verwahrlosten Füchsen gefunden hatte, wie ich sie befreit hatte und erwischt worden war. Wie ich den Typen dabei zugerichtet hatte.

Die Geschichte gefiel Colin, das merkte ich. Als ich fertig war, wurde sein Grinsen breiter. »Mir scheint, du bist genau richtig in Oz, Juli«, sagte er und ich erinnerte mich daran, dass Australien früher eine Strafkolonie war. Manche Outlaws waren in Australien Helden, vielleicht lag den Aussies eine kleine Schwäche für Gesetzlose noch immer im Blut. »Und klar – ich hätte das Gleiche getan wie du.«

Colin und ich kamen nicht dazu, weiter über das alles zu reden, denn in diesem Moment rief Rusty nach mir. Der Zoo, die Tiere gingen vor. Wir tauschten einen letzten Blick, dann humpelte Colin in Richtung der Klinik, um dort auszuhelfen, und ich machte mich auf den Weg zu den Kängurus.

Auf halbem Weg fing Rusty mich ab und ging neben mir her, Schaufel und Besen in der Hand. »Na?«, meinte er. »Hätte fast nicht mehr damit gerechnet, dass wir euch wiedersehen. Hab Colin extra gesagt, er soll nicht so nah rangehen an dieses Feuer!«

»Das hatten wir eigentlich gar nicht vor«, sagte ich verlegen. »Aber er wollte unbedingt diese Koalas in Sicherheit bringen.«

»That crazy bugger.« Voller Zuneigung schüttelte Rusty den Kopf. »War gut, dass du ihn suchen gegangen bist. Hab ihn lange nicht mehr so glücklich gesehen, und das will was heißen mit ’nem gebrochenen Bein.«

Er drückte mir den Besen in die Hand. »Wünschte, du würdest länger bleiben. Wirklich. Hast einen tollen Draht zu den Tieren und kannst ordentlich anpacken. Man kommt kaum dazu, den Mund aufzumachen und zu fragen, da hilfst du schon mit. Wir werden dich alle vermissen.«

Ich murmelte ein paar Dankesworte. Ich wollte nicht an den Abschied denken – wie eine schwarze Wolke hing er über mir. Schon jetzt vermisste ich Colin an meiner Seite. Ich vermisste seine Gelassenheit, sein selbstironisches Lächeln, die Sanftheit, mit der er mich und die Tiere berührte. Wie sollte ich überleben, dass wir uns bald nicht mehr treffen konnten? Ja, klar, es gab Skype und Social Media, aber das war nicht das Gleiche.

Bei der Mittagspause, die wir uns draußen auf der Veranda gönnten, sahen wir uns endlich wieder. Colin hatte sein Bein auf die Bank hochgelegt, die Krücken standen neben ihm. Er begann zu lächeln, als er mich aus der Ferne sah, und sich neben ihn zu setzen, fühlte sich so natürlich an. Hatte mich Gideon jemals so liebevoll angesehen wie Colin? Jedenfalls konnte ich mich nicht daran erinnern. Nun war ich mit einem Mann zusammen, der niemals Spaß daran haben würde, mich fertigzumachen. Ich konnte nicht anders – ich küsste Colin sofort und auf der Stelle; es interessierte keinen von uns beiden, dass die versammelte Mannschaft von The Ark uns dabei zusah.

Lars war nicht dabei. Dafür aber Noah und Caroline. Noah war erst gerade eben in den Wildpark zurückgekommen und sah erschöpft aus. Er sah aus wie ein Bär, der den ganzen Tag lang sein Revier verteidigt hatte. Caroline dagegen sah wie immer hübsch und gepflegt aus, sie trug Jeans, Cowboystiefel und ein brandneues »The Ark«-T-Shirt.

»Hab die letzten Tage über weiter versucht, ein neues Gelände für uns zu finden. Angebote gab es einige, aber entweder das Grundstück war viel zu teuer oder es war nicht geeignet.«

Bedrückt blickten wir einander an.

»Heißt das, es gibt keine Hoffnung mehr?« Chaz stützte den Kopf in die Hände.

»So was sollte man nie sagen«, warf Caroline ein, seufzte und schob die Krümel ihres Sandwichs zu einem kleinen Berg zusammen. »Wir bleiben dran, wir suchen weiter, okay? Es kann aber sein, dass es keinen richtigen Umzug geben wird, sondern wir die Tiere erst mal auf andere Zoos verteilen müssen ...«

Sie unterbrach sich und blickte schräg an uns vorbei. »Kann ich Ihnen helfen?«

»Klar können Sie.« Erst in dem Moment bemerkten wir Don, der an der Hauswand lehnte und sich mit einem Taschenmesser die Fingernägel reinigte. »Besuch für ... äh, Colin. Gerade eingetroffen. Wär toll, wenn du den rumführen könntest, *tjuu.*«

Colin und ich blickten uns verblüfft an. Ich half ihm,

sich aufzurichten und reichte ihm seine Krücken. Dann machten wir uns auf den Weg zum Parkplatz.

Als Colin sah, wer eingetroffen war, blieb er stehen. Stumm blickte er den Mann an, der ihm gegenüberstand, und seine Hände krampften sich um die Griffe der Krücken.

DAS VERMÄCHTNIS DER DINGOS

Ich hatte Colins Großvater nur einmal gesehen, erkannte ihn jedoch sofort wieder. Ein knorriger alter Mann mit dunkler Haut und vernarbten Händen. Neben ihm stand Colins Großmutter in einem geblümten Kleid, das bis über die Knie reichte, und altmodischen Riemchensandalen. Sie umarmte Colin herzlich und sagte ein paar Worte in einer Sprache, die ich nicht verstand – aber ich konnte mir denken, dass erst mal Begrüßungen ausgetauscht wurden und sie Gott dankte, dass ihm nichts passiert war.

Ich war genauso verblüfft wie Colin, dass sein Großvater vor uns stand. Hatte es bei meinem Besuch nicht geheißen, dass er bisher nie im Wildpark gewesen war? Doch, ich erinnerte mich genau. Und nun war er hier! Erst als ich sah, wie Don sein Handy zückte und mir zuzwinkerte, ahnte ich, wieso. Don hatte das Wunder fertiggebracht, seinen Großvater zu The Ark zu locken.

»Ich dachte, es ist an der Zeit, mir anzuschauen, was genau ihr macht«, sagte Bob Farley, blickte sich um und nickte den anderen Mitarbeitern von The Ark zu. Bei meinem Besuch war mir der alte Mann finster und schlecht gelaunt vorgekommen, doch jetzt strahlte er Würde aus. Er wirkte weniger wie ein Besucher als wie ein Fürst, der sein Land inspizierte.

Colins Erstarrung löste sich. »Gerne, *tjamu.* Ich zeige dir alles.« Er hinkte auf seinen Krücken voran, mischte sich zwischen die Besucher, die vom Parkplatz kamen, und führte seine Großeltern auf den Rundgang, der am Emugehege begann. Die anderen Mitarbeiter von The Ark gingen wieder an die Arbeit, aber Don und ich folgten der kleinen Gruppe um Colin in ein paar Metern Abstand, um nicht zu stören.

»Wie hast du das hingekriegt?«, flüsterte ich Don zu.

»Ach, die beiden können mir einfach nichts abschlagen«, flüsterte Don zurück. »Sie sind ja gewohnt, dass ich sie um Geld anhaue. Ich glaube, sie war'n mächtig erleichtert, dass ich diesmal was anderes wollte. Aber mein Großvater ist 'n sturer Hund. Hat mich fünf Anrufe gekostet, bis ich ihn weichgeklopft hatte.«

»Welches Argument hat denn schließlich gezogen?«

Don verzog das Gesicht, er sah aus, als wäre es ihm ein bisschen peinlich. »Ich musste versprechen, dass ich aus Brisbane zurückkomme.«

»Oh!«, entfuhr es mir.

Er zuckte die Schultern. »Hab dort sowieso bloß Zeitungen ausgetragen und so was. Dabei hab ich früher immer gern geschnitzt. Jetzt mach ich 'ne Schreinerlehre bei *tjamu.* Eigentlich wollte er ja, dass Colin das macht, aber für den ist das nix, der soll besser zurück an die Uni.«

Ich war baff. »Weißt du, was? Ich bin froh, dass du mir gefolgt bist, als ich Colin gesucht habe. Du hast uns gutgetan. Danke für alles!«

Don freute sich, man sah es ihm an.

Colin und seine Großeltern waren bei Emily und ihrem Partner angekommen und ich hörte, wie Colin ihnen verriet, was ich mit der Kasuardame erlebt hatte. Colins Großmutter Daisy drehte sich lächelnd zu mir um und ich hob verlegen die Hand zum Gruß. Wenigstens Daisy schien nichts dagegen zu haben, dass ihr Enkel sich noch einmal mit einem weißen Mädchen »einließ«!

Als Nächstes gingen sie bei George dem Krokodil vorbei und Colin berichtete, dass The Ark versuchen wolle, mit ihm zu züchten. Er zeigte ihnen die Koalas, von denen so viele das Buschfeuer überlebt hatten, das Schlangenhaus, in dem sich eine frisch eingetroffene Kupferkopfnatter von einem Autounfall erholte, und die Echidnas, die eifrig dabei waren, die letzten Termiten zu verputzen. Sahen seine Großeltern, wie Colins Augen bei all dem leuchteten? Begriffen sie endlich, wie wichtig ihm der Wildlife Park war?

Nachdenklich blieb Bob Farley vor dem Gehege der Dingos stehen, er beobachtete sie eine Minute lang schweigend. Die beiden Wildhunde hatten auf dem

Boden liegend geschlafen, doch nun rafften sie sich auf und streckten sich. Kam es mir bloß so vor oder erwiderten die Dingos wirklich den Blick des alten Mannes? Mir fiel ein, dass der Dingo nicht nur Dons Totem war, sondern auch das von Bob Farley.

»Sie stammen von einem Tierhändler, der sie wer weiß woher bekommen hat«, erklärte Colin. »Beide scheinen reinrassig zu sein, du weißt ja, das ist selten geworden.«

»Ihr Fell ist dicht und ihre Augen sind klar – ihr kümmert euch gut um sie«, sagte der alte Mann. »Aber was ist mit der Freiheit, Jarro?«

»Die werden sie bekommen«, erwiderte Colin fest. »Wir werden sie auf Fraser Island auswildern, sobald wir die Genehmigung dafür bekommen haben.«

Beifällig nickte Bob Farley.

»Wollt ihr euch die Kängurus und Wallabys anschauen?«, fragte Colin, doch sein Großvater schüttelte den Kopf. »Ich habe genug gesehen. Es ist eine gute Arbeit, die ihr macht. Ist es wahr, dass ihr neues Land sucht für euren Park?«

Colin nickte, plötzlich klang seine Stimme leblos. »Wir hatten eins in Aussicht, aber es war ein Eidechsen-Dreaming auf dem Gelände. Ich habe es ihnen gesagt und sie haben es respektiert.«

»Das ist gut!« Zum ersten Mal sah ich Bob Farley lächeln. »Es gibt zu wenig Respekt! Oft scheren sich die Leute nicht um unsere Traditionen. Ich erinnere mich, wie die Leute in Ban-Ban-Springs, einem heiligen Ort der Regenbogenschlange – nicht weit von hier – blühende Sträucher gepflanzt haben. Hübsch aussehen sollte das für Whitefella-Augen, wie ein Park. Unglaublich! Aber wir haben protestiert und sie dazu gebracht, alles wieder rückgängig zu machen. Es ist nicht mehr wie früher, als sie mit uns machen konnten, was sie wollten.«

Daisy Farley mischte sich ein. »Bob, wir sollten mit den anderen *tjilpi*, den Ältesten, über die ganze Sache mit dem Wildpark reden, findest du nicht?«

»Ja.« Bob Farley nickte. »Wir werden helfen, schnell ein neues Gelände für euch zu finden. Eins, gegen das nichts einzuwenden ist. Bist du zufrieden, Jarro?«

Colin senkte den Kopf. »Ja, ich bin zufrieden, *tjamu*.«

Er geleitete seine Großeltern und Don zum Ausgang und umarmte sie. Noah und Caroline schienen zu spüren, dass dieser Besuch etwas Besonderes war, denn sie kamen hinzu und schüttelten Bob Farley die Hand. »Es war uns eine Ehre, Sie kennenzulernen«, sagte Noah.

Als seine Großeltern und Don wieder fort waren, sackte Colin erschöpft auf der Treppe des Haupthauses zusammen. Rusty und Noah setzten sich neben ihn auf die Stufen.

»Thanks, mate«, sagte Noah schlicht.

Colin sagte nichts. Er nickte nur.

In dieser Nacht telefonierte ich mal wieder mit Deutschland. »Hallo, Mama«, sagte ich und hörte im Hintergrund Stimmen aus dem Fernseher dringen, die plötzlich verstummten.

»Juli!«, rief meine Mutter. »Was machen die Tiere?«

»Wir haben einige gerettet«, sagte ich und erzählte von dem Buschfeuer. Allerdings in einer entschärften Version, damit sie sich nicht nachträglich so viele Sorgen machte. »Ach ja, und verliebt habe ich mich auch.«

Ich hörte das Lächeln in ihrer Stimme, als sie antwortete. »Das habe ich mir gedacht, neulich. Wie ist er? Hoffentlich nicht wieder so wie dieser Kai – oder wie hat er sich gleich genannt?«

»Keine Sorge – Colin ist das genaue Gegenteil von Gideon«, sagte ich. Eines Tages würde ich ihr erzählen, wie er mich zu Boden gerissen und vor den Flammen geschützt hatte. Aber nicht heute. »Und was ist mit dir? Ist der Kunde, der die Blumen gebracht hat, zurückgekommen?«

»Nein ... aber gestern ist etwas Komisches passiert. Ein Mädchen, so etwa zehn, kam in die Filiale und hat mir eine Tulpe gegeben. Sie sagte, sie musste ihrem Papa versprechen, dass sie mir die bringt.«

»Und warum ist er nicht selbst gekommen?«

»Ach, Juli. Er ist im Krankenhaus. Anscheinend ist er herzkrank und gerade operiert worden. Aber ich werde ihn am Wochenende mal besuchen.«

Da war so ein zaghaftes Glück in ihrer Stimme.

»Sag ihm schöne Grüße von mir«, bat ich sie und hoffte, dass dieser Mann – wer auch immer er war – viele Jahre vor sich hatte.

Lars verschwand vorübergehend aus meinem Leben, hinterließ aber einen Abschiedsbrief.

> *Hallo Juliane,*
> *du hast dich bestimmt darüber gefreut, dass alles rausgekommen ist. Na ja. Vielleicht ist es besser so. Es war eine blöde Idee, das mit deiner Vergangenheit auszunützen – übrigens hat deine Freundin Hannah mir davon erzählt, bei einer Party. Absicht war das keine. Ihr war nicht klar, dass ich dich überhaupt kenne. Sie arbeitet übrigens bei der gleichen Versicherung wie ein Freund von mir.*
> *Ich glaube, es hat mir Angst gemacht, dass du früher Tiere befreit hast. Dachte, du könntest Scheiße bauen in Hellabrunn. Aber inzwischen glaube ich das nicht mehr.*
> *Ich wünsche dir und Colin eine schöne Zeit!*
> *Lars*

Nachdenklich legte ich den Brief beiseite. Würde ich in München mit ihm zusammenarbeiten können, so als wäre nichts passiert? Ja, vielleicht würde ich das schaffen. Obwohl er es mir und Colin nicht wirklich leicht gemacht hatte.

Aber der schlimmste Schmerz würde erst kommen. Das Flugticket in meiner Tasche erinnerte mich daran, dass mir nur noch wenige Tage in Australien blieben. Es fühlte sich an, als versuchte jemand, mich mittendurch zu reißen.

Unser letztes Wochenende verbrachten Colin und ich mitten im Busch westlich von Cooroy, wo das Feuer nicht hingekommen war. Deanna fuhr uns bis zu der Stelle, wo eine Schotterstraße ins Nirgendwo zu führen schien, und die letzte Strecke gingen wir zu Fuß. Colin setzte sich den Rucksack auf und hatte dann die Hände frei für die Krücken, mit denen er inzwischen richtig gut umgehen konnte.

Er hatte eine kleine Schlucht aus rötlich gelben Sandsteinklippen ausgewählt, die mit Geister-Eukalyptus bewachsen war. Die Luft war unglaublich klar, es roch nach trockenem Sand und Gras. Und es war so still, dass man den fernen Ruf eines Vogels hören konnte, der sich in den Zweigen verbarg. Es war ein friedlicher Ort und ich fühlte mich sofort daheim.

Wir räumten ein paar Steine und Dornenzweige beiseite, um unser Zelt aufschlagen zu können. Als wir fertig waren, hinkte Colin ein paar Schritte in die Schlucht hinein und schloss einen Moment lang die Augen. »Willst du immer noch wissen, was eine Songline ist?«, fragte er mich und ich nickte.

»Dann komm.« Colin ging mit den Krücken los und als ich mich neben ihm hielt, sah ich, dass er die Lippen bewegte. Er sang, ohne dass ein Laut über seine Lippen kam. Ohne jedes Zögern ging er in die Schlucht hinein, berührte manchmal die Felswand, legte die Hand darauf, ging dann weiter. Schließlich hielt er an.

»Ich war noch nie hier, aber ich weiß, was für ein Ort das ist«, sagte er. »Wenn du dort hochkletterst, wirst du ein verstecktes Becken im Felsen finden, in dem Regenwasser sein wird. An dieser Stelle hat die Regenbogenschlange einmal Rast gemacht, bevor sie weitergezogen ist.«

Er ging weiter, weiterhin lautlos vor sich hin singend. Schließlich hielt er an. »Es sind tausend Schritte bis zum nächsten wichtigen Ort: In der Traumzeit haben zwei Freunde die Perentie-Frau entführt und ein Gott hat alle drei in Felsen verwandelt.« Colin drehte sich zu mir um und sah mich an. »Verstehst du? Dieses Land – *Ngurra* – ist für uns voller Geschichten. Und wer sie kennt, weiß immer genau, wo er ist.«

»Wie viele Strophen hat dieses Lied?«, fragte ich fasziniert. »Es müssen doch Tausende sein …«

Er nickte. »Ich kenne nur einen kleinen Teil davon. Aber die Songlines sind alle verknüpft und zusammen führen sie durch ganz Australien, von einer Küste zur anderen, überallhin. Wer die Lieder kennt, weiß zum Beispiel, wo er in der Wüste Wasser findet. Deswegen können wir in der Natur überleben und ihr nicht.«

Ich staunte darüber, was uns anderen entging, wenn

wir mit unseren Autos durch dieses Land rasten oder mit dem Flugzeug weit darüber hinweg.

Colin zeigte mir die Spuren, die der Körper einer Schlange im Sand hinterlassen hatte, und lächelte, weil ich mich darüber freute, ohne Angst zu haben.

Dann suchte er für mich ein paar Pflanzen mit essbaren Beeren oder Stängeln, die in der Nähe wuchsen, und ich probierte mich durch. Die Muntrie-Beeren schmeckten wie säuerliche Äpfel, aber würziger, und der Strauch, an dem sie wuchsen, duftete nach einem ganzen Obstgarten, sodass einem das Wasser im Mund zusammenlief.

Obwohl Colin es nicht sagte, merkte ich doch, dass ihn das Gehen sehr anstrengte. Wir kehrten um, ließen uns in der Nähe unseres Zelts auf unseren Isomatten nieder und teilten eine Mango aus dem Garten seiner Großeltern. Colin saß mit dem Rücken gegen die Felswand gelehnt, das eine Bein angewinkelt, das verletzte vor sich ausgestreckt. Er schnitt die Mangostücke mit dem Taschenmesser ab und ich nahm sie, um sie abwechselnd selbst zu essen oder ihn damit zu füttern.

Als nur noch der Kern übrig war, musste ich kichern. »Meine Finger sind so klebrig, dass ich wahrscheinlich eine senkrechte Felswand hochklettern könnte wie ein Gecko. Vielleicht sollte ich zu diesem Becken zurückgehen und mir die Pfoten waschen …«

»Vergiss es, hier wird kein Wasser verschwendet«, sagte er, nahm meine Hand und leckte jeden Finger einzeln ab. Ich lachte, doch es gefiel mir, das Kribbeln zog sich durch meinen ganzen Körper.

Seine Lippen auf meinen, auf meinem Hals, auf meinem Bauch. Mein T-Shirt lag auf dem Boden, ein warmer Wind strich über meine bloße Haut. Ich streifte ihm das Hemd über die Schultern, zeichnete auf der Landkarte seines Körpers. Der Rausch riss uns mit.

Schließlich lagen wir nebeneinander und erzählten uns, was wir in den Wolken sahen, die über uns immer neue Formen bilden. Boot auf dem Meer. Hirsch. Mauseohr. Kirschtorte. Koala.

Doch irgendwann war die Freude weg und das Lachen klang nicht mehr echt.

»Lausch mal in dich hinein«, bat ich ihn schließlich. »Was hörst du?«

»Ich höre mich selbst weinen«, sagte Colin und wandte das Gesicht ab. »Nur ein Tag bleibt uns.«

»Ja, ich weiß. Und du bedeutest mir so viel.« Ich traute mich kaum zu sprechen, es klang verzerrt, man hörte die Tränen durch.

Wir hielten uns, so fest wir konnten, und ich spürte sein Herz durch das dünne Hemd schlagen. Es war ein langsamer, kräftiger Rhythmus, der mich beruhigte und ein bisschen tröstete. War es nicht genug, dass Colin lebte, dass er beim Buschfeuer lediglich leicht verletzt worden war? Dass er an die Uni zurückkehren würde, dass er seine Zukunft nicht wegwarf und sich sogar mit seinem Bruder ausgesöhnt hatte? Ihn ganz für mich haben zu wollen, war furchtbar egoistisch. Aber ich wusste, dass ich ihn nicht loslassen konnte, nicht loslassen wollte.

»Warte mal – es ist doch ein Austausch von Zootierpflegern, durch den ich hier bin«, flüsterte ich ihm ins Ohr. »Wieso bewirbst du dich nicht auch? Dann würden wir uns wiedersehen, vielleicht bald. Wir hätten vier Wochen in Deutschland zusammen!«

Er zögerte. »Das wäre toll. Wenn sie so jemanden wie mich nehmen, ich bin ja kein richtiger Tierpfleger. Außerdem hätte ich nur in den Semesterferien Zeit.«

»Hey, Maryann wählt die Teilnehmer doch aus und die mag dich«, sagte ich ein bisschen verzweifelt, weil meine Vision von Colin in Deutschland mir zu entgleiten drohte.

»Stimmt. Und es gibt eine weitere Möglichkeit.« Seine Nase war wenige Millimeter von meiner entfernt und seine dunklen Augen waren mein ganzes Universum. »Wenn du fertig bist mit der Ausbildung ... was hältst du davon, nach Queensland zu ziehen?«

Mir stockte der Atem. »Was?«

»Du könntest im Wildpark mitarbeiten. Wenn es ihn dann noch – oder wieder – gibt.«

»Du bist verruckt!«

Er grinste breit und strich mir über die Wange. »Nicht mehr als du. Ich in Deutschland? Du wirst mir alle Pfade zeigen müssen und die Dinge, die man gefahrlos essen kann.«

»Oh, im Supermarkt gibt's davon ziemlich viele«, frotzelte ich, doch dann holte mich ein, was er eben gesagt hatte, und auf einen Schlag war ich wieder ernst. »Glaubst du wirklich, Noah und Caroline würden mir einen Job anbieten?«

»Da bin ich mir ziemlich sicher, weil ich vor ein paar Stunden mit ihnen darüber gesprochen habe.«

Da musste ich doch noch heulen. Weil es auf einmal wieder Hoffnung gab nach dieser langen Angst, ihn zu verlieren.

Geduldig hielt mich Colin in den Armen, bis ich mich ausgeweint hatte. Die Vorderseite seines T-Shirts war so feucht, als wäre er in einen Regenguss geraten.

»Sag mal, wieso hast du dich eigentlich in mich verliebt? Was hat dir an mir so gefallen, ganz am Anfang?«

Er antwortete sofort. »Du hast so ... fremd in dir selbst gewirkt. So zerrissen.«

Zerrissen. Ja, das war ich. Zwischen dem Heute und dem Gestern, zwischen dem Menschen, der ich gerne sein wollte, und dem Menschen, der ich war.

»Ich glaube, ich weiß, warum dich das interessiert hat«, sagte ich still. »Weil du auch so bist.«

Colin nickte. »Stimmt. Aber ein klein bisschen weniger, seit wir uns kennen.«

Unsere Hände tasteten sich zueinander.

Und hielten sich fest.

DANKSAGUNG

The Ark gibt es in Wirklichkeit nicht, doch in Australien – das ich vier wunderbare Wochen lang erkunden konnte – existiert eine Vielzahl von ähnlichen kleinen Wildparks, die sich der Rettung der einheimischen Tiere verschrieben haben. Und bei manchen, wie zum Beispiel im Koala Hospital in Port Macquarie (Queensland), können sogar Freiwillige aus dem In- und Ausland ein paar Wochen lang mithelfen.

Ein echter Glücksfall war für mich die Zootierpflegerin Claudia Brummund (Zoo Frankfurt), die sich viel Zeit nahm, um meine vielen Fragen über ihre Arbeit und ihre Ausbildung zu beantworten. Aber auch Tierpfleger-Azubi Jan Stampfer aus der Wilhelma, dem Zoologisch-Botanischen Garten Stuttgart, half mir mit vielen Auskünften weiter; praktischerweise arbeitete er zur Zeit des Interviews gerade im Kängururevier. Außerdem danke ich dem für die Ausbildung in der Wilhelma zuständigen Dr. Günther Schleussner.

Sehr wertvoll waren für mich die Informationen von Wildcare Australia, Cheryl Dooley und Michael O'Brien, Wildlife Manager des Cairns Tropical Zoo (wo ich meine erste Begegnung mit Koalas, Kängurus und Kasuaren hatte). Ihnen danke ich ganz herzlich, ebenso der University of Queensland und der United Firefighters Union of Australia, Queensland Branch. Während ich verzweifelt versuchte, ihr vergriffenes Buch *Then and now: an Aboriginal history of Gayndah* zu beschaffen, bekam ich übers Internet Kontakt mit der Autorin Jill Slack selbst, auch sie hat mir ausgesprochen freundlich weitergeholfen und mir noch ein paar wichtige offene Fragen über Aboriginals in Queensland beantwortet.

Meine Praktikantin Wiebke Assenmacher half mir als allererste Testleserin und wichtige Sparringspartnerin beim Ausarbeiten der Figuren, Nina Kunze und Alexandra Riedl hörten sich geduldig unausgegorene Colin-und-Juli-Szenen an und gaben mir wichtige Tipps. Beatrix Mannel war wie gewohnt eine wunderbare Testleserin und Uschi Englert steuerte noch ein paar ganz frische Australien-Eindrücke bei. Danke sage ich auch Nikoletta Enzmann, die sich dafür ausgesprochen hat, dass »Koalaträume« neu bei Arena herauskommt, und Jessica Lawson für das einfühlsame Lektorat!

Die Legende, die Colin erzählt, stammt übrigens aus dem Band *Aboriginal Fables and Legendary Tales* von A. W. Reed (Sydney 1965).

Bettina Brömme

Keep calm and travel

Jetzt fängt das Leben erst richtig an

Leben ist das, was passiert, während du andere Pläne machst! Das erfährt Alwa bei ihrer Neuseeland-Reise am eigenen Leib. Ihr Praktikumsplatz existiert nicht und die spontan angenommene Stelle als Au-pair ist zum Davonlaufen. Wenigstens taugen ihre Erlebnisse für witzige Instagram-Posts. Alles scheint gut zu werden, als sie einen Job in einem Kinderhilfsprojekt ergattert. Denn zwischen Windeln wechseln und Wal-Touren lässt Laurin ihr Herz schneller schlagen. Doch dann erschüttert ein Erdbeben die Stadt und von Laurin fehlt plötzlich jede Spur ...

Katja Brandis
Khyona

Im Bann des Silberfalken

Der Islandurlaub mit ihrer neuen Patchworkfamilie ist genauso anstrengend wie Kari sich das vorgestellt hat. Doch als ihr ein silberner Falke begegnet und sie ins Reich Isslar gebracht wird, verändert sich alles. Ehe Kari sich versieht, steckt sie mitten in einer magischen Welt voller Trolle, Eisdrachen und Elfen, in der Geysire über das Schicksal entscheiden.

Die Macht der Eisdrachen

Ein Jahr ist vergangen, seitdem Kari das magische Isslar mit seinen Eisdrachen, Elfen und Vulkanen zurückgelassen hat. Doch die Sehnsucht nach Andrik und die Ungewissheit darüber, wer sie ist, lassen Kari nicht los und treiben sie zurück nach Island. Doch kaum ist Kari durch das Grüne Tor nach Isslar getreten, gerät sie in einen Strudel aus Machtspielen und Intrigen.

Arena

Band 1:
480 Seiten • Arena Taschenbuch
ISBN 978-3-401-51192-4
Auch als E-Book erhältlich

Band 2:
480 Seiten • Arena Taschenbuch
ISBN 978-3-401-51211-2
www.arena-verlag.de